여기, 우리가 만나는 곳

여기, 우리가 만나는 곳

존 버거 소설 / 강수정 옮김

열화당

클로에
루시
디미트리
멜리나

올렉과
미치엑에게

Dear Korean Reader

You know as well as I do—or probably better—how the dead never leave us. They do whatever they can to help us, if one listens to them. And we should listen, no? (Even if we pretend not to.) And listening to them, in today's world, is a political act. Before it was just a traditional, natural, human act. Today it has become an act of resistance against an economic world order which considers everything that is not profit, "obsolescent." With the help of the dead across the world, across histories that are so different, we can come to recognize what we share. It's a slender hope. But fat ones are scams. Let's stay with the thin one. Over to you, dear Reader.

John Berger
February 2006

한국의 독자들께

죽은 이들이 결코 우리 곁을 떠나지 않는다는 건 여러분도 나만큼 —아니 어쩌면 더— 잘 알고 계십니다. 그들이 하는 이야기를 귀 기울여 듣는다면 망자들은 어떻게든 우리를 도와주려 합니다. 그리고 우리는 마땅히 귀를 기울여야 하죠. 그렇지 않은가요? (겉으로야 아닌 척하더라도 말이죠.) 그런데 죽은 이들이 하는 이야기에 귀를 기울이는 것은 이제 정치적인 행위가 되었습니다. 전에는 그저 전통적이고 자연스럽고 인간다운 행위였죠. 그러던 것이, 이윤을 내지 못하는 것이면 전부 '퇴물' 취급을 하는 세계 경제질서에 저항하는 행위가 되었습니다. 세계 곳곳, 너무나 다른 여러 역사 속의 망자들로부터 도움을 받는다면, 우리가 함께 공유하는 것이 무엇인지를 깨달을 수 있습니다. 가냘픈 희망이지요. 하지만 살찐 희망은 헛소리입니다. 그러니 이 가느다란 희망을 간직해 나갑시다. 이제 독자 여러분께 넘깁니다.

2006년 2월
존 버거

차례

1
리스본

2
제네바

3
크라쿠프

4
죽은 이들이 기억하는 과일들

5
아일링턴

6
퐁다르크 다리

7
마드리드

8
슘과 칭

8½

1

리스본
Lisbon

리스본 어느 광장에 가면 한가운데에 루시타니안 사이프러스(그러니까 포르투갈 사이프러스)라고 부르는 나무가 한 그루 있다. 이 나무의 가지들은 하늘을 향하지 않고 밖으로 평평하게 뻗어 나가도록 가꿔 놓았기 때문에 햇살도 빗방울도 뚫지 못할 직경 이십 미터의 거대한, 그리고 아주 나지막한 우산 모양을 하고 있다. 백 명은 너끈히 비를 피할 수 있을 정도다. 비틀리고 육중한 나무줄기를 중심으로 둥글게 원을 그리는 쇠 버팀대가 가지를 받치고 있다. 수령은 최소한 이백 년이 넘었다. 그 옆의 공공 게시판에는 지나는 이들을 위한 시 한 편이 적혀 있다.

걸음을 멈추고 몇 줄 해석해 본다.

…나는 당신이 사용하는 곡괭이의 자루요, 집의 문이며, 요람의 널빤지이자, 관을 짜는 목재이니….

광장의 다른 쪽에서는 닭들이 멋대로 자란 풀숲을 헤집고 다니며

11

벌레를 쪼아 먹고 있었다. 몇몇 테이블에서는 남자들이 수에카(포르투갈과 브라질 등지에서 인기가 높은 트럼프 놀이의 일종—역자)라는 카드놀이를 하고 있었는데, 패를 골라 내려놓는 얼굴마다 지혜와 체념이 뒤섞인 표정이었다. 이곳에서는 이기는 즐거움마저도 고요하기만 했다.

5월의 끝자락이었고, 날이 더웠다. 아마 섭씨 이십팔 도쯤 됐던 것 같다. 한두 주만 지나면, 이를테면 타구스 강 끝에서 시작되는 아프리카가 아득하면서도 직접적으로 피부에 와 닿는 존재감을 드러내기 시작할 것이다. 공원 벤치에는 웬 늙은 여인이 우산을 받쳐 들고 미동도 없이 앉아 있었다. 너무 고요해서 오히려 시선을 끌었다. 거기 그렇게 벤치에 앉아 시선을 끌겠다고 작정을 한 듯했다. 여행 가방을 든 사내는 매일 만나는 밀회장소에 가는 듯한 분위기를 풍기며 광장을 건너갔다. 잠시 후에는 개를 품에 안은 여자—둘 다 슬퍼 보였다—가 리베르다드 대로 방향으로 걸어갔다. 벤치에 앉은 노파는 시위하는 듯한 고요함을 고수했다. 누구에게 보이려는 것일까?

그렇게 혼자 중얼거리고 있는데 노파가 갑자기 자리에서 일어나더니 우산을 지팡이 삼아 내가 있는 쪽으로 다가왔다.

얼굴이 보이기 한참 전에 걸음걸이가 먼저 눈에 들어왔다. 도착하기 전에 앉을 생각부터 하는 그 걸음걸이. 내 어머니였다.

갈아타는 차편을 놓쳐서 늦겠다거나, 그 얘기를 다른 누군가에게 전해 달라는 말을 하려고 부모님이 사시는 아파트로 전화를 걸어야 하는 꿈을 가끔 꾼다. 그 순간에 내가 있어야 할 곳에 있지 않다는 걸 말씀드리려는 것이다. 사소한 사항들은 매번 달라지지만 얘기해야 하는 내용의 골자는 늘 한결같다. 그리고 전화번호 수첩을 갖고 있지 않은 것도 똑같다. 부모님 댁의 전화번호를 기억해내려 애쓰다 떠오르는 대로 이리저리 전화를 걸어 보지만, 정확한 번호는 끝내 기억해내지 못한다. 그 꿈은, 두 분이 스무 해를 사셨던, 예전에 알고 있었던 그 아파트의 전화번호를 잊어버린 현재의 상황과 일치한다. 하지만 꿈속의 내가 잊고 있는 건 두 분이 돌아가셨다는 사실이다. 아버지는 스물다섯 해 전에, 어머니는 그후 십 년이 지났을 때 돌아가셨다.

광장에서 어머니는 나와 팔짱을 끼고, 우리는 한마음으로 길을 건너 망이 다구아(Mãe d'Agua, 물의 어머니) 계단길의 꼭대기를 향해 천천히 걸어갔다.

네가 잊지 말아야 할 게 있단다, 존. 너는 너무 잘 잊어버려. 이걸 알아야 해. 죽은 사람은 몸이 묻힌 곳에 머물지 않는다는 것 말이야.

어머니는 말을 하면서도 나를 쳐다보지 않고 몇 미터 앞의 땅만 주시했다. 어머니는 발을 헛디딜까 봐 걱정이었다.

천국 얘기가 아니야. 천국이야 더할 나위 없지만, 아무튼 이건 다른 얘기란다!

어머니는 잠시 말을 멈추더니, 단어에 연골이라도 붙어 있어서 삼키기 전에 좀더 씹어야 하는 것처럼 입을 오물거렸다. 그러고는 계속했다.

망자들은 죽으면 지상에 머물 곳을 선택할 수 있단다. 지상에 머물기로 하는 경우엔 언제나.

살았을 때 행복했던 곳으로 돌아간다는 말씀인가요?

우리는 계단 꼭대기에 닿았고, 어머니는 왼손으로 난간을 움켜쥐었다.

너는 답을 안다고 생각하지. 항상 그랬어. 너는 아버지 말씀을 더 잘 들어야 했어.

아버지는 많은 것들에 대한 답을 알고 계셨죠. 이제야 그걸 알겠어요.

우리는 계단 세 개를 내려왔다.

네 아버지는 의문이 가득한 분이었지. 내가 항상 그 양반 뒤에 있어야 했던 건 그 때문이야.

등을 주물러 드리려고요?

그것만은 아니지만, 그래.

다시 네 계단. 어머니는 난간을 잡고 있던 손을 놓았다.

망자들은 머물고 싶은 곳을 어떻게 고르나요?

어머니는 대답 대신 치마를 추스르고는 계단에 앉았다.

난 리스본을 골랐어! 너무나 명백한 얘기를 되풀이하는 듯한 말투였다.

여기 와 보신 적이 있던가요, ─그러고는 너무 노골적으로 구분을 짓는 게 싫어서 잠시 우물거리다 덧붙였다─ **생전에?**

이번에도 내 질문은 무시됐다. 내가 해주지 않았던 말이나 네가 잊어버린 게 있다면 지금 여기가 그걸 물어 볼 기회야.

제게 말씀을 참 안 하셨죠.

말은 누구나 할 수 있어! 말! 말! 나는 대신 다른 걸 했잖니. 어머니는 시위하듯 멀리 타구스 강 너머 아프리카 쪽으로 시선을 돌렸다. 아니, 전에는 여기 와 본 적이 없다. 나는 다른 걸 했어. 네게 행동으로 보여줬어.

아버지도 여기 계세요?

어머니는 고개를 저었다.

어디 계세요?

몰라. 물어 보지 않았거든. 로마에 계시지 싶다.

교황청 때문인가요?

어머니는 그제야 농담이 통했을 때의 옅은 승리감이 어린 눈으로 나를 쳐다봤다.

무슨 소리니. 식탁보 때문이지!

팔로 어머니의 어깨를 감쌌다. 어머니는 내 손을 부드럽게 밀어내더니 당신 손에 내 손을 모아 쥐고는 돌계단을 짚었다.

리스본에 계신 지는 얼마나 되셨어요?

이렇게 될 거라고 미리 말해 줬던 거 기억 안 나니? 이렇게 될 거라고 내가 말했잖아. 며칠이나 몇 달, 또는 수백 년을 넘어, 시간을 초월해서 말이야.

어머니는 또다시 아프리카 쪽을 바라보고 있었다.

그럼 시간은 중요하지 않은데 장소는 그렇다는 건가요? 이건 어머니를 놀리려고 일부러 한 말이었다. 어른이 된 후에 나는 어머니를 자주 놀렸고 그러면 어머니도 맞장구를 치며 잘 받아줬는데, 그것이 우리 둘에겐 지나간 슬픔을 떠올리게 했기 때문이었다.

어렸을 때 어머니의 확고함이 나를 화나게 했다.(뭘 가지고 언쟁을 벌이는가는 상관없었다) 나는 어머니가 강철 같기를 바랐는데, 그 확고함은 그런 허세 뒤에 숨은 어머니가 얼마나 상처받기 쉽고 머뭇거리는 존재인가를 고스란히 드러냈다. 아무튼 내 눈엔 그렇게 보였다. 그래서 어머니가 확신하는 것이면 뭐든 반박부터 했는데, 우리가 똑같이 당당한 태도로 함께 얘기할 뭔가를 발견할지도 모른다는 희망에서였다. 하지만 실제로는 어머니를 더 약한 사람으로 만들 뿐이었고, 그러면 우리는 파멸과 비탄의 소용돌이 속으로 하릴없이 빠져들며 천사가 내려와 우리를 구원해 주길 속으로 간절히 빌었다. 그러나 천사는 단 한번도 내려오지 않았다.

최소한 동물들은 여기서 우리를 도와주지. 어머니는 열 계단 아래에 있는 것이 햇볕을 쬐는 고양이라고 생각했는지, 그걸 바라보며 이렇게 말했다.

저건 고양이가 아니에요. 내가 말했다. 샤프카라고 하는 낡은 털모자예요.

내가 채식주의자였던 건 그 때문이야. 어머니가 말했다.

생선을 좋아하셨으면서! 내가 반박했다.

물고기는 찬피동물이야.

그게 무슨 상관이에요? 원칙은 원칙이지.

존, 인생이라는 건 본질적으로 선을 긋는 문제이고, 선을 어디에 그을 것인지는 각자가 정해야 해. 다른 사람의 선을 대신 그어 줄 수는 없어. 물론 시도는 해 볼 수 있지만, 그래 봐야 소용없는 일이야. 다른 사람이 정해 놓은 규칙을 지키는 것과 삶을 존중하는 건 같지 않아. 그리고 삶을 존중하려면 선을 그어야 해.

그래서 시간은 중요하지 않고 장소는 그렇다는 거예요? 내가 다시 물었다.

존, 이건 그냥 아무 장소가 아니라 만남의 장소란다. 이제 전차가 다니는 도시는 많지 않잖니. 여기서는 그 소리를 들을 수 있어. 밤에 몇 시간만 빼고.

잠을 제대로 못 주무시나요?

리스본 시내에서 전차 소리가 들리지 않는 거리는 거의 없단다.

194번이었죠? 수요일마다 그걸 타고 이스트 크로이든에서 사우스 크로이든까지 갔다가 돌아왔잖아요. 서리가(街)에서 장을 본 다음에, 연주를 하면 색이 변하는 전자오르간이 있던 데이비스 픽처 팰리스에 갔었는데. 그게 194번 맞죠?

그 오르간 연주자와는 아는 사이였어. 어머니가 말했다. 그에게 주려고 시장에서 셀러리를 샀지.

콩팥도 사셨잖아요, 채식주의자임에도 불구하고.

아버지가 아침에 즐겨 드셨으니까.

레오폴드 블룸처럼.

아는 체 좀 하지 마! 여기엔 알아줄 사람도 없어. 넌 언제나 전차 위층의 맨 앞자리에 앉고 싶어했지. 그래, 194번이었어.

그리고 계단을 올라가면서 어머니는 불평을 하셨죠. 아이고 다리야, 내 불쌍한 다리!

네가 위층 앞쪽 그 자리에 앉으려고 했던 건 그러면 운전을 할 수 있고, 운전하는 걸 나한테 보여주고 싶어서였지.

모퉁이를 돌 때가 제일 좋았어요!

여기 리스본의 선로도 똑같단다, 존.

불꽃이 날리던 거 기억나세요?

그래, 비가 지독하게 쏟아질 때였어.

영화를 보고 나서 전차를 몰 때가 최고였어요.

너처럼 의자 끝에 엉덩이만 걸치고 앉아 그렇게 몰두하는 사람은 본 적이 없단다.

전차에서요?

전차에서도 그렇고 영화관에서도.

영화관에서 자주 우셨죠. 눈가를 찍어내는 독특한 버릇이 있었어요.

네가 전차를 그렇게 모는데 어디 눈물 흘릴 새나 있었니!

아니에요, 정말로 우셨어요. 거의 매주.

얘기 하나 해줄까? 저 아래쪽에 있는 산타 주스타 타워(에펠탑으로 유명한 구스타프 에펠이 설계한 건물로 엘리베이터를 타고 올라가면 전망대가 있다―역자)를 신경 써서 본 적 없지? 저건 리스본 트램웨이라는 회사의 건물이거든. 안에 승강기가 있지만, 뭐 대단한 건 아니야. 그걸 타고 올라가서 전망을 감상하고 다시 내려오는 거지. 전차를 운영하는 회사의 소유야. 그런데 영화도 똑같은 것 같아, 존. 우리를 들어 올렸다가 같은 자리에 다시 내려놓으니까. 그것도 사람들이 영화관에서 우는 이유 중의 하나란다.

제가 생각했던 건…

생각 좀 하지 말래도! 영화관에서 눈물을 흘리는 데는 표를 사서 들어간 사람 수만큼의 이유가 있는 거니까.

어머니는 아랫입술을 핥았는데, 립스틱을 바른 후에 하던 행동이었다. 망이 다구아 계단 위의 어느 집 옥상에선 한 여자가 빨랫줄에 침대보를 널며 노래를 부르고 있었다. 여자의 목소리는 구슬프고, 침대보는 너무나 희었다.

처음 리스본에 왔을 때 산타 주스타의 그 승강기를 타고 내려왔어. 어머니는 이렇게 말했다. 그걸 타고 올라가 본 적은 한번도 없지만, 알아듣겠니? 나는 그걸 타고 내려왔어. 우리는 모두 그렇게 하지. 그러려고 저걸 세운 거야. 기차의 일등칸처럼 안에 나무를 댔단다. 그 안에는 우리가 백 명쯤 있었어. 그건 우리를 위해 만들어진 거니까.

마흔 명 정도밖에 못 타는데. 내가 말했다.

우리는 무게가 없거든. 그리고 승강기에서 내렸을 때 내가 제일 먼저 본 게 뭔지 아니? 디지털 카메라를 파는 상점이었어!

어머니는 자리에서 일어나 계단을 다시 오르기 시작했다. 숨이 가빠진 어머니는 숨을 조금이라도 수월하게 쉬고 힘도 북돋을 요량으로, 휘파람을 부는 것처럼 입술을 오므리고는 휘이이 하고 길게 숨을 내쉬었다. 내게 처음으로 휘파람 부는 법을 가르쳐준 건 어머니였다. 우리는 마침내 꼭대기에 올랐다.

당분간은 리스본을 떠나지 않을 거다. 어머니가 말했다. 당분간은 기다릴 거야.

그러면서 당신이 앉았던 벤치를 향해 몸을 돌렸고, 광장은 시위라도 하듯 잠잠했다. 너무 잠잠해서 어머니는 결국 사라져 버렸다.

이후 며칠 동안 어머니는 모습을 드러내지 않았다. 나는 도시를 거닐며 구경을 하고, 그림을 그리고, 책을 읽고, 얘기도 했다. 어머니를 찾아다니진 않았다. 그래도 어쩌다 한 번씩 생각이 나긴 했는데, 으레 뭔가 반쯤 가려진 게 보일 때였다.

리스본이 눈에 보이는 세계와 관계를 맺는 법은 다른 어떤 도시와도 다르다. 이곳은 게임을 한다. 이곳의 광장과 거리는 흰 돌과 색돌로 무늬를 넣었기 때문에 길이라기보다는 천장 같아 보인다. 벽은 안팎을 막론하고 전부 그 유명한 아줄레조스 타일(포르투갈의 건축물과 장식예술에서 보이는, 유약을 입힌 푸른색의 타일—역자)로 덮여 있다. 그리고 이 타일은 세상에서 볼 수 있는 멋진 것들에 대한 얘기를 담고 있다. 피리 부는 원숭이, 포도 따는 아낙, 기도하는 성자, 바다의 고래들, 배를 타고 가는 십자군, 바실리카 양식의 교회당, 하늘을 나는 까치, 포옹하는 연인들, 길들여진 사자, 표범 무늬 곰치. 이 도시의 타일은 가시적인 세계, 볼 수 있는 것들로 우리의 관심을 집중시킨다.

그러면서도 벽과 바닥, 창문 주변이나 계단을 따라 똑같이 장식된 타일은 뭔가 다른 것, 아니 사실상 정반대되는 것에 대해 이야기한다. 흰 도자기 표면의 잔금 무늬, 생동감 넘치는 색상, 틈을 메운 모르타르, 반복되는 패턴. 이것은 모두 그 타일들이 뭔가를 덮고 있으며, 때문에 그 뒤나 그 밑에 있는 것은 앞으로도 쭉 보이지 않고 감춰진 상태를 유지하리라는 사실을 말해 준다.

걸어가면서 본 그 타일들은 드러내는 것보다 숨기는 것이 많은 카드놀이를 하는 듯했다. 내가 걷고, 계단을 오르고, 방향을 바꾸는 사이사이에 판이 바뀌고, 판돈이 오갔다. 그리고 어머니가 솔리테어라는 카드놀이를 하던 게 기억났다.

이 도시가 몇 개의 구릉 위에 세워졌는가에 대해서는 좀처럼 의견이 일치하지 않는 것 같다. 어떤 사람은 로마처럼 일곱 개라 하고, 어떤 사람은 그렇지 않다고 한다. 숫자야 어찌됐든 도심은 가파른 절벽 같은 암반에 터를 잡고 있어서 몇 백 미터마다 솟아올랐다가 곤두박질친다. 그리고 몇 세기를 지나는 동안 가파른 그 거리들은 현기증을 가져 줄 온갖 방법을 동원해 왔다. 계단, 시야의 차단, 층계참, 막다른 골목, 난간, 덧문. 모든 것이 태양과 바람을 피할 보호막으로, 그리고 실내와 실외 사이의 구분을 모호하게 만들 목적으로 사용되었다.

어머니를 절벽 가장자리에서 오십 미터 안쪽으로 나아가게 만들 수 있는 것은 아무것도 없었다.

알파마 지구의 계단과 전망대와 빨래들 사이에서 나는 몇 번이나 길을 잃었다.

언젠가 런던을 벗어나다 길을 잘못 들어선 적이 있었다. 아버지는 차를 멈추고 지도를 펼쳤다. 너무 서쪽으로, 지나치게 서쪽으로 벗어났어요. 어머니가 말했다. 어떤 골상학자가 몇 번이나 얘기하길, 내가 방향감각이 뛰어난 두상을 가졌대요. 여기를 만지면 알 수 있다던데. 어머니는 머리 뒤쪽을 만졌다. 어머니는 머릿결이 너무 가늘어서 늘 고민이었다. 여기 이 부분이 장소에 해당하는 거래요.

요즘은 아무도 골상학을 진지하게 여기지 않아요. 내가 뒷좌석에서 핀잔을 줬다. 그 사람들은 파시스트 비밀집단이었다고요.

그게 무슨 말이니?

양각기 하나로 사람의 재능을 측정한다는 건 있을 수 없어요. 게다가 그런 판단 기준을 어디서 가져왔게요. 물론 그리스죠. 편협한 유럽중심주의자. 인종차별주의자.

내 머리를 만졌던 사람은 중국인이었어. 어머니가 투덜거렸다.

그들은 사람을 단 두 부류로 나눠요. 순수한 인종과 타락한 인종!

어쨌든 나는 제대로 봤어! 방향감각이 뛰어난 두상이란 말이야! 우리는 너무 멀리 벗어났고, 몇 킬로미터 전에 다리가 없는 불쌍한 사람을 봤을 때 왼쪽으로 방향을 틀어야 했어. 이젠 그냥 쭉 가는 게 나아. 돌아가 봤자 이젠 너무 늦었어. 될 수 있으면 이번에 나오는 길에서 왼쪽으로 가요.

이젠 너무 늦었어! 이건 어머니가 자주 쓰던 말이었다. 그리고 나는 이 말만 들으면 화가 치솟았다. 그 말을 하게끔 만든 사소하거나 중대한 일이 있었을 것이다. 하지만 내게 그 말은 어떤 사건이 아니라 시간이 접히는 방식 —나는 이걸 네 살 때쯤부터 깨닫기 시작했는데— 즉 구원할 수 있는 것과 없는 것을 가르는 그 시간의 주름에 대해 얘기하는 것처럼 들렸다. 어머니는 그 세 마디를 가볍게, 아무런

비애감도 없이, 마치 물건 값을 말하듯 얘기하곤 했다. 그런 차분함도 내 화를 돋우는 데 한몫을 했다. 어쩌면 내가 나중에 역사를 공부하게 된 건 어머니의 차분함에 내 분노가 결합된 이런 경험 때문이었을지도 모른다.

나는 알파마 지구에 있는 한 카페에서 자그마한 잔에 담긴 진한 커피를 마시며 이런 생각을 했다. 카페의 크기는 트레일러만했다. 다른 남자들의 얼굴을 쳐다봤다. 모두 쉰을 넘겼고, 똑같이 풍상에 시달린 얼굴을 하고 있었다. 리스본 사람들은 감정이나 기분에 대한 얘기를 자주 하는데, 여기 말로 사우다드(슬픔과 애수 등의 복합적인 감정이 깃든 포르투갈의 독특한 정서—역자)라고 하는 이 말은 보통 향수로 번역되지만 그건 정확하지 않다. 향수는 편안함, 심지어 나태의 뉘앙스를 품고 있는데, 리스본은 한번도 그걸 누려 본 적이 없기 때문이다. 향수의 중심지는 베니스다. 향수에 빠지기에 이 도시는 너무나 많은 바람에 시달려 왔고, 지금도 그렇다.

사우다드. 두 잔째 커피를 마시면서, 그리고 마치 봉투를 쌓듯 정교한 이야기를 조리있게 풀어 가는 어느 술꾼의 손을 바라보면서 나는 **너무 늦었다**는 말을 지나치게 차분하게 하는 걸 들을 때 생겨나는 분노의 감정이 바로 사우다드라고 생각했다. 그리고 파두(포르투갈의 대표적인 전통 민속음악—역자)는 잊지 못할 음악이다. 아마 리스본은 망자들의 특별한 정거장일 것이다. 아마 망자들은 다른 어느 도시보다 이곳에서 자신들을 좀더 과시할 것이다. 이탈리아의 작가이며 리스본을 깊이 사랑한 안토니오 타부치는 이곳에서 꼬박 하루를 망자들과 보냈다.

그 다음 일요일엔 바이샤 지구에 있는 드넓은 코메르시우 광장을 건너고 있었다. 바이샤는 구시가지 중에서 유일하게 평평하고 나지막한 지역이다. 이름있는 구릉들이 삼면을 두르고 남은 한쪽은 타구스 강 하구에 닿아 있는데, 일정한 각도로 빛이 비칠 때면 금빛을 띤다고 해서 밀짚의 바다라고도 부른다. 15세기에는 리스본의 탐험가와 무역상과 노예상인들이 이 강의 부잔교에서 아프리카와 아시아로, 그리고 나중에는 브라질로 떠났다. 그 당시에 리스본은 유럽에서 가장 풍요로운 도시였으며, 대서양에서 나지 않는 모든 것들, 금과 콩고 노예와 비단과 다이아몬드와 향료 등을 사고팔았다.

사과마다 정향을 두 개씩 박아. 어머니가 말했다. 그런 다음에 황설탕을 뿌려서 오븐에 구울 거야.

나는 어머니가 안 보는 틈을 타서 정향을 하나 더 찔러 넣곤 했는데, 그러면 사과 맛이 더 좋아질 거라고 생각했기 때문이다.

정향이 하나 더 박힌 걸 발견하면 어머니는 다시 꺼내서 병에 담았다. 이건 마다가스카르에서 온 거야. 어머니가 설명했다. 아껴야 잘 사는 거란다!

이것도 어머니가 후렴구처럼 반복했던 표현 중의 하나였다. 하지만 이젠 너무 늦었다는 말과는 달리, 아껴야 잘 산다는 말은 탄식이 아니라 경고였다. 그리고 코메르시우 광장을 지나며 생각해 보니 그 말은 어쩐지 여기에도 적용할 수 있을 것 같았다. 이렇게 굴곡진 지형에 이 정도 규모의 광장을 놓는 것은 실현할 수 없는 거대한 꿈이었다.

끔찍한 대지진, 함께 들이닥친 해일, 뒤이은 화재는 1755년 11월의 첫 한 주 동안 리스본의 삼분의 일을 폐허로 만들고, 주민 수만 명의 목숨을 앗아갔다. 기아와 질병과 약탈 행위가 들끓었다. 잔불이 여전히 타오르고 가진 것이라곤 몸에 걸친 누더기뿐인데도, 사람들은 재와 잔해 사이에서 약탈한 다이아몬드를 사고팔았다. 머리 위의 푸른 하늘에도 불구하고, 황금빛 밀짚의 바다에도 불구하고, 어딜 가나 천벌과 심판이라는 말이 돌았다.

그리고 그 이듬해에 폭발 후작은 이성과 균형의 신도시를 꿈꾸기 시작했다. 유럽 전역의 낙관주의와 정의감을 송두리째 뒤흔들어 놓은 재앙을 겪은 후, 새롭게 재건된 리스본은 번영을 약속했고 자본의 흐름만으로도 안정은 보장된 듯했다! 규칙성과 투명함, 곧은 평행선과 믿음직함이 완벽하게 기입된 회계장부를 떠올리게 하는 거리, 드넓은 코메르시우 광장을 통해 전 세계 무역의 관문이 될 거리를 꿈꾼 은행가의 꿈….

그러나 18세기 후반부의 리스본은 맨체스터도 버밍엄도 아니었으며, 산업혁명은 다른 곳에서 시작됐다. 포르투갈은 이미 서구 유럽에서 가장 가난한 나라로 가는 쇠락의 길로 접어들었다.

코메르시우 광장은 아무리 사람들이 많아도 늘 반쯤 빈 듯한 인상을 준다.

어머니는 지갑에 돈을 조금만 넣어 다녔다. 돈을 넣고 빼는 동작은 간결하고 정확했다. 그리고 이런저런 명목으로 조금씩 떼어 놓은 돈은 쓰고 싶은 마음이 들지 않도록 봉투에 담거나 옷장 서랍에 넣어 뒀다. 한번은 어머니가 십 실링짜리 지폐를 잃어버렸다. 여자들이 밖에서 받는 한 달 치 월급의 삼분의 일에 해당되는 액수였다. 가 버렸어! 어머니가 흐느끼며 말했다. 마치 지폐가 제 의지를 가지고 떠나 버렸거나, 잘 보살펴 줬는데도 배은망덕하게 도망쳐 버린 동물이라도 되는 것 같은 말투였다. 가 버렸어!

어머니는 울 때 다른 쪽으로 고개를 돌리려 했다. 우는 모습을 내게 보이지 않으려는 것일 수도 있지만, 눈물이 어머니를 과거의 어느 때로, 옆에 있는 나를 생각할 여지가 없는 순간으로 데려가기 때문이기도 했다. 어머니가 우는 동안 나는 기다렸다. 기차가 건널목을 지나가길 기다리는 것처럼.

얼마 후에 어머니는 눈가를 찍어내며 말했다. 어떻게 되겠지. 적은 돈으로 오래 버티면 돼.

어느새 나는 아우구스타 거리에 와 있었다. 은행가가 꿈꿨던 것처럼 곧게 뻗은 길이었다. 일요일이라 안경점이며 미장원, 여행사, 해상보험 사무실 등은 문을 닫았다. 가족이나 친구 사이로 보이는 사람들이 점심을 먹으러 가고 있었다. 초대를 받았는지 작은 과자상자를 선물로 준비해 가는 모습도 보였다. 정성껏 포장해서 나비 모양으로 리본을 묶은 일요일의 선물 상자들.

콘세이샹 거리의 모퉁이에 이르자 사람들이 떼를 지어 목을 늘인 채 마달레나 교회 쪽을 바라보며 뭔가를 기다리고 있었다. 나도 기다려 보기로 했다. 차는 지나지 않고, 심지어 전차마저 통제됐다.

저 아래쪽에서 환호성이 들렸다. 이어 마달레나 방향에서 백오십 명의 주자들이 나타났다. 그들은 함께 무리지어 서로를 격려하며 일정한 속도로 달리고 있었고, 과욕이나 지나친 경쟁심 같은 건 찾아볼 수 없었다. 남자와 여자, 십대와 칠십대가 모두 고개를 높이 쳐들었고, 말처럼 콧김을 뿜으며 숨을 내쉬는 이들도 있었다. 전차 선로 사이의 자갈길 위에서 주자들의 긴 보폭이 느릿하고 일정한 리듬으로 울렸다.

더 잘 보이는 자리를 찾던 한 꼬마 아이가 내 등을 밀어서 옆으로 조금 비켜섰다. 어떤 주자들은 주먹을 힘껏 쥐었고, 또 어떤 이들은 손에 힘을 뺀 채 흔들어댔다. 여자들은 손을 대개 엉덩이 높이로 유

지하는 반면에, 남자들은 가슴께까지 좀더 높이 들고 뛰는 경우가
많았다. 내 등을 밀었던 아이는 알고 보니 어머니였다. 어머니는 재
빨리 내 손을 잡았다. 어머니는 늘 손이 찼다.

이 하프마라톤에 참가한 사람 중에 자기가 완주할 수 있을지 아는
사람은 아무도 없단다. 어머니가 속삭였다. 그리고 그것도 비결이
지, 애써 알려고 하지 않는 것! 마법의 숫자는 십칠이야. 지금 저 사
람들은 모두 속으로 이렇게 말하고 있단다. 열일곱 바퀴만 돌자!

지금은 몇 바퀴째예요?

열 바퀴. 이번이 열번째야. 열일곱이 되려면 일곱 바퀴를 더 돌아
야 하지. 열일곱을 채우면 마지막으로 네 바퀴가 남는데 ─이때 아
랫배에 경련이 일어날 위험이 있어─ 그건 저절로 해결돼! 저 사람
들을 걱정할 필요는 없단다. 네가 어쩔 수 있는 게 아니니까. 저 남
자의 얼굴을 좀 봐. 얼마나 애를 쓰는지 얼굴이 다 굳었구나.

굳은 표정이 마치 미소를 짓는 것 같은데요.

그리고 그 미소가 그의 이름을 말해 주고 있어!

남자의 이름이 뭔데요?

코스타. 힘내라, 코스타!

저 여자는요?

마달레나!

저 사람들의 이름을 전부 아세요?

마달레나의 얼굴도 경직됐잖아. 마달레나도 미소를 짓고 있어.
마달레나, 파이팅!

어떤 남자는 루이스라고 적힌 티셔츠를 입고 있었다. 루이스! 나
도 뒤질세라 소리를 쳤다.

조제! 도미니크! 어머니가 목청껏 외쳤다.

미소 짓는 모든 사람! 내가 말했다.

애야, 여기는 스스로를 엉망으로 만드는 도시가 아니란다. 그래서 내가 여기에 있는 거야.

나는 어머니를 바라봤다. 어머니도 미소를 짓고 있었고, 눈가에 주름이 자글해서 늙은 내 어머니의 얼굴은 잔뜩 구겨진 종잇장 같았다. 어머니는 또다시 말했다. 엉망으로 돌아가는 도시가 아니야. 그건 내가 잘 알아.

어머니의 목소리가 달라졌다. 열일곱 살짜리의 목소리가 됐다. 그 나이 때 갖는 육체적인 자신감과 맹랑함이 담겨 있었다. 그런 맹랑함은 말하거나 하지 않거나 그다지 상관없는, 수줍음이나 대담함과도 별 상관없는 혀에서 시작된다. 아무 말도 하지 않을 때 하얀 이를 살짝 훑는 혀의 맹랑함. 또는 예기치 못한 순간에 느닷없이 누군가 다른 사람, 다른 남자나 여자의 입 속으로 들어가 구석구석 살펴려 드는 그런 맹랑함.

나는 어머니를 바라봤다. 어머니가 열일곱 살이었던 건 백 년 전의 얘기다.

쉬아두 방향으로 걸어가다 순간적인 충동으로 빵집에 들어가 천국의 베이컨이라고 하는, 아몬드가 들어간 커스터드 케이크가 있냐고 물었다. 이 디저트 케이크는 맛이 달고 마지팬(설탕과 아몬드를 갈아서 만든 과자—역자)과 비슷하며 베이컨과는 아무 상관도 없다. 투시뉴 두 세우(Toucinho do Céu). 어머니는 밖에서 기다리고 있었다. 응, 여기서 팔아. 나는 두 개를 샀고, 빵집 안주인은 밀짚의 바다색 리본으로 선물 포장을 해줬다. 나는 밖으로 나왔다.

내가 제일 좋아하는 거야. 어머, 어떻게 알았니? 어머니가 열일곱 살짜리 목소리로 묻는다. 매일 오후에 투시뉴 두 세우를 먹거든.

우리는 루이스 데 카몽이스 광장 근처에 있는, 청색과 백색 아줄
레조스 타일로 장식된 카페에 들어갔다.

이 타일의 푸른색은 레키츠 블루(1850년대에 '레키트 앤드 선즈'
라는 회사에서 판매한 감색 표백용 세제—역자)와 똑같아. 정사각
형의 작은 포장이 꼭 이 푸른색이었어.

이불 빨래를 짜려고 탈수기를 돌리던 기억이 나요.

그렇게 짜고 나면 사방이 온통 물바다였지.

걸레로 닦았잖아요.

학교에 가기 전에는 집안일을 많이 도와줬었는데.

학교에 가기 전까지는 도무지 끝이 나는 게 없었어요. 어렸을 때
제가 제일 신기해 했던 물건이 뭔지 아시겠어요?

자서전을 쓰는 사람처럼 들리는구나. 그러지 마!

뭘 그러지 마요?

그런 건 틀리게 돼 있어.

어렸을 때 제가 제일 신기해 했던 물건이 뭔지 맞춰 보시겠어요?

그냥 말해.

어머니의 기압계요!

아버지 책상 옆에 있던 거? 이사를 다닐 때마다 가져갔었지. 그러
면 아버지가 연장통을 가져다가 벽에 고정시켰고. 몇 번이나 그렇
게 했는지도 잊어버렸다. 하여간 수도 없었어. 그건 우리 결혼선물
로 받았던 거란다.

명판에 그렇게 적혀 있었어요.

보이스카우트에서 특별히 새겨온 명판이야.

두 분은 1926년 2월 6일에 결혼했고, 저는 그 해 11월 5일에 태어
났죠!

그런 건 적혀 있지 않아! 그 사람들이 어떻게 알았겠니? 물론 나야 너를 가진 순간을 정확히 알았지만.

파리에서 결혼식을 올렸던 날 밤에 저를 가지신 모양이에요. 그러면 딱 아홉 달이 되잖아요!

난 파리를 사랑했어. 처음 갔을 때부터 쭉 파리를 사랑했단다.

알아요.

그 베갯잇과 몰리에르의 동상!

그렇다면 왜 지금 거기에 계시지 않는 거예요? 파리를 선택하실 수 있었잖아요.

평생을 신혼으로 살 수는 없는 거잖니?

그거야 그렇죠. 하지만 영생을 그렇게 살 수는 있지 않을까요?

이 말에 어머니는 어찌나 웃었던지 눈가에서 눈물을 다 찍어냈다. 그건 알함브라 궁전의 장식용 물병에서 솟아나는 작은 물줄기 같은 은빛 웃음이었다.

그 기압계는 아직도 멀쩡해요. 내가 말했다.

잘 만든 물건이었지. 몇 생이 지나도록 멀쩡할 게다.

어머닌 매일 기압계를 들여다보고는 손가락 마디로 유리를 톡톡 친 다음에 다시 보고 그걸 말씀해 주셨죠. 올라가고 있다! 그리고 다음 날엔, 내려가고 있어!

움직이지 않고 가만히 있는 기압계 봤니?

네, 아프리카에서요.

우리는 아프리카에 살았던 게 아니잖아.

제가 무슨 생각을 했었는지 아세요?

어머니는 아랫입술을 코끝을 향해 삐죽이 내밀면서 또 웃었다.

어머니가 기압계의 먼지를 털고 닦는 걸 보고 있었어요. 그런 다음에 톡톡 두드리는데, 한 번이 아니라 세 번, 네 번, 다섯 번, 여섯 번을 두드리셨죠. 그리고 어머니 얼굴에 은밀한 미소가 어리는 걸 보면서 저는 어머니가 날씨를 바꿨다고 믿은 거예요! 바늘이 가리키는 곳이 바뀌면 예보가 달라졌죠. **변덕스러움**을 멀리 밀어내면서 **맑음**에 가까워졌어요. 어쩌다 마음에 근심거리가 있거나 기다리는 편지가 오지 않을 때, 또는 도서관에서 빌려온 책이 마음에 들지 않을 때면 유리를 세게 두드렸고, 그러면 바늘은 **폭풍우** 쪽으로 기울었어요. 그리고 그건 틀리는 법이 없었죠. 바늘이 **폭풍우**를 가리키면 폭풍우가 쳤으니까요.

그러니까 내가 날씨를 좌우한다고 믿었다는 거야?

네.

내가 많은 걸 통제하기는 했지, 그래야만 했으니까.

저는 아니었죠!

난 널 통제하려고도 하지 않았어.

그래요?

사람들은 통제에서 벗어나기 위해 모든 위험을 통제하려 들지. 그러니까 전에 통제됐었던 위험들을 말이야. 나는 처음부터 너를 그냥 혼자 놔뒀어.

혼자라서 외로웠어요.

그건 정말 의외로구나, 얘야. 너는 자유로웠어.

모든 게 겁이 났어요. 지금도 그래요.

당연하지. 어떻게 안 그럴 수 있겠니? 두려움이 없거나 자유롭거나 둘 중의 하나지, 둘 다일 수는 없어.

둘 다일 수 있는 방법을 알아내는 것은 확실히 모든 철학의 목표겠죠, 어머니.

우리를 그렇게 만드는 건 철학이 아니야.

어머니는 제일 좋아한다는 커스터드 케이크를 조금씩 먹기 시작했다.

사랑은 그럴 수 있지, 잠깐 동안. 어머니가 덧붙였다.

자주 그러셨나요?

한 번, 아니면 두 번.

이 말을 하면서 어머니는 미소를 지었다. 암호를 말해 주지 않았을 때 얼굴에 번지는 그런 미소였다.

그거 아시죠? 내가 말했다. 어머니의 장례를 치른 후에야 아버지와 결혼하시기 전에 이미 한 번 결혼했다 이혼하셨다는 걸 알고 다들 상당히 놀랐다는 거요.

모든 건 드러나게 돼 있지! 어머니가 말했다. 우리는 정말 많이 사랑했단다. 첫번째 남편하고 나 말이야.

그런데 어쩌다 이혼을 하셨어요?

나는 아이를 갖고 싶었거든! 어머니는 커스터드가 묻은 손가락으로 나를 가리켰다. 어떤 아이가 태어날지는 알 수 없었지만, 아무튼 아이를 원했어.

그런데 그 분은 아니었나요?

그이와 나는 함께 별을 바라봤어. 그리고 난 서두르지 않았단다. 겨우 열일곱 살이었으니까. 사실 그를 만났을 땐 열여섯 살이었어. 1909년, 마테를링크의 『파랑새』를 읽었던 때지. 그를 만난 건 일요일마다 터너의 수채화를 보러 가던 테이트 갤러리에서였어. 그가 차 한 잔을 하자고 했고 —당시에는 커피가 흔하지 않았거든— 노년에 이중생활을 했던 터너의 얘기를 들려주더구나. 나는 **그**가 노인이라고 생각했단다. 지금 네 나이의 반밖에 안 됐었는데. 그래서 이 남자도 이중생활을 하는 게 아닐까, 궁금해 했던 기억이 나. 그 다음 일요일엔 미리암의 얘기를 해줬지.

성경에 나오는 그 미리암이요?

둘 다. 성경 속의 이야기와 내 이야기. 그리고 이거 아니? 나를 미리암이라고 불러준 건 그가 처음이었어! 집에선 언제나 밈이었거든. 아버지의 말들이 있는 마구간을 떠날 때는 밈이었는데, 복스홀 다리를 건너 템스 강 저편에서 그를 만나면 갑자기 미리암이 됐던 거야.

그분하고는 언제 결혼하셨어요?

그이가 인도에서 돌아와 있을 때였고, 결혼을 하면 그를 붙들어 둘 수 있겠다고 생각했거든. 구 년 동안은 내 옆에 붙들어 뒀지. 그 구 년 동안 그이는 미리암과 행복했어.

일은 안 하셨나봐요?

궁금한 게 많고 질문이 많은 사람이었어. 그와 대화할 수준이 되기 위해 나도 공부를 하고 책을 읽었지. 얘기로 밤을 새울 때도 있었어. 그이는 나를 깨워서 정원으로 데리고 나가기도 했는데, 정원이 꽤 컸거든. 세네카의 흉상 아래에서는 아무도 우리를 볼 수 없었고, 아담과 이브처럼 거기 서서 해가 떠오르는 걸 보곤 했단다.

아담과 이브처럼이라고요?

벌거벗은 채.

집이 어디 있었죠?

크로이든.

크로이든! 놀라서 목소리가 높아졌다.

쉿! 소리 지르지 마. 사람들이 쳐다보겠다. 이 도시 사람들은 소리를 지르지 않는단 말이야. 그 조각상 아래서 읊던 시가 아직도 기억나. "아무것도 원하지 말지니, 아무것도 원치 않는 주피터에 견주고자 한다면!"

하지만 어머니는 아이를 원하고 있었잖아요. 주피터는 아무것도 원치 않았는데!

치사하게 그러지 마. 알프레드는 나를 흠모했어. 알겠니? 나 자신이 너무 아름답다는 생각이 들게 했어. 네 아버지는 좀더 남자다운 사람이었지. 멀리서 나를 흠모했으니까.

아버지도 그분을 만났나요?

이혼을 한 다음엔 집을 떠나 떠돌이 생활을 했단다.

어머니 마음이 편치 않았겠네요.

그이가 원한 일이었어.

그분을 계속 만나셨나요?

지금도 만난단다. 지금 너를 만나고 있는 것처럼.

그분도 여기 리스본에 계세요?

세상에 천국으로 직행해야 할 사람이 있다면 그건 알프레드일 거야. 그는 천사였거든. 천사와 함께 살기란 쉽지 않지. 하지만 어쨌거나 천사였어. 리스본에 있지는 않아.

저도 그분을 한 번 본 적이 있는 것 같아요.

그랬을 리가 없어!

언젠가 크로이든에 갔을 때 저를 큰 가게에 남겨두고 어딜 가셨잖아요.

그래, 케나즈!

저를 케나즈의 장난감 코너에 남겨두셨어요.

기차 구경하는 걸 좋아했잖아. 태엽 돌리는 것 말고 새로 나왔던 전기 기차.

장난감 코너로 저를 데려가선 이렇게 말씀하셨어요. 여기서 기다려라, 엄마 금방 올게. 그래서 기다렸죠. 기차는 점점 느려지는 것만 같았어요. 걱정이 되진 않았지만 한참 걸렸으니까요. 신호가 바뀌는 걸 한 천 번은 봤을 거예요. 다시 돌아오셨을 땐 뛰어온 것처럼 얼굴이 굉장히 상기돼 보였어요. 승강기를 타고 곧장 일층으로 내려갔는데 바깥에, 백화점 뒷골목에 한 남자가 길을 막고 서 있었고, 어머니는 손수건으로 얼굴을 가리셨어요. 그 남자의 옷은 얼기설기 꿰맨 누더기였고, 수염은 제멋대로 헝클어져 있었죠. 그리고 그 표정! 도저히 눈을 뗄 수가 없었어요.

알프레드! 푸른색과 흰색 아줄레조스로 장식된 카페에서 어머니가 나지막하게 외쳤다.

체구가 어머니의 두 배는 됐고, 후줄근한 모습 때문에 더 커 보였죠. 그 다음에 무슨 일이 있었는지 기억하시죠? 그분이 무슨 꾸러미인가를 어머니에게 줬어요.

편지였어. 이제 거리 생활을 하는 터라 보관할 데가 없는데 도저히 자기 손으로는 없앨 수가 없다며 다시 돌려주고 싶어했지.

그게 아직도 있나요?

어머니는 고개를 저었다.

태웠어. 집에 가자마자 태워 버렸어.

그리곤 때가 꼬질꼬질한 손으로 제 머리를 쓰다듬으며 어머니에게 이렇게 말했어요. 이 아이를 잘 돌봐야 한다고.

어머니는 아줄레조스로 장식된 카페에서 흐느껴 울기 시작했다.

뭔가를 떠나보내야 할 때 나는 머뭇거리지 않는단다. 어머니가 훌쩍이며 말했다.

그분을 여전히 사랑하고 계셨나요?

그 사람의 눈은 사람을 꿰뚫어 봤어. 어머니는 웅얼거리듯 말했다.

그분을 보는 순간 어머니가 그날 오후에 어딜 가셨든 이 남자와 함께 있었다는 걸 직감했어요. 그리고 속으로 아무에게도 말하지 않겠다고 다짐했죠.

그는 얼마 안 있어 죽었단다. 차에 치였지. 부랑자라고 생각해서 차를 멈추지 않았던 거야.

어머니는 손으로 얼굴을 가렸다.

미덕만으로 살아가는 건, 세네카가 지혜라고 칭했던 것만 가지고 살아가는 건 위험한 일이야. 어머닌 말을 뭉개듯 씹으며 말했다. 설사 그게 진정한 미덕이라고 해도 그건 위험해. 술처럼 중독이 되거든. 내가 직접 겪은 일이야.

왜 저를 잘 돌봐야 한다고 말했을까요?

어머니가 손을 내렸다.

너를 보고 알 수 있었던 거지. 그때 넌 열 살이었는데, 늘 입을 반쯤 벌리고 다녔단다.

어머니한테 자식이 있다는 걸 그분이 아셨어요?

나는 그이에게 아무것도 숨기지 않았어.

고통이 가득한 얼굴이었어요. 내가 말했다.

오랜 침묵이 이어지고, 우리는 둘 다 창밖으로 시선을 돌려 하늘의 푸른색을 압도하려드는 건물들의 흰색을 바라봤다. 잠시 후 어머니가 입을 열었다. 알프레드는 나를 가르쳤고 나는 너를 가르쳤고, 분명히 말하지만 네가 그의 얼굴에서 본 건 고통만은 아니었단다. 고통만이 아니었어. 이제 좀 쉬어야겠다.

어머니는 자리에서 일어나 화장실을 향해 천천히 걸어갔다.

어머니는 으깬 감자를 만들고 있다. 푸슬푸슬하니 아주 잘 됐네. 어머니는 포크로 감자를 휘저으면서 말한다. 머릿수건을 쓰고 있다. 어머니는 우리가 살았던 카페 부엌에서 하루 종일 일을 했다. 스토브 열기에 시달리면서도 설탕 시럽이나 커스터드가 묻은 손가락을 빨아먹을 땐 얼굴에 절로 미소가 어렸다. 당신이 만든 패스트리에 그런 달콤함이 녹아 있다는 자부심. 요리 솜씨가 좋다는 걸 당신도 알기 때문이다. 어머니가 일기를 쓰는 걸 본다. 어머니는 해마다 새 일기장을 샀는데, 2월이 돼서 싸게 팔 때까지 기다린 적도 많았다. 그리고 꼭 작고 가느다란 연필이 달려 있는 걸 샀다. 그 연필은 고리에 쏙 들어가서 금빛 가장자리 옆에 기다랗게 놓였다. 담배— 어머니는 당시에 뒤모리에라는 이름의 담배를 피웠다—보다 더 작고 가는 그 연필이 우리가 뭔가를 적을 수 있는 유일한 필기구일 때도 많았다. 잊어버리지 말고 돌려줘. 연필은 항상 조심스레 제 고리에 다시 꽂혔다. 그리고 그걸로 어머니는 일기를 쓰고, 어쩌다 있는 약속을 적고, 매일 체계적으로 날씨를 기록했다. 아침: 비. 오후: 간간이 햇살.

어머니를 다시 본 건 눈부신 아침이었다.

리스본 시내를 다니는 전차는 크로이든을 달리던 빨간색 이층 전차와는 전혀 딴판이다. 조그만 낚싯배처럼 비좁고 노란 레몬색이다. 해협처럼 가파른 일방통행 길을 빠져나가거나 보이지 않는 돌출부를 에돌아 가는 모습을 보면, 이곳의 기사들은 운전대나 레버를 조작할 게 아니라 밧줄을 던지고 방향타를 잡고 있어야 할 것 같은 느낌이 든다. 하지만 급작스런 내리막, 기울어진 길과 울퉁불퉁한 요철에도 불구하고 대부분이 노인네인 승객들은 생각에 잠긴 차분한 태도를 잃지 않는다. 아직도 자기 집 거실에 앉아 있거나 이웃 집에 와 있는 듯한 모습이다. 사실 창문까지 열어 놓은 전차가 집 앞을 스칠 듯 가까이 지나가기 때문에, 손만 뻗으면 발코니에 걸린 새장을 건드리거나 살짝 밀어서 흔드는 건 어렵지 않을 것 같다.

나는 프라제레스(즐거움)까지 가는 28번 전차를 탔다. 그곳은 능에 유리창이 난 문이 달려 있어서 망자의 집을 들여다볼 수 있는 오래된 공동묘지다. 낮은 탁자와 의자, 커버를 덮어 놓은 간이 침대, 바닥 깔개, 사진, 성모 마리아상, 쿠션 등으로 장식된 곳들이 많다. 바닥 깔개 위에 무용 신발 한 켤레가 놓인 곳도 있고, 작은 관이 얹혀진 침대 맞은편 벽에 자전거와 낚싯대가 기대선 곳도 있다.

나는 공동묘지의 반대편 끝인 그라시아 지구의 한 교회 앞에서 전차에 올라탔다. 어머니를 본 건 그 다음 지구인 바이루 알투를 지날 때였다. 그 비좁은 거리를 종을 울리며 지나가는 전차를 피하기 위해 어머니도 여느 행인들처럼 상점의 쇼윈도에 몸을 바짝 붙였다. 하지만 그 와중에도 나를 본 어머니는 다음 모퉁이에서 전차가 멈추고 나무 커튼 같은 문이 요란스레 열렸을 때 의기양양한 태도로 차에 올라 지갑에서 표를 꺼냈고, 예의 그 우산을 지팡이 삼아 내 옆에 와서 팔짱을 꼈다. 어느 늙은 여인의 발치에 앉아 있던 개가 꼬리를 흔들며 바닥을 탁탁 쳐댔다. 출입문이 닫혔다. 전기 모터가 우웅 소리를 내며 다시 출발하기 위해 발동을 걸었다. 어머니는 아무 말 없이 콜롬보 쇼핑센터 로고가 찍힌 비닐 가방을 내게 건넸다.

다음 정류장에서 나무 커튼이 다시 열렸을 때 어머니가 말했다. 우리 지금 시장에 가고 있는 거지?

네, 그럴 생각이었어요.

그렇다는 말을 듣자 어머니는 열일곱 살짜리 웃음을 터뜨렸다.

이제 금방 내릴 거야. 어머니가 말했다. 여기서 리베이라 시장까지는 쭉 내리막이야.

안에서 보면 리베이라 시장은 돌과 쇠와 유리로 세워 올린 탑 모양을 하고 있다. 이런 건축공학적 시도는 빛은 받아들이면서도 가혹한 여름 더위에 그늘을 제공할 최선의 방법을 찾으려는 노력의 일환이었을 것이다. 그 해법은 높이를 더하고 빛은 옆으로만 들이치게 하는 것이었다.

파리는 놀랄 정도로 드물어서 생고기가 걸려 있는 곳에서조차 별로 눈에 띄지 않는다. 어머니는 우산이 거의 바닥에 닿지 않을 만큼 가벼운 발걸음으로 채소와 과일 파는 곳을 지나 생선 가게들이 늘어선 곳으로 나를 데려간다.

문득, 어머니가 리스본에 오기로 한 건 리베이라 시장 때문이라는 생각이 든다.

대형 수산시장은 희한한 곳이다. 일단 들어서면 전혀 다른 세계가 펼쳐진다. 돌멩이 같은 성게, 부채새우, 칠성장어, 오징어, 수염대구, 쥐치들은 이곳에서 시간과 공간, 수명과 고통, 빛과 어둠, 깨어 있는 것과 잠이 든 것, 인식하는 것과 무관심한 것의 척도가 달라졌음을 말해 준다. 한 예로, 물고기들은 죽을 때까지 성장을 멈추지 않는다. 나이가 많을수록 몸이 더 크다. 길이가 이 미터인 육십 년 된 가오리는, 우리에겐 칠흑 같은 어둠 속에서 대부분의 시간을 보낼 것이다. 물속에서 물고기들은 후각으로 호르몬을 감지한다. 그들에겐 여섯번째 감각이 하나 더 있는데, 아가미에서 꼬리까지 옆으로 길게 이어진, 일종의 눈꺼풀이랄 수 있는 측선은 진동과 소리, 그리고 갑작스런 동요 등을 감지한다. 지구에는 사만오천 종의 갑각류가 있으며, 전부 다른 종의 먹이인 동시에 또 전부가 포식자다. 우리와 다른 이 왕국의 나이, 상대적인 불변성, 복잡한 먹이사슬 등은 어쩐지 겸손한 마음이 들게 한다.

여기 사람들은 나를 잘 알아. 어머니는 겸손한 기색이라고는 조금도 찾아볼 수 없는 말투로 단언한다.

어머니는 겸손을 믿지 않았다. 어머니 생각에 겸손은 가식이고, 뭔가 다른 것을 은밀하게 꾀하면서 주의를 분산시키려는 술책일 뿐이었다. 어쩌면 어머니가 옳았는지도 모른다.

어머니는 몸을 숙여 양동이에 담긴 암게를 보고 있다. 짙은 껍질이 갈색 벨벳 같아서 집게발이 그렇게 날카로운데도 촉감은 보드랍다. 그리고 기름 속을 걸어온 것처럼 다리에는 푸른 반점이 얼룩덜룩하다.

게 중에서 제일 좋은 거란다. 어머니가 말한다. 여기서는 나랄레이라 펠푸다(naralheira felpuda)라고 하는데, 펠푸다는 '털북숭이'라는 뜻이야.

어머니는 허리를 펴고, 이제껏 한번도 본 적이 없는 표정으로 내 눈을 응시한다.

죽은 다음에 많은 것을 배웠단다. 그러니까 너도 여기 있는 동안 나를 잘 이용해. 죽은 사람은 사전 같아서 모르는 것을 찾아볼 수 있어.

그 표정은 행복한 뻔뻔함인데, 이제 아무것도 당신을 건드릴 수 없다는 걸 알기 때문이다.

우리는 탑 속의 통로를 따라 넙치와 다랑어, 달고기, 고등어, 정어리, 멸치와 은대구 사이를 걸어간다.

은대구는 말이지. 어머니는 아담하고 짧은 코를 쳐들어 멀리 있는 지붕을 바라보며 말한다. 은대구는 깊은 물속에 살다가 보름달이

뜬 밤에만 수면 위로 올라온대!

생선 장수들은 전부 여자다. 다부진 어깨에 억센 팔뚝, 고무장화를 신고 뜨거운 쇠 같은 얼음을 다루는 사람들이지만 바짝 동여맨 스카프와 은근히 놀려대는 듯한 눈은 너무나 여성스럽다. 그들은 물고기를 먼 친척, 조금 성가신 친척처럼 대한다. 그것들이 성가신 까닭은 한때 그랬던 것만큼 날쌔지 않기 때문이다!

어머니가 회색 새우 한 마리를 집어 들고 냄새를 맡아 본다. 생선 내장을 정리하던 주인이 미소를 짓는다.

반 파인트만 사자. 어머니가 말한다. 여기 안드레아스한테 달라고 해. 저 여자 이름이 안드레아스거든. 남편은 쿠바에 있고, 딸은 스튜어디스야.

안드레아스는 정리하던 생선을 쳐들고, 속이 빈 내장 위쪽에 놓인 부드러운 곤이처럼 보이는 것을 아주 조심스럽게 칼끝으로 가리킨다. 윤기가 돌고 분홍빛이 감도는 흰색에다 구부러진 모양이 꼭 디기탈리스(유럽 원산의 화초—역자) 봉오리 같다.

이건 대구야. 어머니가 말한다.

텅 빈 내장 아래로 조심스레 움직이던 칼끝이 오렌지색 알갱이가 들어찬 자루에 닿았는데, 색이며 크기가 말린 살구와 똑같다. 암컷의 알이다.

암수가 한 몸이에요! 안드레아스는 웃으며 말하고 다시 한번 반복한다. 암수가 한 몸이라고요! 우리가 계속 놀라길 바라는 듯이. 암수가 한 몸!

새우 값을 치르고, 우리는 통로를 따라 걸으면서 새우를 먹은 다음 머리와 꼬리는 바닥에 버린다.

또 다른 통로에 접어들자 이제껏 내가 본 중에 가장 붉은 생선 열두 마리가 나무판 위에 얹혀 있다. 불이 붙은 것처럼 붉은 그 진홍색은 어떤 꽃에서도, 심지어 열대의 꽃에서도 본 적이 없다.

대서양 연어란다. 어머니가 나직이 속삭인다. 저건 짝짓기 습관이 특이해. 일단 열 살이 돼야 짝짓기를 할 수가 있는데, 그것만 해도 굉장히 늦은 거잖아. 그리고 수컷은 두 달 동안 먹이를 먹지 않아. 그러고 나서 동물들처럼 삽입을 하는데, 이때 정자가 암컷의 몸속으로 들어가지. 암컷은 삼만, 오만, 또는 십만 개의 난자가 모두 준비될 때까지 넉 달 동안 정자를 몸속에 간직했다가 수정을 시키는 거야. 그 알들이 어미 몸속에서 부화해서 유생이 되고, 삽입 후 아홉 달이 지났을 때 어미는 대서양 심해에 유생들을 풀어놔.

저는 늘 글을 쓰는 것보다 생명을 중요하게 생각했어요. 내가 말한다.

잘난 척 좀 하지 마.

정말이에요.

그럼 아무 말 말고 넘어가.

제가 쓰는 걸 이해하지 못한다고 생각해 보세요.

다른 사람들은 그럴지도 모르지.

우리는 연어가 수북이 쌓인 곳 앞에서 걸음을 멈춘다.

아버지가 제일 좋아하신 게 연어 요리였죠?

그래, 하지만 돌아가신 후론 황새치를 더 좋아하신단다. 에스파다르트! 위턱이 칼날같이 아주 길고 —몸길이의 삼분의 일을 차지하니까— 그 칼날을 좌우로 휘둘러서 사냥감을 단칼에 죽이지. 헤밍웨이의 소설에 나오는 그 노인이 바다에서 씨름을 한 게 황새치잖아. 황새치 맞지? 그 책을 읽을 때 네 아버지가 세계대전을 치르면서 참호 속에서 보낸 시간들이 생각났단다. 무슨 상관이 있냐고 물을 테지. 모든 걸 다 설명할 순 없어. 아무튼 그 이야기를 읽으면서 네 아버지와 그 전쟁을 생각했어. 왜 그랬는지는 설명할 수 없지만.

용기라는 고리로 연결되는 건가요?

어머니는 고개를 끄덕인다.

네 아버지처럼 자주 우는 사람을 보지 못했고, 네 아버지의 반만큼 용감한 사람도 알지 못했어.

어머니는 다시 한번 고개를 끄덕인다. 나는 어머니와 팔짱을 낀다.

묘한 건 말이지, 존, 에스파다르트 ―이걸 은갈치와 혼동하면 안 되는데― 이 커다란 생선의 살은 마리네이드 양념에 쟀다가 요리를 하면 세상에서 제일 연하고, 제일 부드럽고, 제일 하얗게 된다는 거야. 입에서 살살 녹는 게 ―씹을 필요도 없어― 마치 수플레 같아. 이 요리를 할 때마다 네 아버지의 접시 위에 입맞춤처럼 담아 드린단다.

그걸 드시러 여기 오시나요?

물론 아니지. 어디에 계시든 내 생각이 날 때마다 그걸 드실 게다. 내가 그 요리를 할 때마다 네 아버지를 생각하는 것처럼.

에스파다르트를 찾아야 하나요, 아니면 지금처럼 생각만 하면 되는 건가요. 내가 묻는다.

그게 무슨 소리니? 말했잖아, 레몬즙이랑 올리브유에 재워야 한다고! 그러니까 레몬이랑 파란고추, 노란고추, 그리고 빨간고추까지 죄 찾아야지. 물이 나오도록 고추 썬 것을 프라이팬에 먼저 담고 그 위에 생선을 얹는 거야. 삼백 그램쯤 되게 토막을 내는데, 살이 촉촉한 황새치의 배 부분을 옆으로 가로질러 도톰하게 썰어야 해. 요리 시간은 아주 짧게 ―너무 익히면 안 되거든― 프라이팬 뚜껑은 덮는 게 좋아. 어떤 사람들은 케이퍼(지중해 연안의 나무이며, 그 꽃봉오리를 따서 식초에 절인 것을 해산물 요리나 샐러드 등에 사용한다—역자) 초절임을 곁들여 내지만 나는 아니야. 생선은 내가 살 테니까 너는 가서 레몬이랑 고추를 찾아봐라.

어머니는 또 며칠 동안 나타나지 않았다. 나는 페리호를 타고 타구스 강 건너편의 카실랴스에 갔다. 강 건너에서 리스본을 바라보니 큰 건물들을 모두 알아볼 수 있었고, 지도에 표시되어 있는 각 지구들도 쉽게 구분해서 이름을 붙일 수 있었다. 뒤에 있는 구릉들은 바다를 향해 그 경계선까지 도시를 밀어내는 것처럼 보였고, 제일 희한했던 건 그렇게 멀찍이 떨어져서 보니 리스본이 벌거벗은 듯이 보인다는 점이었다! 구름이 드리운 그림자 때문인지, 밀짚의 바다에서 반사되는 햇살 때문인지, 아니면 오랜 세월 동안 뱃사람과 어부들이 자기가 사랑한 리스본을 다시 발견하거나 마지막으로 돌아본 그 영역에 들어섰기 때문인지는 나도 알 수 없었다.

이튿날에는 대서양에서 올라온 소나기에 돌풍이 불었다. 나는 아노락(원래는 에스키모인이 입던 모자 달린 헐렁한 모피 재킷을 가리키는 말이었지만 지금은 모자가 달린 겉옷을 통칭하는 말로 쓰인다—역자)을 모자까지 뒤집어쓴 채 조국 순교자의 광장이라는 뜻을 가진 캉푸 도스 마르티레스 다 파트리아를 건너고 있었다. 산발적으로 내리던 비가 주룩주룩 쏟아지기 시작했다. 이 광장의 이름이 된 조국의 순교자들은 1817년에 바로 여기서 교수형을 당했다. 지금의 이 교차로 원형광장에 교수대가 있었다. 열두 명 모두 프리메이슨이었다. 처형 명령을 내린 것은 베레스포드 사령관이었는데, 웰링턴 반도전쟁(1808-1814년 사이에 나폴레옹의 이베리아 반도

침략에 저항하여 영국·스페인·포르투갈 동맹군이 벌인 전쟁—역자)이 끝난 후 영국의 통치를 받던 중이었기 때문이다. 그 열두 명은 공화당원이었으며 모반을 꾀했다는 혐의를 받았다. 눈가리개가 씌워질 때 그들은 이 도시를 위해 기도했다.

그리고 교차로와 전차와 끝없는 차량 행렬로 가득한 이 광장이 지금까지도 기도로 가득한 건 놀라운 노릇이다. 여기서는 우시장의 소떼 사이를 지나듯 기도하는 사람들 사이를 비집고 지나가야 한다. 순교자들의 기도. 광장 북쪽 법의학 연구소 옆에 있는 시체 안치소를 찾아가야만 하는 사람들의 기도, 그리고 원형광장 한복판에 동상으로 세워진 이의 축복을 받기 위해 이곳을 찾은 모든 사람들의 기도. 그 동상의 주인공은 조제 토마스 데 소우자 마르틴스 박사다.

동상 주위에는 무덤의 묘석과 조금 비슷해 보이는 석판들이 세워져 있다. 동상 초석에 비스듬히 기대선 것도 있고, 석판끼리 등을 맞대고 선 것들도 있다. 묘비는 아니다. 거기 적힌 것은 언젠가 간경화증을 낫게 해주고, 기관지염을 고쳐 주고, 치질과 발기부전, 어린이의 천식, 여자의 스트레스, 대장염 등을 치료해 준 데 대한 고마움의 기도다. 그 중에는 박사가 생전에 고쳐 준 것도 있고, 죽은 후에 치료된 것도 있다.

광장에서 늙은 여자들이 그의 사진을 팔고 있다. 액자에 넣은 것도 있고, 넣지 않은 것도 있다. 마르틴스 박사는 어딘가 에드가 삼촌을 닮았다. 아버지의 형으로, 죽을 때까지 공부를 게을리 하지 않았던 지식인이자 결코 절망하지 않았던 이상주의자였으며, 우리 어머니를 비롯한 모든 사람에게서 패배자 취급을 받았고, 아무도 읽거나 출간해 주지 않는 수백 페이지의 책을 쓰느라 오른손 가운뎃손가락에 혹 같은 굳은살이 박였던 에드가 삼촌.

두 얼굴의 공통점은 입매가 유난히 느슨하다는 것인데, 거기에는 연약함이 아니라 갈망이, 그것도 뭔가를 씹고자 하는 게 아니라 입을 맞추고자 하는 갈망이 드러나 있다. 이마, 위압적인 지성이 아닌 영감을 주는 가없는 침착함이 담긴 그 이마도 닮았다. 세상을 떠난 지 한 세기가 넘은 오늘날까지도 마르틴스 박사는 리스본에서 천국과 지상의 의사로 추앙받고 있다. 그리고 에드가 삼촌은 아직도 내게 말 없는 사랑의 힘을 증명해 준다.

바람이 축축하게 몸을 감싸고, 갈매기들은 지붕 위에 닿을 듯 낮게 날고 있었다. 이미 누가 바다에 나가 있지 않다면 모두가 바다에 등을 돌리는 그런 날이다.

늙은 여자들은 원형광장 한가운데에서 짙은 색 우산을 쓰고 쪼그리고 앉아 초를 팔고 있었다. 초의 크기는 세 가지이고, 가격표가 붙어 있진 않아도 크기에 따라 값이 달랐다. 제일 큰 건 길이가 삼십센티미터이고, 양피지 색이었다. 박사의 동상에 가까이 가면 두 개의 철제 테이블 위에서 초가 타고 있었다. 녹아내린 촛농으로 뒤덮인 탁자에는 새 초를 꽂을 수 있는 쇠심이 솟아 있고, 뒤에 세운 높다란 철판이 바람을 막아 줬다. 나는 촛불을 바라봤다. 깜빡거리며 촛농이 흐르고 바람의 기세에 용이 뿜어내는 불처럼 옆으로 납작하게 눕기도 했지만, 그 비와 돌풍에도 꺼져 버린 건 하나도 없었다. 검은 모자를 쓴 집시 같은 남자가 테이블 옆에 바짝 붙어서 보호자라도 되는 것처럼 초들을 두루 살폈다. 바람의 방향이 바뀌면 이 남자가 테이블이나 철판을 옮겨 촛불이 꺼지지 않게 하고, 궂은 날씨에 이런 일을 해주는 대가로 초를 만들어 파는 상인들에게서 푼돈을 받아 챙기는지도 몰랐다. 그게 아니라면 그저 나처럼 끈질긴 촛불의 생명력에 매료되어 거기 서 있었을 뿐일까?

뒤늦게야 나도 초를 몇 개 사서 불을 밝혀야겠다는 생각이 들었다. 그게 누굴 위한 촛불일지는 이미 알고 있었다. 나는 바로 그 순간에 저마다 다른 이유로 바다에 나가 있는 세 명의 친구들을 생각하고 있었다.

 제일 길어서 오래도록 탈 초들을 사서 한쪽 테이블로 다가갔다. 가장 가까운 쇠심에 초를 하나씩 차례로 꽂았다. 그러고 나서야 이미 타고 있는 다른 초에서 미리 불을 붙였더라면 다른 두 초를 꽂아놓고 쉽게 불을 옮겨 붙일 수 있었을 거라는 생각이 들었다. 그런데 이제는 그 바람 속에서 성냥을 긋는 것도 힘들뿐더러, 성냥도 가지고 있지 않았다.

 이렇게 실수를 깨닫고 있는데 뒤에 있던 조그만 체구의 한 여자가 불이 켜진 초를 내게 내밀었다. 그게 누구일지 전혀 의심하지 않았기 때문에 돌아보지도 않고 그걸 받았다. 그러고는 그대로 선 채 새로 밝힌 세 개의 촛불이 깜빡거리는 모습을 한참 바라봤다.

 마침내 뒤로 돌아섰을 때에야 나는 우산을 들고 뒤에 서 있던 조그만 여자가 내 어머니가 아님을 알고 깜짝 놀랐다.

 죄송합니다, 정말 죄송합니다. 나는 허둥대며 말했다. 제 어머니인 줄 알았어요! 불어로 말을 했는데, 당황스러운 상황에선 나도 모르게 불어가 튀어나왔다.

 제가 보기엔 거의 따님 연배일 것 같은데요. 여자는 포르투갈 억양이 섞인 불어로 흔쾌하게 대꾸했다. 아직도 타고 있는 여자의 초를 돌려주며 나는 고개 숙여 사죄를 했다.

 어떤 효험이 있는지는 몰라도 일단 불을 밝히면 초들은 사람의 손길을 필요로 하지 않아요. 그녀가 말했다.

 맞습니다. 나는 낮은 목소리로 대답했다. 맞습니다.

깊은 생각에 빠지신 것 같던데요. 그녀가 말했다.

불어를 굉장히 잘하시네요.

파리에서 일을 했거든요. 청소일이요. 작년에 쉰다섯이 되고 보니 이젠 리스본으로 돌아가 정착할 때라는 생각이 들더군요. 그리고 남편도 돌아왔어요.

비를 피할 겸 제가 커피 한 잔 대접해도 될까요?

아니요, 초를 꽂고 집에 가봐야 해요.

그녀는 강하면서도 무방비인 얼굴에, 눈동자가 파랬다.

남편을 위한 거예요, 제 초는.

편찮으신가요?

아픈 게 아니라 사고를 당했어요. 지붕에서 일을 하다 떨어졌거든요.

크게 다치셨나요?

그녀는 내 가슴이 저 먼 밀짚의 바다라도 되는 듯이 응시했다. 그러자 그녀의 남편이 죽었다는 걸 알 수 있었다.

저처럼 우산을 챙겨 오셨어야죠! 여자는 이렇게 말하고는 잠시 후 덧붙였다. 초는 계속 탈 거예요. 뭐가 됐건 우리가 지켜보지 않아도 해낼 거예요.

나는 원형광장을 벗어나서 밀려드는 차량 행렬을 어렵사리 빠져나와 카페를 찾아 들어갔다. 안으로 들어가 아노락을 벗고 화장실에 있는 수건으로 얼굴의 물기를 닦은 다음, 따뜻한 그로그(럼에 물을 타서 묽게 만든 칵테일의 일종—역자)를 주문했다. 카페는 손님들로 북적거렸는데, 대단히 잘 차려 입은 사람도 많았다. 따뜻한 술을 한 모금씩 마시며 듣자 하니 독일어와 영어가 섞여 있었다. 근처 대사관 사람들이 자주 찾는 카페인 모양이라고 속으로 생각했다.

47

그래서 오늘 아침엔 마르틴스 박사를 만나러 갔더랬구나. 참 좋은 분이셨지! 우리 중엔 지금도 그에게 진찰을 받으러 가는 이들이 있단다.

목소리는 들리는데 모습은 보이지 않는다. 나는 혼자 앉아 있다.

어떻게 그분에게서 진찰을 받아요? 친구분들 말이에요.

박사의 진료시간은 그분이 잠을 잘 때거든.

마르틴스 박사는 한 세기 전에 죽었어요.

죽은 사람들도 잠을 잘 수 있잖니?

어떤 통증을 호소하나요? 그에게 진찰을 받는 어머니 친구분들이요.

부푼 희망에 시달리는 경우가 많지. 우리 사이에서 부푼 희망은 거의 산 사람들의 우울증만큼이나 일반적이거든.

거기선 희망을 병으로 보나요?

다시 삶에 개입하고 싶어하는 게 말기의 대표적인 증상이고, 우리에겐 그게 치명적이니까.

치료약이 있나요?

마르틴스 박사는 순교자들과의 상담을 처방해 준단다!

그 양반은 여자들을 사랑했던 모양이군요. 내가 말한다.

얘기 하나 해줄까? 어머니가 말한다. 하루는 어떤 돈 많은 여자 환자가 자신의 저택으로 왕진을 청했대. 여자를 진찰한 박사는 하녀에게 물 한 잔을 가져다 달라고 했는데, 유난스럽게도 꼭 식품 저장실의 수돗물을 받아 달라고 했어. 식품 저장실이 멀리 있다는 걸 알았던 거지. 하녀가 자리를 비운 사이에 치료가 진행됐고, 하녀가 물을 가지고 돌아왔을 때 박사는 그걸 마셨어. 박사님, 언제 또 와주실 건가요? 병석에 누운 여자가 물었어. 그는 잠시 생각을 하더니 환자에게 윙크를 하곤 이렇게 말했대. 목이 마를 때요, 부인. 이 말을 남기고 마르틴스 박사는 저택을 떠났대.

어머니가 웃는다. 카페 안에 있는 모든 사람들이 동시에 유리잔을 쨍그랑거리는 듯한 수정 같은 웃음. 다른 사람들의 귀엔 그 소리가 전혀 들리지 않는 눈치다.

언제 봤더니 그루초 마르크스(1920-1930년대에 활동했던 미국의 희극 영화배우. 네 형제가 마르크스 형제라는 이름으로 팀을 이뤄 활동하기도 했다—역자)가 그를 연기하더구나.

데이비스 픽처 팰리스에서 우리는 〈오페라의 밤〉과 〈오리 수프〉를 봤다. 영화관에서 어머니는 우리에게 이목을 집중시키지 않으려는 듯이 숨죽여 웃었는데, 우리가 그곳에 있는 건 부정행위나 다름없었기 때문이었다. 아무에게도 픽처 팰리스에 간다는 얘기를 하지 않았기 때문이기도 했고, 보다 직접적인 이유로는 어머니가 돈을 안 내고 들어갈 방법을 궁리해서 성공했던 적이 많았기 때문이었다. 그럴 경우에는 카펫이 깔리지 않은 좁은 계단이나 비상 탈출구에 앉았다.

제 책은 전부 어머니에 대한 거였어요. 내가 불쑥 말한다.

말도 안 돼! 어쩌면 나를 거기 네 옆에 있게 하려고 그 책들을 썼는지도 모르지. 그래, 그랬지. 하지만 세상 온갖 것에 대해 썼어도 나에 대한 건 아니었어! 네가 나에 대한 이 짧은 이야기를 쓰기까지 나는 지금껏, 네가 노인이 되어 리스본에 올 때까지 기다려야 했으니까.

책은 언어에 대한 것이기도 하고, 제게 언어는 어머니의 목소리와 따로 떼어 생각할 수 없어요.

똑똑한 척한다. 그러지 말라니까. 그냥 이 엄마를 생각해. 그러면 인고를 배우게 될 게다. 그건 여자에게서만 배울 수 있고, 남자에게서는 결코 배울 수 없는 거야.

남극에 갔던 스콧은요?

스콧의 아내를 생각해 보렴. 그녀의 이름은 캐슬린이었지. 그녀는 이렇게 말했어. "그이가 겪은 고통 외엔 아무것도 후회하지 않는다"고.

왜 제 책을 하나도 안 읽으셨어요?

나는 또 다른 인생을 보여주는 책들을 좋아했어. 내가 읽은 책들은 다 그런 거야. 전부 진짜 인생을 다루지만, 접어 뒀던 부분을 다시 찾아 읽어도 그건 나에게 일어났던 인생은 아니었지. 책을 읽을 때면 모든 시간 감각을 상실했어. 여자들은 항상 다른 삶을 궁금해하는데, 대부분의 남자들은 지나치게 야심이 큰 나머지 이걸 이해 못해. 다른 삶, 전에 살았던 삶, 살 수도 있었던 삶. 그리고 난 너의 책이, 또 다른 삶을 사는 게 아니라 상상만 하고 싶은 삶, 말없이 나혼자 상상해 보고 싶은 그런 삶에 대한 것이길 바랐어. 그러니까 읽지 않은 편이 더 나았지. 서점의 유리창을 통해 네 책들을 볼 수 있었단다. 내겐 그걸로 충분했어.

요즘은 헛소리를 쓰는 것도 마다하지 않아요.

뭘 쓰더라도 그게 뭔지를 당장에 아는 건 아니야. 늘 그랬어. 어머니가 말한다. 다만 네가 거짓말을 하는지, 아니면 진실을 말하려고 노력하는지, 그것만큼은 알아야 해. 더 이상은 그걸 혼동하는 실수를 용납할 여지가 없으니까.

내가 열세 살이었을 때 어머니는 이를 모두 뽑아야 했다. 어머니는 택시를 타고 집으로 왔다. 나는 문가에 서 있었다. 어머니는 반듯하게 누워 턱을 앞으로 쑥 내밀고 있었는데, 이가 모두 뽑혀 나간 뺨이 홀쭉했다. 그 순간에 내가 할 수 있는 건 두 가지뿐이었고, 그 두 가지 중에서 하나를 선택해야 한다는 걸 알았다. 비명을 지르거나, 어머니 옆에 가서 눕거나. 그래서 그 옆에 가서 누웠다. 워낙 속을 알 수 없는 분이라 기쁘다고 해서 그걸 바로 드러내는 법이 없었다. 우리는 둘 다 기다려야 했다. 몇 분이 지났을 때 이불 속에서 한쪽 팔을 꺼내 당신의 찬 손으로 내 손목을 쥐었다. 눈은 여전히 감은 채였다. 대부분의 사람들은 진실을 견딜 수 없단다. 어머니가 말했다. 정말 안 된 일이지만 어쩔 수 없어. 대부분이 그걸 견디지 못해. 존, 엄마 생각에 너는 진실을 감당할 수 있을 것 같아. 두고 보자꾸나. 세월이 흐르면 알게 되겠지. 나는 아무 대꾸도 하지 않았다. 그냥 침대에 누워 있었다.

번번이 길을 잃어요. 대사관 직원들이 가득한 카페에서 내가 말한다.

너의 시선이 또렷한 건 그 때문이야.

거의 안 그래요.

나보다는 낫잖니!

어머니는 또 소리 내어 웃는다. 둑이 무너진 강물처럼 와르르 쏟아지는 웃음. 내 귀에 그건 춤을 추자는 얘기로, 무너진 폐허 위에서 춤을 추자고 청하는 소리로 들려서, 의자를 뒤로 밀고 일어나 사교 춤을 추는 파트너처럼 팔을 들어 올린 채 어머니가 있다고 생각되는 쪽으로 한 걸음 다가선다. 대사관 직원들이 입을 벌리고 쳐다본다. 다시 자리에 앉는다. 다들 하던 얘기로 돌아갔을 때 내가 속삭인다.

이제 다음번에는 어디서 뵙게 되나요?

수도교(水道橋)에서. 아구아스 리브레스 수도교.

거긴 굉장히 길어요. 아마 십사 킬로미터는 될 걸요.

알칸타라 계곡을 넘어가는 지점. 그 지점의 아치는 높이가 육십 미터나 된단다. 그 위에 서면 미국 대륙이 보일 정도지! 열여섯번째 아치에서 기다리고 있으마.

어느 쪽에서부터 열여섯번째요?

어디겠니? 망이 다구아에서부터지. 화요일 아침에 거기서 보자.

그 전엔 안 되나요?

누구에게나 행운의 날은 일 주일에 하루뿐이야.

제 날은 언제였어요?

화요일이었지. 너는 아마 화요일에 세상을 뜰 게다.

그럼 어머니는요?

금요일. 몰랐니? 나는 네가 눈치 챘을 거라고 생각했는데.

어머니는 그렇게 자주 제 곁에 계시지 않았어요.

네가 생각하는 것보단 훨씬 더 자주였어. 물론 네가 원하는 것처럼 늘 거기 있지는 않았지. 영원히 있지는 않았으니까.

그러고 보니 금요일에 더 행복해 보이셨던 것 같네요. 내가 말한다.

행복의 여부라기보다, 좀더 안전해서 그만큼 더 자유롭다는 걸 아느냐의 문제였지.

금요일이 어머니의 날이라는 걸 언제 아셨어요?

열 살 때. 금요일에 노래를 부르면 완벽한 음이 나온다는 걸 알게 됐어. 예외 없이.

아직도 금요일이 어머니에게 행운의 날인가요?

아니. 지금은 화요일이야. 왜냐하면 나는 지금 너를 위해 여기 있으니까.

어머니가 또 웃음을 터뜨린다. 미리 앞을 내다보는 웃음. 우리 두 사람이 어떤 커다란 농담에 다가가는 게 보이기라도 하는 것처럼.

리스본은 인고의 도시, 대답할 수 없는 질문들과 애칭의 도시다. 아구아스 리브레스 수도교는 1748년에 완공되었다. 칠 년 후에 대지진이 도심을 강타했지만 이곳은 전혀 손상되지 않았다. 군사공학자들이 수도교의 진로를 잡으면서 지질학적 단층선을 피해 갔던 걸까? 그게 아니라면, 그런 재난에도 멀쩡했다는 사실은 여전히 미스터리다. 세월이 흐르면서 아구아스 리브레스로 흐르는 공급용수의 양을 늘리기 위해 여러 수도교들이 추가되고 보완되었다. 회의론자들이 처음부터 경고했던 것처럼 도시의 용수는 결코 충분하지 않았다.

19세기에 이 수도교는 파세이우 도스 아르코스, 즉 아치의 길이라고 불렸는데, 서쪽 마을 사람들이 물건이나 날품을 팔러 도시로 넘어올 때 이 다리를 지름길로 사용했기 때문이다. 더 이상 알칸타라 계곡을 내려가서 물을 건넌 다음에 다시 올라올 필요가 없었다. 그냥 하늘을 가로질러 일 킬로미터만 걸어가면 됐다. 서른 개 남짓한 알칸타라의 아치에 리아, 아딜라, 카롤리나, 상드라, 이라세나 같은 애칭이 하나씩 붙은 건 그런 연유 때문이라고 한다. 그리고 지금까지도 세계에서 가장 높은 석조 아치인, 가운데의 크고 뾰족한 아치에는 마이라라는 이름을 붙여 주었다.

수로를 이용해서 도시에 물을 공급하자는 최초의 현대적 제안—로마 사람들이 전에 시도했던—이 나온 건 위생이나 만성적인 식수난을 걱정해서가 아니라 화재가 두려웠기 때문이었다. 해마다 도시 곳곳이 화재로 인해 피해를 입었다.

수로가 완공되자 후작과 은행가들은 큰 줄기에서 물을 끌어다 쓸 수 있도록 개인용 수로를 연결했다. 반면에 물이 나오지 않는 곳에 사는 가난한 사람들은 여전히 공공 식수대에 의존해야 했지만, 가뭄이 들면 그마저도 말라 붙었다. 또는 도저히 감당할 수 없는 값을 부르는 물장수들에게서 물을 사야만 했다. 아구아스 리브레스, 자유의 물이라는 뜻을 지닌 그곳은 결국 그렇게 되고 말았다.

너는 늘 전부를 원하니? 어머니 목소리에 생각이 중단된다.

어머니가 데친 근대 뿌리의 껍질을 벗겨 썰던 모습이 기억난다. 근대와 짤막한 칼을 쥔 손, 얼룩진 손가락과 보랏빛으로 반짝이던 진홍색 단면, 그 색의 강렬함은 어쩐지 지금 당장과 하루하루에 집중하던 어머니의 강렬함하고 잘 어울렸다.

수도교에 올라갈 방법을 모색하기 시작하자 어머니가 왜 굳이 다음 화요일로 날짜를 정했는지 알 수 있었다. 일단 시간이 걸렸다. 모든 출입구는 잠겨 있고, 수도회사에 공식 허가를 신청해야 했다. 타당한 이유가 있다 하더라도 관료제의 특성상 시간이 걸릴 수밖에 없었다. 리스본에 대해 글을 쓴다는 핑계를 대기로 했다.

이 도시를 잘 아시나요? 홍보를 담당하는 아가씨가 내게 물었다. 그녀가 선생님이 아닌 건 분명했지만 어쩐지 채점할 시험지가 잔뜩 쌓인 것처럼 근심 어린 표정이었다. 천국의 베이컨을 좀 사 올 걸 그랬다는 생각이 들었다. 컴퓨터 앞에서 일을 하며 아무 생각 없이 먹을 수 있었을 텐데.

아니요. 내가 대답했다. 이 도시를 사랑하지만 잘 알지는 못해요. 그래서 부탁 드리는 겁니다.

아시겠지만 불과 몇 년 전까지만 해도 아구아스 리브레스는 이 도시에 물을 공급했어요. 지금은 그렇지 않지만 그래도 물을 계속 흐르게 하는데 뭐랄까, 일종의 경의를 표한다고나 할까요? 월요일 아침에 페르난도와 함께 올라가세요. 수로 관리인이거든요. 월요일 아침 여덟시 삼십분에 여기 이 사무실로 오시면 됩니다.

화요일은 안 될까요?

안 될 건 없지만 급하다고 하셨던 것 같아서.

화요일이 더 좋겠는데요.

그럼 화요일에 오세요.

페르난도는 은퇴를 앞둔 육십대 중반의 남자였다. 그는 평생을 포르투갈 아구아스 리브레스 수도회사에서 일했다. 그는 습관처럼 눈을 가늘게 떴고, 나이에 비해선 자세가 대단히 꼿꼿했으며, 사람들과 떨어져 혼자 지내는 데 익숙한 인상을 풍겼다. 양치기나 첨탑의 수리공처럼. 그는 오천 입방미터의 물을 저장할 수 있는 저수지의 웅장한 건물을 대단히 빠른 속도로 지나갔다. 사당 같은 그 건물을 좋아하지 않는 게 분명했다. 그건 지나치게 많은 사람들을 위해 지어진 건물이었고, 지나치게 많은 연설이 그곳에서 행해졌다.

그가 남모르게 열정을 품은 대상은, 수원(水源)을 떠나 길고 고독하게, 자연법칙에 반하는 그 불가능한 길을 따라 흐르는 물이다. 지하로, 지상으로, 그리고 하늘을 관통하는 물의 여정. 저 위의 송수관 속에서 물은 고루 섞여 차갑고 잔잔하고 투명하게 유지되어야 하고, 빛의 양도 적당해서 수질이 상하는 일이 없어야 했다. 저수지에서 수도교로 이어지는 계단에 올라서자 그는 이내 속도를 늦췄다.

수도교의 꼭대기는 폭이 오 미터에 불과하고, 석조 터널이 끝없이 이어졌으며, 그 양쪽으로는 훤히 트인 길이 아주 곧게 뻗어 있었는데, 사람들이 떨어지지 않도록 난간을 달아 놓았다. 페르난도는 수로에 흐르는 물을 생명을 지닌 존재처럼, 보호하고 먹이를 주고 깨끗이 씻기고 돌봐 줘야 하는 동물원의 동물처럼 대했다. 이를테면 수달처럼. 그는 일 주일에 한 번씩 수원인 카벵크까지 십사 킬로미터를 걸어가며 모든 걸 점검했다. 자기가 가까이 가면 수달처럼 물이 자기를 알아본다고 생각하는 듯했다. 그는 은퇴할 게 걱정이었다.

우리는 어느새 꽤 많이 걸어서 알칸타라 계곡 높이 올라와 있었다. 그는 난간 너머를 가리키며 저 아래에서 사람들과 소떼와 온갖 소음 틈에 끼어 살 생각을 하면 진저리가 난다는 몸짓을 해 보였다. 게다가 더 참을 수 없는 건 아직도 건강하다는 사실이다! 그가 나이를 물어서 대답을 해줬다. 그럼 아시겠네요! 그가 말했다. 아시죠? 물론이었다.

그는 내게 자신의 터널을 보여주고 싶어했다. 현무암을 손으로 조각해서 물이 흐르는 반원형 도관 두 개를 만들어 모르타르와 장붓구멍으로 블럭을 끼워 맞추고, 틈새는 생석회와 석회암 가루와 버진 올리브유로 퍼티(탄산칼슘 분말과 돌가루 등을 기름이나 유성 니스 등으로 개어 만든 접착용 반죽—역자)를 만들어 메웠으며, 이 퍼티가 한번 자리를 잡으면 현무암보다 더 단단하다는 설명을 늘어 놨다. 페르난도의 직업은 채석공이었다.

나는 약속 때문에 그를 따라갈 수 없었다. 어머니를 만나는 자리에 그가 있는 것도 원치 않았다. 다른 때는 옆에 사람들이 있어도 아무렇지 않았다. 아마 그 위치와 지상에서 높이 올라와 있다는 사실이 그런 생각을 갖게 한 모양이었다. 어쩌면 어머니가 처음으로 만날 장소를 미리 정했기 때문인지도 몰랐다.

나는 그림을 그리고 싶은데 그러기 위해선 혼자 조용히 있어야 한

다고 말했다. 그는 고개를 끄덕이고는 터널로 이어지는 문의 자물
쇠를 풀고, 문을 열어둘 테니 다 끝나면 자신을 찾아오라고 말했다.

햇볕을 벗어나 둥근 천장이 드리운 어둠 속으로 들어가자 그는 인
상을 펴고 눈을 크게 떴다. 터널 안은 좁았다. 팔을 쭉 뻗으면 양쪽
에 닿고도 남았을 것이다. 양 옆으로 놓인 반원형 도관의 직경은 두
뼘 정도였다. 도관에는 물이 반도 안 찼지만, 흐름은 잔잔하고 꾸준
했다. 먼 길을 흘러왔으니 기울기에도 익숙해졌을 법했다.

송수관 위로 가운데에 판석을 간 통행로가 눈이 닿는 곳까지 길고
평평하게 이어졌다. 그곳도 좁기는 마찬가지였다. 두 사람이 마주
칠 경우 어느 한 사람이 내려서지 않으면 지나가기가 어려울 것 같
았다. 페르난도는 전등을 켜고 걸어갔다.

잠시 후 그가 열어 놓고 간 문 앞 난간에 기대서 있는데 그의 목소
리가 들리는 듯했다. 지시를 하거나 토를 다는 것처럼 짤막짤막 끊
어서 얘기를 하고 있었다. 하지만 그의 주위엔 아무도 없었다.

수도교의 곧은 선에 매료된 나는 바깥쪽 길을 따라 빠르게 걷기
시작했다. 어떤 면에서 비에이라 다 실바(포르투갈 출신의 현대 추
상화가―역자)의 그림은 리스본과 이곳의 하늘, 그리고 하늘을 지
나가는 길을 표현한 것이라고 볼 수 있다. 계곡 끝까지 갔다가 방향
을 바꿔서 열여섯번째 아치까지 세며 돌아왔다. 페르난도가 열어
놓은 문에서 그리 멀지 않았다.

저 아래쪽엔 완공되지 않은 길 두어 군데와 아직 짓는 중이지만
사람이 들어가 사는 집 몇 채가 있었다. 파벨라, 즉 빈민가라기보다
는 가난한 교외였다. 바퀴가 없는 자동차, 부엌의자만한 발코니, 나
뭇가지에 끈이 한쪽만 매달린 아이용 그네, 대서양 바람에 날아가
지 않도록 콘크리트 벽돌을 얹어 놓은 붉은색 기와, 창틀은 없이 더

블 매트리스가 내걸린 창문, 줄에 묶인 채 태양을 향해 짖어대는 개 한 마리가 보였다.

보이지? 어머니가 느닷없이 물었다. 모든 게 부서졌어. 반값에 싸게 처분하는 불량 공산품처럼 약간씩만 부서졌지. 완전히 망가진 게 아니라 불량품일 뿐이야. 모든 게 —언덕, 밀짚의 바다, 저기 걸린 저 그네, 자동차, 성까지 모든 게— 불량품이고, 처음부터 줄곧 그랬어.

어머니는 몇 미터 떨어진 길 위에 간이 의자를 펼쳐 놓고 앉아 있었다. 다리가 세 개인 그 접이식 의자는 아주 가벼웠다. 어머니는 공공장소에서 자리를 펴고 앉을 수 있게끔 그걸 가지고 다니곤 했다. 그리고 종 모양의 클로슈 모자를 쓰고 있었다.

모든 건 시어지고, 그 다음에는 달콤해졌다가 나중엔 씁쓸해져. 어머니가 말했다.

아버지가 황새치 요리를 맛있게 드셨어요? 내가 물었다.

나는 인생 얘기를 하는 거지, 시시콜콜한 걸 논하려는 게 아니야.

말은 그렇게 해도 어머니는 미소를 지었고, 심지어 어깨마저 웃고 있었다. 1935년쯤에 어머니가 수영복을 입고 그렇게 웃던 모습이 기억난다. 수영복을 입고 있는 동안에는 일에서 자유롭다고 생각했기 때문이었다.

시작할 때 실수를 했어. 어머니가 말을 이었다. 모든 건 죽음으로부터 시작됐어.

무슨 말씀이신지 못 알아듣겠어요.

나중에 너도 내 상황이 되면 알게 될 게다. 창조가 죽음으로부터 시작됐다는 걸.

하얀 나비 두 마리가 어머니 머리 위를 맴돌았다. 이만한 높이의 수도교 위에는 나비가 꼬일 만한 게 별로 없으니 어머니를 따라 온 모양이었다.

아무리 그래도 처음은 탄생이라 생각하지 않을까요? 내가 물었다.

그게 일반적인 오류지. 그럴 거라고 생각은 했지만 너도 그 함정에 빠졌구나!

그러니까 모든 게 죽음으로부터 시작됐다는 말씀이세요?

바로 그거야. 그리고 탄생이 뒤를 따랐어. 탄생이 일어난 건 ─그게 탄생이 있는 이유인데─ 더도 덜도 아닌 처음에, 그러니까 죽음이 있은 후에, 손상된 것들을 고칠 기회를 제공받았기 때문이야. 그게 우리가 여기 있는 이유란다, 존. 고치려고.

하지만 진짜로 여기에 계신 건 아니잖아요?

너는 어쩌면 그렇게 멍청할 수 있니! 우리 ─우리 말이야─ 우리는 모두 여기 있는 거야. 너나 살아 있는 다른 사람들이 여기 있는 것처럼. 너희와 우리, 우리는 망가진 것을 조금이라도 고치기 위해 여기 있는 거란다. 우리가 생겨난 이유는 바로 그거야.

생겨났다고요?

존재하게 됐다고.

아무도 뭔가를 선택할 수 없는 것처럼 말씀하시네요!

뭐든 원하는 대로 선택하렴. 네가 할 수 없는 건 모든 것을 희망하는 거야.

어머니는 여전히 환하게 웃고 있었다.

물론이죠.

희망은 거대한 확대경이야. 그걸로 멀리 내다볼 수 없는 건 그 때문이지.

왜 웃으시는 거예요?

이룰 가능성이 있는 것만을 희망하자꾸나! 조금이라도 고쳐 보자고. 조금도 많아. 하나를 고치면 다른 수천 가지를 변화시키니까.

그런가요?

저기 저 개는 줄이 너무 밭아. 그걸 바꿔 봐, 길게 늘여 보라고. 그러면 개는 그늘에 들어갈 수 있을 테고, 그러면 드러누워서 짖기를 멈추겠지. 그렇게 조용해지면 저 집의 어머니는 부엌에 카나리아 새장을 걸어 놓고 싶었다는 게 기억날 거야. 카나리아가 노래를 불러 주면 그녀는 다림질을 더 많이 할 수 있을 테고. 새로 다린 셔츠를 입고 출근을 하는 아버지의 어깨는 조금 덜 쑤시겠지. 그러니까 퇴근해서 집에 오면 예전에 그랬던 것처럼 십대인 딸과 가끔씩 농담을 할 거야. 그리고 딸은 큰맘 먹고 이번 한 번만 남자친구를 저녁식사 때 집에 데려가자고 결심할 거야. 그리고 아버지는 그 젊은 친구에게 언제 같이 낚시를 하러 가자고 할 테고…. 누가 알겠니? 그냥 줄을 길게 늘여 보는 거야.

개는 아직도 짖고 있었다.

세상에는 혁명 정도는 돼야 고칠 수 있는 것들도 있어요. 내가 얘기했다.

그건 네 생각이지, 존.

제 생각이 아니라 상황의 문제예요.

그냥 네 생각이라고 믿을란다.

왜요?

그게 덜 모호하니까. 상황이라고! 그 말 뒤에는 뭐든 숨을 수 있어. 말했듯이 나는 고치는 것의 힘을 믿고, 또 한 가지를 믿어.

그게 뭔데요?

욕망의 필연성. 욕망은 중단될 수 없어.

그러고는 간이 의자에서 일어나 난간에 몸을 기댔다.

욕망은 멈출 수 없어. 저번 날엔 우리 중의 누군가가 그 이유를 설명하더구나. 하지만 나도 전부터 알고 있었어. 깊이를 잴 수 없는 심연, 아무것도 없는 무(無)를 생각해 봐. 절대적인 무. 거기에는 이미 호소가 담겨 있어, 내 말 알아듣겠니? 무는 유(有)를 향한 호소야. 다르게는 될 수 없어. 하지만 거기 있는 건 호소가 전부야. 벌거벗은 채 울부짖는 호소뿐이지. 열망. 그렇게 해서 우리는 무에서 유를 만들어내는 영원한 수수께끼에 이르는 거야.

어머니가 내게 한 걸음 다가섰다. 수영복을 입었을 때의 미소를 머금고 갈색의 눈동자를 멀리 한 점에 고정시킨 채 나직이 속삭이고 있었다.

그렇게 만들어진 유는 다른 어떤 것도 지탱해 줄 수 없어. 오직 욕망일 뿐이야. 그건 아무것도 소유하지 않고, 아무것도 주어지지 않고, 그것이 있을 자리는 어디에도 없어! 그런데도 존재하는 거야! 그건 존재해. 구둣방 주인이었을 거야. 이걸 말해 준 사람 말이야.

제가 듣기엔 야콥 뵈메(그리스도 이전의 신비사상을 수용해서 초기 가톨릭 교회의 근본 교리를 부정했던, 그노시즘의 정신을 계승한 학자―역자) 같은데요.

이름 좀 들먹이지 마!

어머니는 예의 맹랑한 열일곱 살짜리의 웃음을 터뜨렸다.

이름 좀 들먹이지 말라고! 어머니는 같은 말을 반복하며 키득거렸다. 여기서는 이름을 들먹이는 사람을 죽일 수도 있어!

우리는 붉은 지붕과 창문에 내걸린 더블 매트리스를 내려다봤다. 개는 짖기를 멈췄다. 그리고 어머니가 웃음을 멈췄을 때 나는 어머니의 찬 손을 잡았다.

네가 찾아낸 것만을 쓰렴. 어머니가 말했다.

제가 뭘 찾아낸 건지 전 끝끝내 모를 거예요. 내가 말했다.

그래, 끝내 모를 거야.

글을 쓰려면 용기가 필요해요. 내가 말했다.

용기는 생겨날 거다. 네가 찾아낸 것을 쓰고, 그걸 우리에게 알려 주는 호의를 베풀렴.

어머니는 더 이상 여기 계시지 않잖아요!

그러니까 호의를 베풀라는 거 아니니, 존.

어머니는 이 말을 한 다음 자리에서 일어나 내게 간이 의자를 건네고는, 페르난도가 잠그지 않고 놔둔 문을 향해 걸어갔다. 평생 아침마다 되풀이해 온 행동인 것처럼 문을 잡아당겨 열고는 송수관을 건너 판석이 깔린 좁은 길 위로 올라섰다.

안쪽은 공기가 더 서늘했다. 하늘이 아니라 지하에 있는 것만 같았다. 빛도 달랐다. 밖에서는 반짝이고 투명하던 빛이 터널 속으로 스며들면 금색으로 변했다. 둥근 천장에는 빛이 스며들 수 있도록 석등 모양으로 만든 작은 탑이 십오 미터마다 하나씩 있었다. 원경 속으로 점점 멀어지는 석등을 통해 빛이 금색 커튼처럼 쏟아졌고, 그 커튼은 갈수록 점점 작아졌다. 소리도 달랐다. 두 개의 현무암 송수관을 따라 망이 다구아로 흘러가는 물이 고요함 속에서 찰락찰락, 물을 핥아먹는 고양이의 혓바닥처럼 불연속적으로 찰락거리는 소리가 들렸다.

거기서 얼마나 오랫동안 그렇게 서로를 바라보며 서 있었는지는 모르겠다. 어쩌면 어머니가 돌아가시고 십오 년 동안인지도 모른다.

어머니를 여의고 나면 자식들의 시간은 두 배로 빨라지거나 가속이 붙을 때가 많다.

마침내 어머니는 아랫입술을 깨물고 몸을 돌려 걷기 시작했다. 그러면서 돌아보지 않은 채 다시 말했다. 호의를, 존!

어머니는 첫번째 석등에서 쏟아지는 빛의 폭포를 향해 걸어갔다. 양쪽 송수관 수면에 반사되는 빛이 그 물에 띄운 초처럼 출렁거렸다. 어머니가 금빛 속으로 들어가자 그것은 커튼처럼 어머니의 몸을 가렸고, 빛 밖으로 다시 나올 때까지 어머니의 모습은 보이지 않았다. 거리 때문에 몸은 더 작아졌다. 걸음걸이는 점점 가벼워지는 것처럼 보였다. 멀어질수록 더 활기차졌다. 어머니는 그 다음 금색 커튼 속으로 사라졌고, 다시 나왔을 땐 거의 알아볼 수 없었다.

나는 몸을 숙여 어머니를 따라 흐르는 물속에 손을 담갔다.

2

제네바
Genève

호르헤 루이스 보르헤스의 사진 중에 아마 1980년대 초반, 그러니까 그가 자신의 '고국들' 가운데 한 곳이라고 주장했던 제네바에서 생을 마감하려고 부에노스아이레스를 떠나기 한두 해 전에 찍은 듯한 사진이 한 장 있다. 사진을 보면 그가 거의 실명했다는 걸 알 수 있고, 보르헤스 자신이 시 속에서 종종 언급했던 것처럼 실명이 곧 감옥임을 느끼게 된다. 그러면서도 사진 속의 그 얼굴은 수많은 다른 인생들이 깃들어 있는 얼굴이다. 동반자들이 꽉 들어찬 얼굴. 저마다의 취향을 가진 많은 남녀들이 거의 시력을 잃은 그의 눈을 통해 이야기를 한다. 셀 수 없이 많은 욕망의 얼굴. 수세기, 수천 년을 지나는 동안 시인들에게 '익명'이라는 꼬리표를 붙여 대여했을 법한 그런 초상이다.

　제네바는 살아 숨쉬는 사람만큼이나 모순적이고 불가사의한 도시다. 이 도시의 신분증은 아마 이렇지 않을까. 국적: 중립. 성별: 여성. 나이: (신중함이 개입되는 항목이다) 실제 나이보다 젊어 보임. 혼인 여부: 별거. 직업: 옵서버. 신체적 특징: 근시로 인해 약간 구부정한 자세. 비고: 섹시하고 신비로움.

유럽의 도시들 가운데 천혜의 환경이 이정도로 숨 막히게 아름다운 곳은 톨레도뿐이다.(도시 자체는 전혀 다르지만) 그러나 톨레도를 생각하면 엘 그레코가 그린 풍경이 떠오르는 반면에, 제네바는 어떤 영향력을 행사할 만한 그림이 그려진 적이 없고, 이곳의 상징이라고 해 봐야 호수 위로 물을 뿜어내는 장난감 같은 대형 분수 하나뿐인데, 그것조차 할로겐 램프처럼 꺼졌다 켜졌다 한다.

제네바 하늘의 구름은 바람에 따라 다르지만 —바람 중에서도 건조하고 따뜻한 푄과 차가운 북동풍인 비즈가 가장 악명이 높다—이탈리아나 오스트리아, 프랑스, 또는 독일의 라인 계곡 아래쪽, 베네룩스 삼국과 발트해에서 흘러온다. 가끔은 저 멀리 북아프리카나 폴란드에서 오기도 한다. 제네바는 수렴의 장소이고, 스스로도 그 사실을 알고 있다.

몇 세기 동안 이곳을 지나는 여행자들은 나중에 오는 여행자들에게 전해 달라고 편지와 안내문과 지도와 목록과 각종 메시지를 제네바에 남겼다. 제네바는 호기심과 자긍심이 뒤섞인 심정으로 그것들을 전부 읽는다. 그러고는 이런 결론을 내린다. 여기서 태어나는 행운을 누리지 못한 사람들은 이렇게 자신들의 모든 열정을 살아내야만 하는 모양이구나. 열정이란 눈을 멀게 하는 불운인 것을. 제네바의 중앙우체국은 대성당만큼이나 웅장하게 설계되었다.

20세기초에 제네바는 유럽의 혁명가들과 반역자들이 정기적으로 모이는 장소였다. 지금 새로운 세계 경제 질서를 위한 만남의 장소가 된 것처럼. 국제적십자사, 유엔, 국제노동기구, 세계보건기구, 세계교회협의회 등은 아예 이곳에 터를 잡았다. 인구의 사십 퍼센트가 외국인이다. 정식 허가를 받지 않은 채 여기서 살며 일하는 사람은 이만오천 명이다. 유엔에는 부서간의 문서 전달을 위해 상근 직으로 일하는 사람만 스물네 명쯤 된다.

혁명을 꾀하는 이들에게, 고뇌하는 국제 협상가들에게, 그리고 오늘날의 경제 마피아들에게 제네바는 평온함과 석회 맛이 나는 화이트 와인과 호수 여행, 눈, 예쁘게 생긴 배, 수면에 비친 황혼, 최소한 일 년에 한 번은 볼 수 있는 나무에 내린 흰 서리, 세상에서 제일 안전한 승강기, 호수에서 잡아 올린 북극의 물고기, 밀크 초콜릿, 그리고 한없이 사려 깊으며 세련되기까지 해서 차라리 도발적인 안락함을 제공해 왔으며, 지금도 계속해서 제공하고 있다.

보르헤스는 열다섯 살이던 1914년 여름에 가족과 함께 아르헨티나에서 이곳으로 여행을 왔다가 전쟁이 나는 바람에 꼼짝없이 갇히는 신세가 됐다. 보르헤스는 칼뱅 고등학교를 다녔다. 누이는 미술 학교에 다녔다. 아마 그가 첫 시를 쓴 것도 아파트가 있었던 페르디난드 호들러 거리와 학교를 걸어서 오가는 동안이었을 것이다.

하지만 정작 제네바 사람들은 자신들의 도시를 지루해 한다. 지루해 하면서도 좋아한다. 영원한 탈출을 꿈꾸는 경우는 거의 없으며, 그보다는 먼 곳으로 여행을 다니는 것에서 즐거움을 찾는다. 이들은 즐거운, 때론 대담하기까지 한 여행자들이다. 여행자들의 이야기로 가득한 도시에서는, 평소처럼 정성껏 준비한 저녁 식탁에 언제나처럼 맞춤법 하나 틀리지 않은 이야기들이 오가고, 모든 음식도 늘 제때 준비되어 애매한 미소를 곁들여 나온다.

칼뱅의 직계임에도 불구하고, 제네바는 뭘 보거나 들어도 충격에 빠지지 않는다. 제네바를 유혹할 수 있는 것은 아무것도 없다. 아무튼 명백한 것 중에는 없다. 제네바의 남모르는 열정(당연히 제네바에게도 열정은 있으니까)은 꼭꼭 숨겨져 있고, 이걸 알아보는 사람은 소수에 불과하다.

론 강이 호수에서 흘러나오는 지점과 가까운 제네바 남쪽에는 19세기에 주거용 아파트로 지은 사층짜리 건물들이 좁다랗고 짤막하며 곧은 거리에 늘어서 있다. 이 건물들 중에 일부는 나중에 사무실로 개조되었고, 일부는 지금도 아파트로 사용된다.

이 거리들은 거대한 도서관의 서가 사이를 지나는 통로처럼 이어진다. 거리에서 보이는 일렬로 이어진 닫힌 창문들은 다른 서가로 들어가는 유리문이다. 니스 칠한 나무로 만든 굳게 잠긴 현관문은 도서목록이 담긴 서랍이다. 벽 너머의 모든 것들이 읽히기를 기다리고 있다. 나는 이곳을 제네바 문서국 거리라고 부른다.

위원회의 보고서, 잊혀진 비망록, 결의안 회람, 수백만 건의 회의록, 모호한 연구결과, 절박한 민원, 여백에 사랑의 낙서가 적힌 연설문 초안, 너무 정확한 나머지 폐기해야 했던 전망들, 그리고 끝없는 연례 예산안 등이 보관된 공식 문서국과는 아무 상관이 없다. 그런 것들은 국제기구의 사무실 어딘가에 보관되어 있다. 문서국 거리의 서가에서 읽히길 기다리고 있는 것들은 개인적이고, 유례가 없으며, 무게도 거의 없는 것들이다.

문서국과 도서관은 다르다. 도서관은 장정이 된 책으로 채워져 있고, 모든 페이지들은 반복해서 다시 읽히고 고쳐졌다. 문서국은 원래 폐기되었거나 기각된 서류들이 공간을 차지하고 있을 때가 많다. 이렇게 기각됐던 것들을 찾아내서 분류하고 살펴보는 것이 제네바의 열정이다. 그러니 제네바가 근시인 게 무리가 아니다. 행여 동정심이 생길까봐 스스로를 무장—심지어 잠을 잘 때조차—하고 있는 것도 무리가 아니다.

예를 들어 탁상일기에서 뜯어낸, 1935년 9월 22일 일요일부터 10

월 5일 토요일까지 두 주간의 일정이 적힌 작은 종이는 어느 항목으로 분류해야 할까? 양쪽으로 일 주일씩 적힌 숫자 사이의 조그만 여백에는 열한 개의 단어가 적혀 있다. 글씨는 기울어지고, 생각나는 대로 급히 휘갈겨 썼다. 어쩌면 여자의 글씨일지도 모른다. 글의 내용을 옮겨 보면 이렇다. "이 밤이 새도록, 이 밤이 새도록, 그리고 엽서엔 뭐라고 적혀 있지."

이런 열정은 제네바에게 뭘 안겨 줄까? 그것은 제네바의 끝없는 호기심을 잠재운다. 이 호기심은 꼬치꼬치 캐묻거나 남의 뒷말을 하는 것과는 상관이 없다. 있더라도 아주 조금이다. 제네바는 수위도 판사도 아니다. 제네바는 인간이 처할 수 있는 곤경과 위로의 순수한 다양성에 매혹된 옵서버이다.

어떤 상황에 직면하더라도, 그 상황이 아무리 어처구니없더라도, 제네바는 '알아요'라고 나직하게 말한 다음, 이런 말을 차분히 덧붙일 수 있는 능력의 소유자다. 거기 좀 앉아요, 가서 뭘 좀 가져올게요.

그녀가 가져올 게 서가에서 꺼낸 것일지, 약장이나 와인 창고나 옷장, 아니면 자신의 침대 협탁 서랍에 있던 것일지는 짐작할 수 없다. 그런데 희한하게도 제네바가 가져올 물건의 출처를 따져 보는 이 문제가 제네바를 섹시하게 만든다.

열일곱 살 때 보르헤스는 제네바에서 잊지 못할 경험을 했다. 그는 한참 나중에, 그것도 친구 한두 명에게만 이 얘기를 털어놨다. 어느 날 아들이 총각 딱지를 뗄 때가 됐다고 판단한 아버지가 매춘부를 예약했다. 이층의 어느 방. 늦은 봄날의 오후. 가족들이 살던 집에서 그리 멀지도 않았다. 아마 부르-드-푸르 광장이거나 제네랄-뒤푸르 거리쯤이었을 것이다. 보르헤스는 이 두 곳의 이름을 혼동

했던 것 같다. 나였으면 제네랄-뒤푸르 거리를 선택했을 텐데. 그곳은 문서국 거리니까.

매춘부와 마주 앉은 열일곱 살의 보르헤스는 수줍기도 하고 민망하기도 하고, 어쩌면 아버지도 같은 여자의 고객일지 모른다는 의구심에 몸이 굳었다. 그는 평생 자신의 육체 때문에 번민했다. 그는 오직 시에서만 옷을 벗었는데, 시는 그의 옷이기도 했다.

제네랄-뒤푸르 거리의 그 오후에 어린 남자의 고민을 알아차린 여자는 하얀 어깨에 실내복을 걸쳐 입고 조금 구부정한 자세로 문을 향해 걸어갔다.

거기 좀 앉아요, 가서 뭘 좀 가져올게요.

여자가 가져온 건 문서국 어딘가에서 찾아낸 것이었다.

세월이 한참 흘러 보르헤스가 부에노스아이레스의 국립도서관장이 됐을 때, 그의 상상력은 버려진 물건들, 사연이 담긴 찢어진 메모지, 잃어버린 퍼즐의 조각들을 지칠 줄 모르고 수집했다. 그가 남긴 위대한 시의 전작도 이렇게 수집한 것에 대한 일종의 카탈로그라고 할 수 있다. 삼십 년 전에 떠난 여인을 떠올리는 어느 남자의 기억, 열쇠고리, 트럼프 카드, 책 속에 넣어 납작하게 말린 제비꽃, 압지(押紙)에 찍혀 나와 뒤집힌 글자들, 뒤로 떨어져서 다른 책들에 가린 책, 소년의 만화경 속에서 좌우대칭으로 피어나는 장미꽃, 좁은 화랑에 불이 꺼졌을 때 보이는 터너의 색감, 손톱, 지도, 끝이 하얗게 센 콧수염, 아르고스의 노….

거기 좀 앉아요, 가서 뭘 좀 가져올게요.

부시와 그의 군대와 정유회사들과 그들의 참모들이 이라크를 쑥대밭으로 만들고 있던 작년 여름에 나는 제네바에서 딸 카티아를 만났다. 카티아에게 리스본에서 어머니를 만난 얘기를 들려줬다. 어머니는 생전에 카티아와 잘 통했는데, 두 사람은 대단히 깊은 것, 입 밖에 낼 필요조차 없는 뭔가를 공유했다. 인생에서 어떤 의미를 찾기 위해 남들이 보라는 곳을 헤집고 다니는 것은 무의미하다는 데에도 생각이 일치했다. 의미는 비밀 속에서만 찾아지는 것이었다.

리스본 얘기를 들은 카티아는 이렇게 제안했다. 그걸 보르헤스부터 시작해 보면 어때요? 안 될 거 없잖아요! 아버지가 그분의 글을 인용하고 같이 얘기하는 거예요. 그분의 무덤을 찾아가 보자는 얘기를 자주 했지만 아버지는 이제껏 가 보지 못하셨잖아요. 같이 가 봐요!

딸은 제네바 대극장에서 일을 하고 있었기 때문에 그 애를 데리러 그곳으로 갔다. 시동을 끄고 내려서는 순간, 밀려드는 열기에 숨이 턱 막혔다. 장갑을 벗었다. 거리에는 차가 거의 없었다. 한여름이면 모두가 도심을 떠났다. 길을 거니는 몇 안 되는 사람은 대부분이 노인네들이고 몽유병자 같은 느릿한 리듬이 몸에 뱄다. 그래도 아파트에 있는 것보다 밖에 나오는 걸 좋아하는 까닭은, 이런 더위를 혼자서 감당하려면 훨씬 더 숨이 막히는 법이기 때문이다. 되는 대로 걸어 다니다가 앉아서 부채질을 하고 아이스크림이나 살구를 먹는다.(그 여름엔 살구 농사가 십 년 만에 최고였다)

헬멧을 벗고 그 속에 장갑을 넣었다.

오토바이를 타는 사람들이 더위가 기승을 부리는 한여름에도 얇은 가죽장갑을 끼는 데에는 특별한 이유가 있다. 명목상으로야 넘어졌을 때 손을 보호해 주고 끈끈한 고무 재질 손잡이를 맨손으로 잡지 않기 위해서지만, 속내를 들여다보면 돌진해 오는 차가운 공기를 막아 준다는 또 다른 이유가 있다. 그 더위에 바람이 더없이 상쾌하긴 해도 감각이 무뎌지기 때문이다. 오토바이를 타는 사람들은 정밀함이 주는 즐거움을 누리기 위해 여름용 장갑을 낀다.

나는 분장실 입구에 가서 카티아를 찾아왔노라고 말했다. 안내 직원은 캔에 담긴 아이스티(복숭아 맛)를 마시고 있었다. 극장은 한 달간 휴관이어서 최소한의 직원만 나와 있었다.

거기 좀 앉으세요. 안내 직원이 친절하게 말했다. 가서 카티아를 찾아볼게요.

카티아가 하는 일은 학생들―칼뱅 고등학교의 학생들도 포함해서―을 위해 오페라와 발레의 프로그램 책자를 만드는 것이었다. 카티아는 검은색과 흰색 바탕에 무늬가 찍힌 여름용 드레스를 입고 계단을 내려왔다. 보르헤스라면 흐릿하게 번진 회색만을 봤을 것이다.

오래 기다리셨죠?

아니다.

무대 구경 하실래요? 꼭대기에 올라가 볼 수 있거든요. 굉장히 높은데 거기서는 텅 빈 무대가 한 눈에 들어와요.

텅 빈 무대엔 뭔가가 있지….

맞아요, 뭔가 충만하죠!

우리는 건물 외벽에서 볼 수 있는 화재대피용 같은 철제 계단을 오르기 시작했다. 위에서는 두세 명의 직원이 조명장치를 손보고 있었다. 카티아가 그들에게 손을 흔들었다.

저 사람들이 저를 초대해 준 거예요. 아버지도 모시고 올라오겠다고 얘기했어요.

그들도 웃으며 카티아에게 손을 마주 흔들었다.

잠시 후 그들과 같은 높이까지 올라갔을 때 조명팀 직원 한 명이 카티아에게 말했다. 봐요, 높이 올라와도 아무렇지 않잖아!

그 모습을 보니 지금껏 살면서 직업에 따른 특별하고도 사소한 위험을 여자들에게 과시하고 싶어하는 남자들의 의식에 몇 번이나 동참했었는지 궁금해졌다.(위험요소가 크면 과시를 하지 않는다) 그들은 깊은 인상을 심어 주고, 대단하다는 인정을 받고 싶은 것이다. 어디를 디뎌야 하고 어디서 몸을 굽혀야 하는지를 보여주려는 것은 여자를 안기 위한 구실이다. 또 다른 즐거움도 있다. 이 의식은 남녀 간의 차이를 과장해 주고, 그렇게 부풀려진 차이 속에 희망의 날갯짓이 담겨 있다.

여기 높이가 얼마나 되죠?

백 미터는 될 거야, 자기.

어느 연습실에선가 목을 푸는 소프라노의 떨림음이 희미하게 들렸다. 흐릿한 조명을 제외하면 모든 게 어두웠는데 저 아래 무대 뒤쪽으로 배의 승강구만한 문이 열려 있어서 그 문을 통해 햇살이 쏟아져 들어왔다. 공기가 통하도록 열어 놓은 모양이었다. 조명팀의 직원들은 반바지에 조끼 차림이었고, 우리는 땀을 비 오듯 흘렸다.

소프라노는 아리아를 부르기 시작했다.

벨리니의 「청교도(I Puritani)」네. 제일 어린 직원이 큰 소리로 말했다. 지난 시즌에 팔십 회 공연을 했던 거예요!

O rendetemi la speme
O lasciatemi morir...

다시 희망을 품게 해주오
그럴 수 없다면 차라리 죽게 해주오.

무대의 크기는 건선거(乾船渠)만했고, 카티아와 나는 연결 다리를 따라 걸어갔다. 시즌의 레퍼토리 작품용으로 제작한 장식물이 다리와 나란히 걸려서 무대 바닥까지 곧장 떨어졌다.

스포트라이트가 쏘는 빛의 기둥이 바닥을 훑고 지나갔다. 무슨 까닭인지 소프라노의 노래가 중간에 멈췄고, 우리가 아래쪽의 열린 문으로 날아 들어온 새 한 마리를 본 건 바로 그때였다.

새는 잠시 어두운 허공을 맴돌더니 얼이 빠졌는지 전선에 내려앉았다. 찌르레기였다. 새는 조명 불빛을 햇살이 비치는 통로로 착각하고는 그곳으로 날아갔다. 들어온 문을 잊어버렸거나 다시 찾지 못하고 있었다.

새는 바다와 산, 스페인의 선술집, 독일의 숲, 왕궁, 소작농의 결혼식 풍경을 그린 배경막 사이를 날아다녔다. 그러면서 '찌르륵, 찌르륵!' 울어댔고, 자신이 갇힌 상태라는 걸 깨달을수록 울음소리는 더 날카로워졌다.

갇힌 새가 탈출을 하려면 통로를 제외한 모든 것이 어두워야 한다. 그런데 상황은 그렇지가 않아서, 찌르레기는 벽에 부딪치고 커튼과 배경막을 들이받았다. 찌르륵! 찌르륵! 찌르륵!

오페라 극장에는 새가 무대에서 죽으면 건물에 불이 난다는 오랜 미신이 있다.

연습을 하던 소프라노가 티셔츠에 바지 차림으로 무대에 올라왔다. 누군가 새가 들어왔다는 얘기를 한 모양이었다.

찌르륵! 찌르륵! 카티아가 새소리를 흉내냈다. 소프라노는 위를 쳐다보더니 감을 잡았다. 그녀 역시 찌르레기 울음소리를 똑같이 흉내냈다. 새가 반응을 보였다. 소프라노는 음을 가다듬었고, 둘의 울음소리는 거의 구분이 되지 않았다. 새가 그녀를 향해 날아갔다.

카티아와 나는 서둘러 철제 계단을 내려갔다. 조명팀 직원들이 있

는 곳을 지날 때 젊은 남자가 카티아에게 말했다. 디바 뺨치는 실력
이라는 걸 몰랐네!

작은 문 밖으로 나간 소프라노가 손뼉을 치며 계속 소리를 냈다.
찌르륵! 찌르륵! 아이스크림과 살구를 먹던 노인네들이 주변에 모
여들었지만, 놀란 표정은 아니었다. 이런 더위의 텅 빈 도시에서는
못 일어날 일이 없다.

에스프레소부터 한 잔 마시고 묘지로 가요. 카티아가 말했다.

그 애는 햇볕을 고스란히 받는 자리를 골랐다. 나는 그늘에 앉았
다. 멀리서 박수 소리가 들렸다. 새가 날아간 모양이었다. 이런 얘
기를 하면 누가 믿겠어요? 카티아가 말했다.

공원묘지엔 너른 잔디밭과 큰 나무들이 있었다. 방금 깎은 풀밭
위를 개똥지빠귀 한 마리가 깡충거리며 가려 딛고 있었다. 보스니
아 사람인 정원사에게 방향을 물었다.

안쪽 구석에서 마침내 무덤을 발견했다. 단순한 묘석 하나, 그리
고 직사각형으로 깔린 자갈길 위에는 고리버들 바구니가 놓여 있었
다. 그 안에 흙을 담아서 줄기가 굵고, 잎이 작고, 열매가 달린 아주
짙은 녹색 관목을 심어 놓았다. 나는 그 나무의 이름을 알아내야 한
다. 보르헤스는 엄밀함을 사랑했으니까. 엄밀함은, 글을 쓸 때 그가
선택한 바로 그 지점에 정확히 착지할 수 있는 가능성을 부여했다.
그는 평생 동안 정치에 빠져 추문에 휘말리고 번민했지만, 글을 쓰
는 지면 위에서는 절대 그렇지 않았다.

Debo justificar lo que me hiere.
No importa mi ventura o mi desventura.
Soy el peota.

나는 상처를 합리화해야 한다.

나의 행운이나 불운은 상관없다.

나는 시인이다.

보스니아 정원사에게 물어 보니 회양목이라고 했다. 그걸 몰라봤
다니. 오트 사부아의 마을에서는 이 나무의 가지를 성수에 담갔다
가 사랑했던 이의 시신에 마지막 세례를 하며 명복을 빌 때 사용한
다. 이것이 성스런 나무가 된 까닭은 부족함 때문이었다. 그 지역에
서는 종려주일(부활절 바로 전 일요일—역자)에 쓸 버드나무 잎이
늘 부족했고, 그래서 상록수인 회양목 가지를 대신 쓰기 시작했다.

묘석엔 그가 1986년 6월 14일에 세상을 떠났다고 적혀 있었다.

우리 둘은 그곳에 말없이 서 있었다. 카티아는 핸드백을 어깨에
멨고, 나는 속에 장갑을 넣은 헬멧을 들고 있었다. 우리는 몸을 숙여
묘석을 살펴봤다.

중세의 배처럼 보이는 것에 탄 사람들이 얕은 양각으로 조각되어
있었다. 어쩌면 육지에 서 있었는데 전사들의 기강 때문에 그렇게
흔들림 없이 서로 바짝 붙어 서 있었던 걸까? 고대 사람들처럼 보였
다. 묘석 뒤쪽엔 또 다른 전사들이 창이나 노를 치켜든 채 험한 산을
넘고 물이라도 건너갈 태세로 당당하게 서 있었다.

보르헤스가 생을 마감하기 위해 제네바로 왔을 때 그의 옆에는 마
리아 코다마가 있었다. 1960년대초에 그녀는 그에게서 앵글로색슨
어와 노르웨이 문학 수업을 듣는 학생이었다. 나이는 그의 절반이었
다. 죽음을 팔 주 앞두고 결혼한 두 사람은 문서국 거리인 투르-메트
레스 거리에 있는 호텔을 나와 그녀가 찾은 아파트로 들어갔다.

그는 헌사에 이렇게 적었다. 이 책은 마리아 코다마 당신의 것이

요. 이 헌사 속에 황혼의 어스름이, 나라의 사슴들이, 외로운 밤과 북적이는 아침이, 함께 했던 섬들과 바다, 사막, 그리고 정원들, 망각이 잃어버린 것과 기억이 변한 것들, 뮤에진(회교 사원에서 종 대신 노래로 기도 시각을 알리는 사람―역자)의 높은 목소리, 호크우드의 죽음, 이런 저런 책들과 조각이 담겨 있음을 굳이 말하지 않아도 되겠지? … 우리는 이미 준 것만을 줄 수 있다. 이미 그 사람의 소유가 된 것만을 줄 수 있다!

카티아와 내가 묘비에 새겨진 글이 어느 나라 말인가 따지고 있는데 젊은 남자가 유모차에 아들을 태우고 지나갔다. 아이는 앞에서 뒤뚱거리는 비둘기를 가리키며, 새를 움직이게 만든 것이 자기라는 걸 알고 까르르 웃었다.

묘석 앞에 적힌 네 단어는 앵글로색슨어였다. "And Ne Forhtedan Na. 두려워하지 말지니."

한 쌍의 연인이 길 아래쪽의 빈 벤치로 다가갔다. 잠시 머뭇거리더니 앉기로 했다. 여자는 남자의 무릎에 앉아 그를 바라봤다.

뒤에 적힌 글은 노르웨이어였다. "Haan tekr sverthit Gram ok leggr i methal theira bert. 그는 그람이라는 검을 꺼내 칼집에 넣지 않은 채 그 사이에 내려놓는다." 그건 코다마와 보르헤스가 오래 전부터 좋아하고 장난을 쳤던 노르웨이 전설에서 따온 문장이었다.

비석 밑바닥에 잔디와 닿은 부분에는 이런 글이 적혀 있다. 울리케가 자비에 오타롤라에게. 울리케는 보르헤스가 코다마에게 붙여준 이름이고, 자비에는 그녀가 그를 부르던 이름이다.

무덤에 바칠 꽃 한 송이 가져오지 않았다니 이게 무슨 짓이람. 나는 혼잣말을 하다가 문득 한 가지 생각이 떠올랐다. 꽃 대신 가죽 장갑 한 짝을 놓고 가야겠다고.

정원사가 잔디 깎는 기계를 몰고 점점 가까이 다가왔다. 엔진 소리가 들리고 갓 잘려 나간 풀냄새가 풍겼다. 시작의 느낌을 이보다 더 많이 담고 있는 냄새도 없다. 아침, 유년 시절, 봄.

아침의 기억.
버질과 프로스트의 시.
마세도니오 페르난데스의 음성.
많은 사람들의 사랑, 또는 대화.
그것이 부적임엔 틀림없지만, 부질없나니
　　내가 이름 붙일 수 없는 어둠에는
　　내가 이름 붙여서는 안 되는 어둠에는.

나는 속으로 따져 보기 시작했다. 장갑 한 짝은 누가 흘리고 간 것으로밖에 보이지 않을 텐데! 구겨진 검은 장갑 한 짝이라. 그건 아무 의미도 없을 거야. 관두자. 나중에 꽃다발을 들고 다시 오는 게 낫겠어. 어떤 꽃으로 할까?

　오 영원한 장미, 마음속 깊이, 한없이,
　이 내 죽은 눈에 신이 마침내 보여줄 그것.

카티아가 표정으로 물었다. 나는 고개를 끄덕였다. 이제 가야 할 시간이었다. 우리는 입구를 향해 천천히 걸어갔고, 아무 얘기도 오가지 않았다.
가시려던 무덤은 찾으셨나요? 보스니아 정원사가 물었다.
덕분에요. 카티아가 대답했다.

가족이세요?

네, 가족이에요. 카티아가 말했다.

극장 앞은 평온했고, 찌르레기가 날아간 문은 닫혀 있었다. 카티아의 스쿠터 옆에 오토바이를 세웠다. 카티아가 헬멧을 가지러 갔다. 나도 헬멧을 쓰려고 넣어 뒀던 장갑을 꺼냈다. 그런데 한 짝뿐이었다. 다시 살펴봤다. 여전히 한 짝뿐이었다.

왜 그러세요?

장갑 한 짝이 안 보여.

어디다 흘린 모양이네요. 다시 가 봐요. 얼마 안 걸리니까.

그제야 무덤 앞에 서서 했던 생각을 카티아에게 들려주었다.

그분을 과소평가하셨네요. 카티아가 비밀을 털어놓는 듯한 말투로 얘기했다. 너무 과소평가하셨어요.

나는 웃으면서 남은 장갑을 주머니에 찔러 넣고, 카티아도 역시 웃으면서 내 뒤에 올라탔다. 신호등이 대체로 녹색으로 이어진 덕분에 금세 론 강을 지나 도시를 뒤로 하고 구불구불한 길을 따라 고개를 올라갔다. 장갑을 끼지 않은 맨손에 미지근한 공기가 와 닿았고, 굽은 길에서 카티아는 몸을 기울였다. 카티아가 얼마 전에 엘레아학파인 제논의 역설을 문자메시지로 보냈던 게 기억났다. "운동 중인 물체는 존재하는 공간에 있는 것도 아니고 존재하지 않는 공간에 있는 것도 아니라죠. 제겐 이게 음악의 정의 같아요."

그렇다면 포시유 언덕에 오를 때까지 우리는 음악을 연주한 셈이었다.

우리는 그곳에 오토바이를 멈추고 내려서 호수를, 알프스를, 그리고 수많은 삶이 깃든 제네바라는 도시를 바라봤다.

3
크라쿠프
Kraków

그곳은 호텔이 아니었다. 일종의 펜션이었고, 투숙객은 고작 해야 네다섯 명이었다. 아침 식사는 쟁반에 담아 복도 선반에 놓아 뒀다. 빵, 버터, 꿀, 그리고 이 도시의 대표적인 음식인 소시지 몇 조각. 쟁반 옆에는 네스카페 커피믹스 봉지와 전기포트가 있었다. 그곳을 운영하는 진지하고 차분한 젊은 아가씨들과 얼굴을 맞댈 일은 극히 드물었다.

방에 있는 가구는 전부 떡갈나무나 호두나무 재질이며, 오래된 듯한 느낌으로 봐서 이차대전 전에 만들어진 게 틀림없었다. 폴란드의 도시 가운데 전쟁 통에 건물이 심하게 파괴되지 않은 곳은 크라쿠프뿐이었다. 펜션에서는 마치 수도원이나 수녀원처럼 방마다 길가로 난 두 개의 창문에서 몇 세대에 걸쳐 묵상을 했을 것 같은 분위기를 풍긴다.

펜션 건물은 크라쿠프에서도 오래된 유태인 지구인 카지미에시의 미오도바 거리에 있었다. 아침을 먹은 후 접수대의 젊은 아가씨에게 제일 가까운 현금인출기가 어디 있냐고 물었다. 그녀는 마지 못한 표정으로 들고 있던 바이올린 케이스를 내려놓고 관광 지도를 집어 들었다. 그러고는 연필로 내가 가야 할 곳을 표시했다. 멀지 않아요. 그녀는 나를 어디 지구 반대편쯤으로 보내 버리고 싶은 듯이 한숨을 쉬었다. 고개를 숙여 정중히 인사를 하고는 문을 열고 나가서 문을 닫고, 오른쪽으로 돌았다가 첫번째 교차로에서 다시 오른쪽으로 돌았더니 노천 시장 겸 번화가인 노비 광장이 나왔다.

전에 와 본 적은 없지만 그 광장을, 아니 그곳에서 장사를 하는 사람들을 나는 마음으로 알고 있었다. 물건에 볕이 드는 걸 막기 위해 차양까지 달린 정식 매대를 갖춘 이들도 있었다. 벌써부터 더위가 기승이어서, 동유럽의 평원과 숲에서 밀려드는 각다귀 같은 열기에 날이 절절 끓었다. 잎사귀의 더위. 지중해의 더위와 같은 확신은 찾아볼 수 없는, 암시로 가득한 더위. 이곳에 확실한 건 아무것도 없다. 여기서 가장 확실에 가까운 건 할머니다.

다른 장사치들—전부 여자다—은 직접 기른 것을 바구니나 양동이에 담아 온 변두리 마을 사람들이다. 당연히 매대가 없고, 집에서 챙겨 온 의자에 걸터앉아 있다. 서 있는 사람도 많다. 나는 그 사이를 이리저리 거닌다.

양상추, 붉은 무, 겨자무, 초록색 레이스처럼 썰어 놓은 딜(미나리과의 허브로, 잎은 생선요리에 사용하고 씨는 소화와 진정작용이 있어 향신료로 쓰인다—역자), 이런 더위라면 사흘 만에 쑥쑥 자라나는 손가락 마디만한 오이, 햇감자, 흙먼지가 묻은 감자 껍질, 손자 녀석들의 무릎 같은 그 색깔, 칫솔 냄새가 나는 셀러리 줄기, 남자들이 보드카를 마실 때면 남녀불문하고 최고의 최음제라고 호언하는 러비지(지중해 원산의 허브—역자) 썬 것, 어린 당근 무더기와 고사리를 맞바꾸자는 농담들, 대부분 노란색인 장미 다발, 이걸 만드는 데 사용했던 낡은 천은 빨랫줄에 걸려서도 여태 냄새를 풍기고 있을 코티지 치즈, 마을 근처 무덤으로 애들을 보내 따 오게 한 녹색의 야생 아스파라거스.

노련한 장사꾼들은 이런 황금 같은 기회는 두 번 오지 않는다며 사람들을 설득하는 장사의 기술이 자연스레 몸에 뱄다. 반면에 의자에 앉은 여인네들은 아무 말도 건네지 않는다. 그들은 움직이지도 않고 표정도 없이, 그저 자신들이 거기 있다는 사실만으로 밭에서 따 가지고 온 것의 품질을 보증하려 한다.

밭 한 뙈기에 나무 울타리를 두르고, 타일을 바른 난로 하나가 방사이에 놓인 두 칸짜리 통나무 집. 이 여자들은 하타라고 하는 그런 집에 산다.

나는 그 사이를 이리저리 거닌다. 나이도 천차만별, 체격도 각양각색, 눈동자의 색도 모두 다르다. 똑같은 머릿수건을 맨 여자들은 찾아볼 수 없다. 파를 썰거나 징글징글한 잡초를 제거하거나 붉은 무를 뽑을 때, 가끔씩 쑤시는 허리가 고질병이 되지 않도록 허리를 보호하는 방식도 저마다 다르다. 저들이 젊었을 땐 엉덩이로 충격을 흡수했는데, 이제 그 역할을 도맡아야 하는 것은 어깨다.

나는 의자도 없이 서 있는 어떤 여자의 바구니를 들여다본다. 그 속엔 흐릿한 금빛의 패스트리와 자그마한 파이가 가득하다. 모양은 체스의 말, 그 중에서도 캐슬과 비슷하다. 총안이 있는 곳을 위로 향하게 하지만 어느 쪽으로도 세울 수 있는 캐슬. 크기는 하나에 십 센티미터쯤 된다.

캐슬을 하나 집어 들고서야 실수를 깨닫는다. 패스트리라고 하기엔 너무 무겁다.

여자의 얼굴을 슬쩍 쳐다본다. 나이 예순에 청록색 눈동자. 나를 보는 준엄한 시선은 마치 뭔가를 또 까먹은 바보를 쳐다보는 듯하다. 오스치펙. 그녀는 방 사이의 굴뚝에 걸어 훈연한 산양젖 치즈의 이름을 반복해서 말해 준다. 세 개를 산다. 그러자 그녀는 이제 그만 가 보라는 듯이 고개를 아주 살짝 까딱인다.

광장 한가운데에는 작고 둥그스름한 가게들로 나뉜 낮은 건물이 하나 서 있다. 의자 하나 겨우 들어갈 만한 이발소, 정육점 몇 군데, 통 하나 놓고 양배추 피클을 파는 식품점, 길가에 나무 테이블 세 개와 벤치를 내놓고 무쇠 솥에서 수프를 끓여 파는 식당. 그 중 한 테이블에 조금 처진 어깨와 기다란 손, 그렇지 않아도 넓은 이마가 머리숱이 줄면서 더 넓어 보이는 남자 한 명이 앉아 있다. 안경알이 두툼하다. 폴란드 사람도 아니면서 이곳의 이 아침이 고향처럼 편안한 모습이다.

켄은 뉴질랜드에서 태어났고 그곳에서 죽었다. 그의 맞은편 벤치에 가서 앉는다. 육십 년 전에 자신의 지식을 내게 나눠 줬던 남자. 비록 그것들을 어떻게 알게 됐는지에 대해서는 말한 적이 없지만. 그는 어린 시절이나 부모님에 대한 얘기는 전혀 하지 않았다. 아마 어렸을 때, 스무 살이 되기 전에, 뉴질랜드를 떠나 유럽으로 오지 않았을까 짐작만 했을 뿐이다. 그의 부모님은 부자였을까, 가난했을까? 그에게 이런 질문을 하는 건 지금 이 시장에 있는 사람들에게 같은 질문을 하는 것만큼이나 부질없는 짓이었을 것이다.

거리는 결코 그의 의지를 꺾지 못했다. 뉴질랜드의 웰링턴, 파리, 뉴욕, 런던의 베이스워터 로드, 노르웨이, 스페인, 그리고 내 생각엔 버마나 인도에도 잠깐 머물지 않았을까 싶다. 저널리스트, 학교 교사, 댄스 강사, 영화의 단역 배우, 기둥서방, 가게도 없는 책 장수,

크리켓 심판 등 다양한 방법으로 생활비를 벌었다. 위에 거론한 것들 중에 몇 개는 사실이 아닐지도 모르지만, 어쨌거나 그게 노비 광장에서 마주 앉은 그를 그리는 내 나름의 초상화다. 파리에서는 신문에 삽화를 그렸는데, 이건 확실하다. 그가 좋아했던 붓의 종류—손잡이가 유난히 긴 붓—도 정확히 기억하고 있다. 그리고 그의 신발 사이즈는 삼백 밀리미터였다.

그가 보르쉬(고기와 각종 야채를 넣고 끓인 러시아식 수프—역자) 그릇을 내 앞으로 민다. 그러더니 오른쪽 바지 주머니에서 손수건을 꺼내 숟가락을 닦아서 내게 건넨다. 검은색 격자무늬의 손수건이 낯익다. 수프는 맑고, 맛이 깊고, 붉은색이 나는 야채 보르쉬인데, 근대가 갖고 있는 천연의 단맛을 조금 중화시키기 위해 폴란드식으로 사과식초를 약간 넣었다. 나는 조금 먹다가 그릇을 다시 그에게 밀고 숟가락을 돌려준다. 말은 한 마디도 오가지 않는다.

어깨에 멘 가방에서 스케치북을 꺼내 어제 차르토리스키 미술관에 갔다가 레오나르도 다 빈치의 〈담비를 안고 있는 여인〉을 보고 그린 드로잉을 그에게 보여준다. 그는 그림을 유심히 바라보고, 두꺼운 안경은 콧잔등 위로 살짝 미끄러진다.

파 말! 나쁘지 않네. 하지만 자세가 지나치게 꼿꼿한 거 아니야? 원래는 모퉁이를 돌 때처럼 좀더 기울어지지 않나?

그답기 그지없는 이런 얘기를 들으니 그에 대한 애정이 되살아난다. 그의 여행, 늘 만족시키려 노력했으며 결코 억누르지 않았던 그의 취향, 그의 고단함과 슬픈 호기심을 사랑했던 나의 마음이.

자세가 조금 지나치게 꼿꼿해. 그가 되풀이해서 말한다. 하지만 상관없어. 모사를 할 때마다 뭔가는 달라져야지, 안 그래?

환상이 결여된 그의 시각도 사랑했었다. 그는 환상을 품지 않았기 때문에 환멸도 겪지 않았다.

우리가 처음 만났을 때 나는 열한 살이었고 그는 마흔이었다. 이후 육칠 년 동안 그는 내 인생에 가장 큰 영향력을 미친 사람이었다. 국경을 넘는 것을 배운 것도 그와 함께였다. 프랑스어에 '파쇠르 (passeur)'라는 말이 있는데, 흔히 사공이나 밀수꾼으로 번역되지만 그 말 속엔 안내자, 이를테면 산악 가이드 같은 의미도 포함되어 있다. 그는 나의 파쇠르였다.

켄이 스케치북을 넘겨 본다. 그는 손가락이 날렵했고, 손바닥에 교묘하게 카드를 숨길 수도 있었다. 그는 내게 야바위 카드의 요령을 가르쳐 주려 했다. 이것만 잘하면 언제든 돈을 벌 수 있어! 그는 스케치북을 넘기다 말고 종이 사이에 손가락을 끼운다.

또 베껴 그린 거네? 안토넬로 다 메시나?

〈천사의 부축을 받는 죽은 그리스도〉예요.

직접 본 적은 없어. 어디에 인쇄된 것만 봤지. 실존했던 화가에게 초상화를 의뢰하라면 나는 그를 선택하겠어. 안토넬로. 그는 글자를 인쇄하듯 그림을 그렸지. 그의 모든 그림에는 바로 그런 짜임새와 권위가 어려 있고, 최초의 인쇄기가 발명된 것도 그가 살았던 시대였어.

그가 다시 스케치북으로 시선을 떨군다.

천사의 얼굴이나 손에 동정의 기미는 전혀 없이 오직 다정함뿐인걸. 그가 말한다. 그 다정함은 포착해냈지만 무게감, 처음으로 인쇄된 글자의 무게감은 담아내지 못했네. 그건 완전히 사라졌어.

그건 작년에 마드리드의 프라도 미술관에서 그린 거예요. 수위들이 와서 쫓아낼 때까지요.

누구든 거기서 그림을 그릴 수 있는 거 아니야?

네, 하지만 바닥에는 앉으면 안 되거든요.

그렇다면 서서 그리지 그랬어!

퀜이 노비 광장에서 이 말을 할 때 나는 절벽 가장자리에 서서 바다를 그리던 크고 구부정한 그의 모습을 떠올린다. 1939년 여름에 브라이튼 근처에서였다. 그는 주머니에 늘 블랙프린스라는 크고 검은 흑연 연필을 가지고 다녔는데, 그건 둥글지 않고 목수들이 쓰는 연필처럼 직사각형이었다.

이제 너무 늙었기 때문에 오랫동안 서서 그림을 그리는 건 무리예요.

그는 나를 쳐다보지도 않은 채 별안간 스케치북을 내려놓는다. 그는 자기연민을 혐오했다. 많은 지성인들의 나약함이지. 그는 말했다. 그런 태도를 경계해야 해! 그건 그가 내게 전해 준 유일한 도덕적 명제였다.

그러더니 내가 산 치즈를 손가락으로 만지작거린다.

그녀의 이름은 야구시아야. 그는 내게 오스치펙 치즈를 판 여자를 고갯짓으로 가리키며 말한다. 포드할레의 산에 살지. 두 아들은 독일에서 일해. 노동의 암시장. 취업허가를 받기가 워낙 힘드니까 불법취업을 할 수밖에 없어. 네앙무앙. 그럼에도 불구하고, 그들은 야구시아가 꿈도 꿔 보지 못한 커다란 집을 짓고 있지. 단층이 아니라 삼층인 데다 방도 두 개가 아니라 일곱 개나 돼!

네앙무앙! 그가 느닷없이 불어를 들먹인 건 아는 체를 하기 위해서가 아니라 런던의 베이스워터 로드에 오기 전에 파리에서 살았던 날들이 그의 인생에서 가장 행복했던 시절이었기 때문이다. 가끔씩 검정 베레모를 꺼내 쓰는 것도 같은 이유에서였다.

그래도 야구시아는 마당 빨랫줄에 치즈 만드는 낡은 천이 걸린 자신의 하타를 두고 떠나려 하지 않을 거야. 그의 추측이다.

그는 우리가 함께라면 세상의 어느 도시에서도 음악을 찾아낼 수 있으리라고 믿게 만들었던 사람이다.

맥주 한 잔 할까? 그가 지금 여기 크라쿠프에서, 옷에 둘러싸인 안락의자에 앉아 담배를 피우는 뚱뚱한 여자의 옷가게 너머, 시장 맨 끝을 가리키며 말한다.

나는 일어나서 여자가 있는 곳으로 간다. 여자는 담배를 피우면서 자신이 노비 광장에 도착했을 때 일어났던 일을 얘기한다. 여자는 아침마다 얘기를 하고, 말린 버섯과 버섯 피클을 파는 남자는 아침마다 얘기를 듣는다. 그의 얼굴엔 아무 표정도 없다. 진열해 놓은 치마와 바지를 모두 접어서 좁은 가게에 쌓으면 여자가 들어설 공간이 없다. 문 안쪽엔 기다란 거울이 있는데, 손님들은 종종 그곳을 탈의실로 이용한다. 아침에 가게 문을 열면 여자는 이 거울에 몸을 비춰 보고, 번번이 자신의 체구에 놀라곤 한다.

말린 콩과 폴란드 겨자, 비스킷, 허니브레드와 고기 통조림 옆에 맥주캔이 보인다. 한쪽에선 체스판을 펼쳐 놓고 게임이 한창이다. 계산대 뒤에 있는 가겟집 주인이 검은색 말을 잡고, 지나는 행인처럼 보이는 사람이 흰색 말을 잡았다. 폰 몇 개, 기사 하나, 그리고 비숍 하나가 이미 잡혔다.

가게 주인은 멀찍이 서서 체스판을 살펴보다가 몸을 돌려 상대방이 말을 움직일 때까지 가게 일을 본다. 상대는 발꿈치를 들었다 놨다 하며 몸을 앞뒤로 흔들어대는 모습이, 마치 신중하게 다음 수를 따져 보는 어느 거인의 손가락 사이에 끼여 살짝 들어 올려진 비숍이 된 듯했다.

나는 맥주 두 캔을 산다. 흰색이 여왕을 대각선으로 움직이고는 장군을 부른다! 검은색이 내 돈을 받고 기사를 옮긴다. 여왕이 물러선다. 한 여자가 들어와서 설탕에 절인 오렌지가 들어간 허니브레드를 달라고 한다. 검은색이 빵을 썰어서 무게를 단다. 경솔하게 말을 움직인 흰색이 실수를 깨닫지만 이미 늦었다. 목구멍으로 신물이 올라와서 침을 꿀꺽 삼킨다. 검은색이 캐슬을 잡는다.

비스툴라 강 너머 구시가지 외곽에 있는 크라쿠프의 유태인 강제거주 지역은 모스트 포프스탄초프 다리를 건너면 걸어서 십 분도 걸리지 않는다. 이 게토의 면적은 600×400미터였고, 벽으로 막힌 건물들과 바리케이드, 그리고 가시철망으로 겹겹이 봉쇄됐다. 그렇게 봉쇄되고 육 개월 후인 1941년 가을, 그곳에 감금된 사람의 수는 만 팔천 명이었다. 매달 수천 명이 질병과 영양실조로 목숨을 잃었다. 독일의 군사시설이나 세탁공장에서 강제노역을 할 체력을 가진 사람만이 일을 하기 위해 그곳을 벗어날 수 있었다. 그렇지 않은 유태인이 게토를 무단으로 이탈했다가 발각되면 총살을 당했고, 그들이 크라쿠프의 아리안 지역으로 들어가도록 도와주거나 숨겨 준 폴란드 사람도 마찬가지였다.

티스키에! 내가 자리로 돌아오자 켄이 손뼉을 친다. 최고의 맥주를 골라 왔구나!

일찌감치 배운 덕분이죠! 내가 말한다.

그 남자는 제드레크야. 체스를 두던 남자 말이야. 적어도 일 주일에 한 번은 가겟집 주인인 아브람과 체스를 두지. 제드레크가 보드카를 그렇게 일찍 입에 대지만 않았어도 실력이 대단했을 텐데. 그래도 술을 끊을 수는 없을 거야. 아브람은 어렸을 때 은신처에 숨어 있어서 전쟁에서 살아남았어.

내가 아는 대부분의 게임은 켄에게서 배웠다. 체스, 포켓볼, 다트, 당구, 포커, 탁구, 주사위 놀이. 체스는 침실과 응접실을 겸한 그의 원룸 아파트에서 뒀고, 나머지는 술집에서 주로 했다. 그를 만나기 전부터 할 줄 알았던 브리지라는 카드 게임은 우리 부모님과 함께 하거나, 그런 경우가 잦지는 않았지만 누군가의 집에 초대됐을 때 하곤 했다.

우리가 만난 건 1937년이었다. 그는 내가 꾸러미처럼 묶여 있던 정신병원 같은 기숙학교의 임시교사였다. 다혈질의 교장은 전교생—무릎을 그대로 내놓고 잔뜩 주눅이 든 채 누구의 도움도 없이 혼자 삶의 의미를 찾으려고 노력하던 쉰 명의 소년들—이 모인 자리에서 식당 의자를 라틴어 교사에게 집어던졌고, 우연찮게 두 사람 사이에 있었던 그가 날아가는 의자를 한 손으로 잡아챘다. 그게 그를 눈여겨보게 된 첫번째 계기였다. 그는 의자를 단상에 내려놓고 그 위에 올라갔으며, 교장은 장황한 설교를 멈추지 않았다.

그 학기가 끝나고 방학이 시작되던 날, 서식스의 셀시 빌 근처 해변에 있던 부모님의 트레일러로 그를 초대했다. 그러지 뭐. 그가 말했다. 그러고는 일 주일을 머물렀다.

이제 네 명이 차서 브리지를 할 수 있게 됐다는 사실에 아버지는 반색을 했다.

돈을 걸고 하면 어떨까요? 켄이 물었다. 그렇지 않으면 비드를 선언하는 게 의미가 없잖아요.

좋아요. 하지만 여기 존도 있고 하니 판돈을 너무 키우진 맙시다.

백에 이 펜스?

가서 지갑을 가져올게요. 어머니가 말했다.

켄이 카드를 섞었고, 한참이나 떨어진 그의 두 손 사이에서 카드는 폭포처럼 쏟아져 내렸다. 가끔은 폭포가 아니라 움직이는 계단,

그러니까 에스컬레이터나 카드로 만든 사다리처럼 보이기도 했다. 어쩌다 잠이 오지 않는다고 불평을 할라치면 그는 이렇게 말하곤 했다. 카드를 섞는 모습을 머릿속으로 그려봐. 나는 잠을 잘 때 그렇게 하거든.

패를 떼세요.

아버지는 그 게임을 즐겼는데, 실력이 좋아서이기도 했지만 그보다는 그 게임을 하고 있으면 평소 당신의 마음을 괴롭히던 망자들과의 편안했던 순간들을 떠올릴 수 있었기 때문이었다. 우리 넷이 첼시에서 카드를 치는 동안에는 '식스 다이아몬드 더블'이 '박격포 다섯 대 소실'보다 먼저였다. 아버지는 우리와 카드를 쳤지만, 비미 릿지와 이프르 근처의 참호에서 사 년을 복무한 끝에 당신만 유일하게 살아남은 보병부대 장교들과도 쳤다.

어머니는 켄을 보자마자, 당신이 '파리를 사랑했던 사람들'이라고 특별히 분류하는 범주에 속한다는 걸 알았다.

우리 셋이 모래사장에서 고리 던지기를 하는 걸 보면서 어머니는 진작에 눈치 챘을 것이다. 이 파쇠르가 나를 멀리 데려가리라는 걸. 그리고 이것도 분명한데, 그러면서도 어머니는 나에게 굴곡이야 조금 있겠지만 잘 알아서 헤쳐 나갈 수 있으리라는 걸 의심치 않았을 것이다. 결국 어머니는 빨래하는 날인 월요일에 그의 옷을 빨아서 다려 주겠다고 제안했고, 켄은 뒤보네 와인 한 병을 선물했다.

나는 켄을 따라 술집에 갔다. 미성년이었지만 아무도 뭐라고 하지 않았다. 그건 체격이나 인상이 아니라 당당한 태도 때문이었다. 두리번거리지 마. 그는 내게 말했다. 한순간이라도 미심쩍은 기색을 보이면 안 돼. 저 사람들보다 네가 너 자신을 더 확신해야 해.

한번은 어떤 사람이 술을 마시다가 나한테 욕을 하기 시작했다.

빌어먹을 주둥이를 저리 치우라는 것이었다. 그러자 느닷없이 울음이 복받쳤다. 켄은 즉시 내 어깨를 감싸 안고 밖으로 나갔다. 밖에는 불빛 하나 보이지 않았다. 당시 런던은 전쟁 중이었다. 우리는 아무 말 없이 한참을 걸었다. 그래, 참을 수 없을 때가 있지. 그가 말했다. 울어야겠으면, 정말 울어야겠으면 나중에 울어. 도중에 울지 말고! 이걸 기억해야 해. 너를 사랑하는 사람들, 오직 그 사람들하고만 있을 때가 아니라면 말이야. 물론 그렇다면 너는 이미 운이 좋은 거지. 세상엔 우리를 사랑하는 사람이 그렇게 많지 않으니까. 그들과 함께 있을 땐 도중에 울어도 좋아. 그렇지 않다면 나중에 울어.

그는 내게 가르쳐 준 게임들을 전부 잘 했다. 근시인 것만 제외하면(이 글을 쓰다 문득 떠올랐는데, 내가 사랑했거나 지금도 사랑하는 사람들은 전부 근시였다), 아무튼 근시인 것만 제외하면 운동선수와 다를 게 없었다. 폼이 비슷했다.

나는 그렇지 않았다. 둔한 데다 지나치게 서두르고 폼 같은 건 찾아보기 힘들었다. 대신 다른 게 있었다. 그건 일종의 결단력이라고 할 수 있었는데, 내 나이를 생각하면 놀랄 만한 자질이었다. 나는 전부를 거는 것도 마다하지 않았다! 그런 무모함에서 발생하는 에너지 때문에 나머지 약점이 가려졌다. 그리고 켄이 내게 준 사랑이라는 선물은 자신의 지식, 자신이 알고 있는 거의 모든 것을 나와 공유하는 것이었다. 그와 나의 나이는 상관없었다.

이런 선물이 가능하기 위해서는 주는 사람과 받는 사람이 동등한 관계여야 했는데, 이상하고 어울리지 않는 친구이긴 했어도 우리는 동등한 관계가 됐다. 어쩌다 그렇게 됐는지는 아마 우리 둘 다 제대로 몰랐던 것 같다. 그런데 이제야 그걸 이해한다. 우리는 이 순간을 내다보고 있었던 것이다. 지금 우리가 노비 광장에서 대등해진 것처럼 그때도 그랬다. 우리는, 내가 노인이 되고 그는 죽으리라는 걸 내다봤고, 이것이 우리를 동등하게 만들었다.

그는 테이블 위에 있는 맥주캔을 긴 손으로 감싸 쥐더니 내 것과 부딪쳐 건배를 한다.

그는 가능하면 말보다 몸짓을 선호했다. 침묵하는 글에 대한 존경심의 발로였을지도 모른다. 공부는 도서관에서 했을지 몰라도, 당장에 읽을 책은 레인코트 주머니에 넣어 다녔다. 그리고 그 주머니에서 꺼낸 책들이라니!

그것들을 내게 직접 건네준 적은 없다. 작가의 이름과 책 제목만 말하고 아파트의 벽난로 선반 한쪽에 올려 뒀다. 차곡차곡 쌓인 여러 권 중에서 골라 가기도 했다. 조지 오웰, 『파리와 런던에서의 밑바닥 생활』. 마르셀 프루스트, 『스완네 집 쪽으로』. 캐서린 맨스필드, 『가든 파티』. 로렌스 스턴, 『트리스트럼 샌디』. 헨리 밀러, 『북회귀선』. 이유는 달랐지만 우리 둘 다 문학을 설명하는 것의 효용을 믿지 않았다. 이해하지 못한 내용을 그에게 물어 본 적도 없다. 그역시 내 나이나 경험에 미뤄 볼 때 이런 책들을 이해하기 어려울지 모른다는 식의 얘기를 한 적이 없다. 프레데릭 트레브스, 『엘리펀트 맨』. 제임스 조이스, 『율리시스』(파리에서 출간된 영문판). 우리 사이에는 인생을 살아가는 방법을 부분적으로나마 책을 통해 배운다—또는 배우려 한다—는 암묵적인 이해가 있었다. 그 과정은 태어나서 처음 접하는 그림 알파벳부터 시작해서 죽을 때까지 계속된다. 오스카 와일드, 『옥중기』. 고난의 성자 요한.

책을 돌려줄 때면 그와 더 가까워진 듯한 느낌이 들었는데, 그가 긴 인생을 살아오며 읽은 것을 그만큼 나도 더 알게 됐기 때문이었다. 책은 우리를 하나로 묶어 주었다. 한 책이 다른 책으로 자연스럽게 이어질 때도 많았다. 조지 오웰의 『파리와 런던에서의 밑바닥 생활』을 읽은 후엔 『카탈로니아 찬가』가 읽고 싶어졌다.

스페인 내전에 대한 이야기를 처음 들려준 사람도 켄이었다. 아물지 않은 상처지. 그가 말했다. 그 상처를 지혈시킬 수 있는 건 아무것도 없어. '지혈'이라는 말을 직접 듣기로는 그때가 처음이었다. 술집에서 당구를 치던 중이었다. 당구봉에 초크 바르는 거 잊지 마. 그는 이렇게 덧붙였다.

그는 사 년 전에 총살당했다는 가르시아 로르카의 시를 스페인어로 읽어 주었고, 그걸 우리말로 번역해서 들려주었을 땐, 열네 살짜리 주제에 인생이 무엇이고 뭘 걸어야 하는지 알게 됐다고 믿었다. 세부적인 몇 가지들을 제외하고. 아마 이런 말을 그에게 했거나, 아니면 은연중에 드러난 나의 무모함이 거슬렸던 모양인지 그가 이런 얘기를 했다. 세부적인 것들을 살펴야 해! 나중이 아니라 맨 먼저!

그의 말투엔 언젠가, 자세한 내막은 알 수 없어도, 그 자신이 세부적인 것에서 후회로 남은 실수를 저질렀다는 회한이 어려 있었다. 아니, 그건 아니다. 그는 아무것도 후회하지 않는 사람이었으니까. 후회가 남은 게 아니라 대가를 치러야 했던 실수. 그는 살면서 후회하지 않은 많은 것에 대가를 치렀다.

노비 광장 저 끝에 레이스 천의 길고 흰 드레스를 입은 여자아이 둘이 걸어간다. 열한 살이나 열두 살쯤인데, 둘 다 나이에 비해 키가 크고, 둘 다 예비 숙녀이며, 둘 다 광장을 가로지르는 사이에 유년기를 벗어나고 있다.

라 스멘 블랑슈. 하얀 주일. 켄이 말한다. 지난 일요일에 폴란드의 모든 아이들이 첫 영성체를 받았거든. 그리고 이번 주에는 매일 교회에 가서 영성체를 한 번 더 받으려고 해. 여자애들이 특히 더하지만 남자애들도 마찬가지야. 다만 눈에 덜 띄고 수가 적어서 그렇지. 여자아이들이 특히 더하다는 건 영성체를 위한 흰색 드레스를 입고 한 번 더 밖에 나가고 싶기 때문이야.

광장의 두 아이는 나란히 서서 걸어가는데, 그래야 자신들에게 쏠리는 시선을 걷어낼 수 있기 때문이다.

저 애들은 지금 금박을 씌운 마리아상으로 유명한 코르푸스 크리스티 교회로 가는 중이야. 켄이 말한다. 크라쿠프의 여자아이들은 누구나 코르푸스 크리스티에서 첫 영성체를 받고 싶어해. 거기서 파는 영성체 드레스가 더 날렵하고 길이도 적당하거든.

스타일을 파악하고 비평의 기본을 처음으로 배운 것은 에지웨어 로드에 있는 올드맷 뮤직홀의 그의 옆자리에 앉아서였다. 러스킨, 루카치, 베런슨, 벤야민, 뵐플린은 모두 나중에야 알게 됐다. 내 비평의 기본은 올드맷에서 생겨났다. 이층 관람석에서 요란스럽게 환호하고 가차 없이 야유를 보내는 관중에 싸여 그 삼각형의 무대를 내려다보면서 갖춰졌다. 그들은 스탠드업 코미디와 아다지오 곡예, 가수들과 복화술사를 가혹할 정도로 냉정하게 평가했다. 우리는 테사 오셰아가 극장이 떠나가도록 갈채를 받는 것도 보고, 쏟아지는 야유에 눈물로 머리카락을 적시며 무대에서 내려가는 것도 봤다.

공연엔 스타일이 있어야 했다. 청중의 마음을 하룻밤에 두 번은 사로잡아야 했다. 그리고 그러기 위해선 쉴 없는 개그 퍼레이드가 좀더 신비로운 뭔가로 이어져야만 했다. 인생 자체가 스탠드업 공연이라는 음모적이고 불경한 암시 같은 것!

은색 양복을 입고, 갑상선 항진증이라도 걸린 것처럼 눈이 툭 튀어나온 '뻔뻔이' 맥스 밀러는 도무지 통제가 불가능한 강치처럼 쇼를 펼쳤고, 그에게 관중석의 폭소는 받아서 삼켜야 하는 물고기 같았다.

제가 브라이튼에 집이 있거든요. 그런데 월요일 아침에 웬 여자가 찾아왔더라고요. 그러더니 이러는 거예요. "맥스, 제 무릎에 뱀을 좀 그려 주세요." 저는 하얗게 질렸어요. 정말이에요. 무슨 말씀을. 제가 그렇게 강한 위인이 못 되거든요. 강하질 못해요. 그래서, 들어 보세요. 침대에서 벌떡 일어나서는, 그러니까… 아니, 잠깐 들어 보세요… 뭐 그래서 그녀의 무릎 바로 위에서부터 뱀을 그리기 시작했죠. 네, 거기서부터 시작했어요. 하지만 중간에 그만 둬야 했죠. 그녀가 제 따귀를 후려쳤거든요. 뱀이 그렇게 긴 줄 제가 알았나요, 어디. 보통 뱀의 길이가 얼마나 되죠?

코미디언들은 너나없이 피해자의 역할을 자처했다. 표를 사서 들어온, 피해자이긴 매한가지인 모든 관중의 마음을 사로잡아야 했던 피해자.

무대 앞쪽으로 나와 손을 내밀고 애원하는 해리 챔피언의 모습은 거의 비극적이기까지 했다. 인생은 정말 어려운 거죠. 이걸 살아서 넘기는 사람은 없으니까요! 분위기가 잘 무르익은 날 밤에 그가 이 말을 하면 온 극장이 그의 손바닥 위에 놓였다.

플래너건과 앨런은 급한 용무에 늦은 것처럼 허겁지겁 뛰어나왔다. 그러고는 이 세상과 세상의 모든 화급한 일들이 심각한 오해에서 기반한 것임을 빠른 속도로 풀어 나갔다. 그들은 젊었다. 플래너건은 눈이 깊고 순수했다. 좀더 직설적인 체스 앨런은 민첩하고 정확했다. 그런 두 사람이 함께 세계의 노쇠함을 입증해 보였다!

택시를 팔 수 있으면 아프리카로 돌아가서 하던 일을 할 텐데.

그게 뭔데?

구멍을 파서 농부들에게 파는 거지!

마이크가 저들의 예술을 무용지물로 만들 거야. 위층 관람석에서 켄이 속삭였다. 그게 무슨 소리냐고 물었다. 저들이 목소리를 어떻게 사용하는지 들어 봐. 그가 설명했다. 극장 전체에 들리도록 말을 하고 우리는 그 중간에 앉아 있잖아. 그런데 마이크를 사용하면 그럴 수가 없고, 관중은 더 이상 중간에 있지 못하게 되는 거야. 뮤직홀의 비밀은 공연을 하는 사람들이 모두 무방비라는 데 있거든. 우리 모두가 그런 것처럼 말이야. 하지만 마이크를 들면 무장을 하는 게 돼! 그건 또 다른 게임이야.

그의 말이 옳았다. 뮤직홀은 이후 십 년 사이에 서서히 죽어 갔다.

야생 괭이밥을 한 바구니 가득 담은 여자가 노비 광장의 테이블 옆을 지나간다.

괭이밥 수프를 좀 만들어 줄 수 있니? 켄이 내게 묻는다. 내일 보르쉬 대신으로 먹으면 좋겠는데.

그래요.

달걀도 넣을 거야?

그건 한번도 안 해 봤는데.

그래? 그는 눈을 감는다. 수프를 끓여서 그릇에 담고 따뜻한 삶은 달걀을 하나씩 넣어 주면 돼. 그릇 옆에 순가락하고 칼을 함께 놓아야 해. 그 달걀을 썰어서 녹색 수프랑 같이 먹는 거니까. 강렬한 녹색의 신맛과 둥글둥글한 달걀의 편안함이 합쳐져서 뭔가 색다르고 먼 느낌을 일깨워 줘.

고향에 대한?

물론 아니지. 폴란드 사람들이라고 해도 그건 아니야.

그럼 뭐요?

글쎄, 생존에 대해서랄까.

내 눈에는 켄이 늘 같은 단칸방에 사는 것처럼 보였다. 실제로는 이사를 자주 다녔지만 내가 학교에 다니느라 집을 떠나 있을 때 이사를 했고, 돌아와서 그를 찾아가면 몇 안 되는 똑같은 소지품이 비슷비슷한 침대 발치의 비슷비슷한 탁자 위에 쌓여 있었고, 열쇠가 그대로 꽂혀 있는 문을 열고 계단으로 나가면 집주인 여자가 불을 켜 놓고 다닌다며 똑같은 잔소리를 해댔다.

켄의 방에는 가스난로가 있었고, 기다란 창문이 있었다. 그는 가스난로 위쪽 선반에 우리의 책을 올려놓았다. 커다란 휴대용 와이어리스(당시에는 라디오라는 말을 거의 쓰지 않았다)는 창가 탁자에 놓고 들었다. 1939년 9월 2일: 히틀러의 국방군 소속 기갑부대가 오늘 새벽 선전포고도 없이 폴란드를 침공했습니다. 그후 오 년 사이에 육백만 명의 폴란드인이 목숨을 잃게 되는데, 그 중 절반이 유태인이었다.

옷장에 보관하는 건 옷뿐만이 아니었다. 오트밀 비스킷, 삶은 달걀, 파인애플, 커피. 가스난로에는 풍로가 연결되어 있어서 평소 창틀에 올려 두는 냄비에다 물을 끓였다. 화장실 겸 세면대는 위층이나 아래층 층계참에 있었다. 나는 늘 어느 쪽인지를 잊어버려서 그가 등 뒤에 대고 소리를 치곤 했다. 아래 말고 위야!

바닥에 열어 놓은 옷가방 두 개는 완전히 정리해서 치우는 법이 없었다. 그 당시엔 아무것도 정리되지 않았다. 심지어 사람들의 머릿속도. 모든 건 보관 중이거나 이동 중이었다. 꿈들은 짐칸 위에 놓였고, 배낭과 옷가방에 담겼다. 바닥에 열어 놓은 가방 한쪽에는 브르타뉴에서 가져온 꿀 한 병, 짙은 색의 방한용 스웨터 한 벌, 프랑스어로 된 보들레르 시집 한 권, 그리고 탁구채 하나가 있었다.

너는 십오 점부터 시작하고 서비스도 네가 넣어! 그가 제안했다. 준비됐지? 서브! 십오 대 영. 십오 대 일. 십오 대 이. 십오 대 삼.

1940년에는 그렇게 하고도 그가 이겼다.

1941년에도 여전히 세 번에 두 번은 그가 이겼지만, 더 이상 점수를 미리 주거나 하진 않았다.

당시에 그는 BBC의 국제부에서 꽤 비중있는 일을 하고 있었지만, 그것에 대해서는 입도 뻥끗하지 않았다. 새벽에야 퇴근해서 집에 올 때가 많았다. 침대 커버는 다마스크 천이었다.

아침에는 보통 글로스터 로드 근처의 바리케이드가 쳐진 카페에서 식사를 했다. 식량은 배급제였다. 단 걸 즐기지 않는 이들은 배급받은 설탕을 다른 사람들에게 줬다. 켄과 나는 차를 마셨는데, 그게 커피 추출액보다 나았다. 우리는 아침을 먹으면서 신문을 읽었다. 네 쪽, 많아야 여섯 쪽이었다. 1941년 9월 9일: 독일군, 레닌그라드 봉쇄. 1942년 2월 12일: 독일군 순양함 세 척, 도버 해협 아무 저항 없이 무사통과. 1942년 5월 25일: 히틀러 국방군, 카르코프에서 소련인 이십오만 명 전쟁포로로 수감. 나치는 나폴레옹과 똑같은 실수를 범하고 있어. 켄이 말했다. 동장군의 위력을 과소평가하고 있거든. 그의 말은 옳았다. 파울루스 장군과 그가 이끄는 제6사단은 11월말에 스탈린그라드에서 포위되었고, 2월에 주코프 장군에게 항복했다.

1943년 4월 중순이었다. 어느 날 아침, 켄은 망명 중인 폴란드 수상 시코르스키 장군이 폴란드 국민들에게 바르샤바의 게토에서 일어나고 있는 폭동에 대한 지지를 호소한 그 전날의 런던 라디오 방송에 대해 말했다. 게토는 체계적으로 몰살되어 가고 있었다. 시코르스키가 그러더군. 켄은 천천히 말했다. "인류 역사상 최악의 범죄가 자행되고 있습니다."

망각의 순간에만, 아무것도 생각하지 않을 때에만, 벌어지는 상황의 거대함이 느껴졌다. 그 거대함은 봄 하늘 대기 중에 만연해서 아직까지도 뭐라 이름 붙일 수 없는 일곱번째 감각을 자극했다.

1943년 7월 11일, 영국의 제8사단과 미국의 제7사단 연합군이 시칠리아를 침공하고 시러큐스를 탈환한다.

나는 너를 초보자라고 생각해. 켄이 크라쿠프의 테이블 위로 몸을 숙이고 속삭인다. 그리고 오늘 네 글을 읽으면 실망할지도 몰라.

뭔가를 완전히 깨우친다는 건 슬픈 일이죠. 뭐라 형용할 수 없는 슬픔이 있어요. 내가 말한다.

내 눈에 너는 초보자야.

아직도?

그 어느 때보다도!

당신은 선생님이고?

나는 가르치지 않았어. 네가 배웠지. 그건 달라. 나는 너를 배우게 했어! 그리고 너한테서 배운 것도 많고!

이를테면?

옷 빨리 입기.

다른 건 없어요?

소리 내어 또박또박 읽기.

당신도 큰 소리로 잘 읽었어요. 내가 말한다.

결국엔 어떻게 하는지 알게 됐지. 네가 소리 내서 읽는 비결 말이야. 문장의 끝에 이를 때까지 그걸 읽지 않는 것, 그게 너의 비결이었어. 앞서 내다보기를 거부했던 거야.

그는 볼 만큼 보고, 충분히 얘기했다는 듯이 안경을 벗는다. 그는 나를 잘 알았다.

공습 사이렌이 간간이 울려 오는 밤에, 다마스크 침대 커버 밑에서, 가끔 켄의 발기한 부분이 내 몸에 뜨겁게 닿았다. 그 부분의 팽창은 의도하지 않은 것이었고, 아픔처럼, 지혈을 해야 하는 어떤 상처처럼 긴 그의 몸 가운데 부분에서 시간이 흐르길 기다렸다. 그리고 얼마 지나지 않아 정액과, 안경을 쓰지 않은 그의 눈에서 흘러내린 눈물로 축축해진 침대 속에서 우리 두 사람에게 잠은 금세 찾아왔다. 바닷물이 멀찍이 빠져나간 모래사장처럼 주름진 잠.

비둘기를 보러 가자. 켄이 격자무늬 손수건으로 두꺼운 안경알을 닦으며 말한다.

우리는 시장의 북쪽 끝을 향해 걸어간다. 태양이 뜨겁다. 우리 세기의 책상 위에 초여름의 아침이 하루 더 쌓였다. 채소를 키우는 도심의 텃밭을 찾아온 나비 두 마리가 나선을 그리며 하늘로 올라간다. 시간을 알리는 성당의 종이 열한 번 울린다.

하루에도 수백 명의 폴란드 사람들이 비스툴라 강 너머를 보기 위해, 그리고 1520년에 주조됐으며 무게가 십일 톤이나 나가는 지그문트 종의 거대한 추를 손으로 만져 보려고 성당 종탑의 나선형 돌계단을 오른다. 그걸 만지면 사랑이 이루어진다고 한다.

우리는 헤어드라이어를 파는 남자 앞을 지나간다. 하나에 백오십 즈워티라는 건 어쩌면 장물일지도 모른다는 뜻이다. 그는 드라이어를 손에 들고 시범을 보이기 위해 지나가는 여자아이를 불러 세운다. 꼬마야, 이리 와봐. 아저씨가 예쁘게 해줄게. 아이는 웃으면서 응낙을 하고, 머리는 부풀어 올라 물결친다. 슬리치니에! 아이가 소리를 친다.

예쁘다는 뜻이야. 켄이 웃으며 설명해 준다.

조금 더 가자 한 무리의 남자들이 몰려 있다. 길게 늘인 목이나 대기에 감도는 침묵이 아니었으면 음악을 듣고 있다고 생각했을 것이다. 더 가까이 가 보니 사람들은 대여섯 마리씩 나무 새장에 들어 있는 한 백 마리쯤 되는 비둘기 주변에 모여 있었다. 깃털이나 크기에는 차이가 있지만 모두 푸르스름한 빛이 돌고, 그 빛 속에는 크라쿠프 상공의 하늘 한 조각이 담긴 듯하다. 탁자 위의 비둘기들은 지상으로 가지고 내려온 하늘의 견본 같다. 어쩌면 그래서 사람들이 음악을 듣는 것처럼 보였는지도 모른다.

전서구(傳書鳩)들이 어떻게 집을 찾는지는 아무도 몰라. 켄이 말한다. 날이 맑으면 삼십 킬로미터 앞까지 볼 수 있지만, 그렇다고 해도 정확한 방향감각은 설명되지 않아. 파리가 포위됐던 1870년에 쉰 마리의 비둘기들이 그곳의 사람들에게 백만 건의 메시지를 배달했어. 마이크로 사진술이 그렇게 널리 사용된 건 그때가 처음이었지. 글자는 전부 축소해서 무게 일이 그램의 작은 필름에 수백 자가 담길 수 있게 만들었어. 비둘기가 도착하면 글자를 확대하고 복사해서 나눠 줬지. 역사 속에서 어떤 것들이 서로 엮이는 걸 보면 참 희한해. 콜로디온 필름과 전서구라니!

비둘기 애호가들이 새들을 꺼내 전문가의 눈으로 살펴보고 있다. 모이주머니를 두 손가락 사이에 가볍게 끼운 채 다리의 길이를 재고, 정수리를 엄지손가락으로 살며시 눌러도 보고, 날개를 활짝 펼쳐 보기도 하는데, 그렇게 하는 내내 마치 트로피처럼 새를 가슴에 꼭 끌어안고 있다.

끔찍한 대참사의 소식을 전서구로 알린다는 건 있을 수 없는 일이라고 생각하지 않아? 켄이 내 팔을 잡으며 말한다. 패배를 알릴 수도 있고, 도움을 청할 수도 있지만, 비둘기를 하늘로 날려서 집으로 보내는 그 몸짓 속엔 예외 없이 어떤 희망이 담겨 있지 않을까? 고대 이집트의 뱃사람들은 먼 바다에 나갔을 때 비둘기를 보내서 자신들이 집으로 가고 있다는 걸 가족들에게 알리곤 했어.

나는 붉은 구슬 같은 비둘기의 동공을 들여다본다. 새는 아무것도 보고 있지 않은데, 잡혀 있는 동안에는 움직일 수 없다는 걸 알기 때문이다.

체스 게임이 어떻게 되고 있는지 궁금한데요. 우리는 시장의 반대편 끝으로 천천히 걸음을 옮긴다.

판에는 열여섯 개의 말이 남아 있다. 제드렉은 왕과 비숍, 그리고 폰 다섯 개가 남았다. 그는 계시라도 구하는 듯이 고개를 하늘로 쳐든다. 아브람은 시계를 본다. 이십삼 분째야! 그가 외친다.

체스는 재촉하면 안 되지. 한 손님이 참견을 한다.

좋은 수가 하나 있는데, 저 사람은 그걸 보지 못할 거야. 켄이 속삭인다.

비숍을 C5로 이동하는 거죠?

멍청하긴. 왕을 F1으로 옮기는 거지.

저 사람한테 말해 줘요.

죽은 사람은 체스의 말을 움직이지 못해!

이 말을 듣자 그가 죽었다는 사실에 가슴이 저며 온다. 그러는 사이에 그는 머리를 두 손으로 움켜쥐고는 그게 탐조등이라도 되는 듯이 좌우로 돌린다. 예전에 종종 그랬던 것처럼 자신의 장난스런 행동에 내가 웃기를 기다린다. 그는 나의 저미는 가슴을 눈치 채지 못한다. 나는 그를 보며 웃는다.

전쟁이 끝나고 제대했더니 그가 보이지 않았다. 내게 있던 마지막 주소로 편지를 썼지만 답장은 오지 않았다. 그리고 일 년이 지났을 때 우리 부모님 앞으로 크리스마스를 다 함께 보낼 수 있겠냐고 묻는 그의 엽서 한 장이 날아왔다. 발신지는 아이슬란드나 저지처럼 예상치 못한 곳이었다. 물론 우리는 그렇게 했다. 그는 종군사진기자라는 어떤 여자와 함께 왔는데, 내 생각엔 체코 사람이었던 것 같다. 함께 크리스마스 게임을 하고, 많이 웃었다. 그는 음식들을 전부 암시장에서 샀다며 우리 어머니를 놀려댔다.

우리 둘 사이에는 여전한 공범의식이 있었다. 우리는 둘 다 고개를 돌려 외면하거나 조금이라도 뒤로 물러서는 법이 없었다. 우리는 여전한 사랑을 느꼈다. 단지 환경이 달라졌을 뿐이었다. 파쇠르는 자신의 의무를 다했다. 전선을 건넜으니까.

세월은 흘러갔다. 마지막으로 그를 봤을 때 우리는 내 친구 아낭을 태우고 런던에서 제네바까지 밤새 달렸다. 센 강 위쪽의 샤티용 인근 숲을 지나갈 때 라디오에서 존 콜트레인의 「내가 좋아하는 것들(My Favourite Things)」이라는 연주곡이 나왔다. 켄이 뉴질랜드로 돌아갈 거라는 얘기를 한 건 바로 그 차 안에서였다. 그때 그의 나이가 예순다섯이었다. 내가 이유를 묻지 않은 건 그의 이런 대답을 듣고 싶지 않았기 때문이다. 죽으러.

나는 그가 유럽으로 돌아올 거라는 투로 얘기했다. 그러자 그는 이렇게 대꾸했다. 존, 저 아래쪽에서 제일 좋은 건 잔디야! 세상 어디에도 그렇게 푸른 잔디는 없어. 그는 이 말을 사십 년 전에 했다. 나는 그가 정확히 언제, 그리고 어떻게 죽었는지를 이제껏 몰랐다.

노비 광장에서, 훔친 헤어드라이어, 오렌지 절임이 든 허니브레드, 줄담배를 피우며 드레스를 파는 여자, 이제 바구니를 얼추 비워가는 야구시아, 금방 무르기 때문에 빨리 팔고 금세 먹어야 하는 검은 체리, 소금에 절인 청어, 시디에서 흘러나오는 에바 데마르치크의 저항의 노래 속에서, 나는 비로소 그의 죽음에 가슴이 저며 온다.

켄이 서 있는 곳을 쳐다보지 않는다. 쳐다보면 거기 없을 테니까.

나는 이발소를 지나, 수프를 파는 식당을 지나, 의자에 앉은 여자들 앞을 지나, 혼자 걸어간다.

왠지 마음이 끌려서 비둘기 쪽으로 다시 돌아간다. 내가 다가가자 어떤 남자가 몸을 돌리더니 내 비통한 심정을 알아차린 듯 ―세상 어느 나라가 그 감정을 다루고 견디는 데 폴란드보다 더 익숙할까?― 옅은 미소조차 어리지 않은 얼굴로 자신이 들고 있던 비둘기를 내게 건넨다.

비둘기의 깃털은 조금 축축하게 느껴진다. 비단처럼. 가슴께의 짧은 깃털엔 올빼미처럼 가르마가 나 있다. 체구에 비하면 무게는 거의 나가지 않는다. 나는 비둘기를 가슴에 바짝 끌어안는다.

노비 광장을 벗어나 지나가는 사람 두 명에게 물어 본 끝에 현금 인출기를 찾았다. 그런 다음 미오도바 거리에 있는 펜션으로 돌아와 침대에 누웠다. 아주 더운 날이었다. 동구 평원의 불확실한 열기가 느껴지는 더위. 이제는 울 수 있었다. 잠시 후 나는 눈을 감고 카드 섞는 모습을 머릿속에 떠올렸다.

4

죽은 이들이 기억하는 과일들
Some Fruit as Remembered by the Dead

멜론

우리가 보기에 멜론은, 어딘가 부정적으로 느껴지는, 가뭄 같은 과일이었다. 바싹 말라붙은 계곡이나 흙먼지 날리는 갈라진 들판을 지나가다 멜론을 발견하면, 오아시스의 우물에서 물을 길어 올리는 심정으로 그걸 먹었다. 맛은 기가 막히고 지친 심신을 달래 줬지만, 사실 갈증은 가시지 않았다. 멜론은 자르기도 전에 물기 어린 단내를 풍긴다. 그 안에 담긴 한없이 진한 내음. 하지만 갈증을 해소하려면 어떤 예리한 기운이 필요하다. 차라리 레몬이 낫다.

작고 녹색을 띨 때라면 멜론이 젊음을 상징할 수도 있다. 하지만 이 과일은 묘하게도 순식간에 나이를 초월해 버린다. 아이의 눈에 비친 어머니처럼. 껍질에 난 흠집―흠집이 없는 경우는 없다―은 사마귀나 태어날 때부터 있었던 점 같다. 다른 과일의 경우처럼 오래 됐음을 뜻하지 않는다. 그저 그 멜론이 개성을 지녔으며, 늘 그래 왔음을 확인해 줄 뿐이다.

이걸 한번도 먹어 보지 않은 사람이라면 겉모양만 보고는 속을 거의 짐작할 수 없다. 자르는 순간까지 결코 드러나지 않는, 녹색으로 살짝 방향을 튼 그 진한 오렌지색을. 가운데 빈 구멍에 가득한 씨, 옅은 불꽃 같으면서도 촉촉한 색깔의 그 씨앗들이 한데 뭉쳐 매달린 모습 앞에서는 제아무리 뚜렷한 질서의식도 무릎을 꿇게 된다. 그리고 구석구석 반짝이지 않는 데가 없다.

멜론의 맛에는 어둠과 햇살이 모두 담겨 있었다. 결코 함께 존재하지 못했을 상반된 것들을 기적처럼 한데 합쳐 놓았다.

복숭아

우리가 먹던 복숭아는 햇볕에 검게 변했다. 엄밀히 말하면 시뻘건 검은색이지만, 붉은 기운보다는 검은색이 더 짙었다. 시뻘겋게 달궜다가 꺼내 식히는 중이어서 여전히 뜨겁다는 경계심을 갖기 어려운 쇠의 검은색. 말편자 같은 복숭아.

검은색이 전체적으로 퍼지는 경우는 드물었다. 나무에 매달려 있을 때 그늘이 졌던 부분은 희끔했는데, 그러면서도 그늘을 드리웠던 나뭇잎들이 제 색을 슬쩍슬쩍 칠한 것처럼 녹색이 살짝 감돌았다.

우리 때에는 유럽의 부잣집 여자들이 얼굴과 몸을 복숭아처럼 희게 하려고 갖은 노력을 기울였다. 하지만 집시들은 절대 그렇지 않았다.

복숭아는 한 손에 꽉 차게 큰 것에서부터 당구공만큼 작은 것까지 크기가 상당히 다양했다. 작은 것의 껍질은 더 섬세하기 때문에 살이 짓무르거나 너무 익을 경우 보일 듯 말 듯 주름이 잡히는 경향이 있었다.

그 주름을 보면 검게 그을린 팔뚝에서 접히는 중간 부분의 따뜻한 피부가 연상되곤 했다.

속에는 씨가 있는데 질감은 짙은 나무껍질 같고, 모양새는 제멋대로인 게 꼭 운석 같다.

이런 야생의 복숭아는 신이 도둑들을 위해 만든 과일이었다.

자두

해마다 8월이면 우리는 자두가 나오길 기다렸다. 실망스러울 때도 많았다. 덜 익었거나 섬유질이 많거나 거의 말라붙었거나, 그렇지 않으면 지나치게 무르거나 물컹거렸다. 한입 베어 물 가치조차 없는 것도 많았는데, 만져만 봐도 적당한 온도가 아니라는 걸 손끝으로 느낄 수 있었기 때문이다. 섭씨나 화씨로는 잴 수 없는 온도, 햇빛에 둘러싸인 어떤 시원함의 온도, 어린 사내아이가 꽉 쥔 주먹의 온도.

그 아이는 여덟 살에서 열 살 반 사이, 사춘기에 짓눌리기 전에 독립심을 키워 가는 나이다. 아이가 손에 자두를 들고 입으로 가져가 한입 베어 물면, 과일의 혀는 쏜살같이 목 뒤로 넘어가고 아이는 그것의 약속을 삼킨다.

무슨 약속일까? 아직 아무 이름도 붙지 않은, 이제 곧 아이가 이름을 붙이게 될 뭔가에 대한 약속. 아이가 느끼는 달콤함은 더 이상 설탕의 맛이 아니고, 계속 자라나는 가지, 끝이 없는 것만 같은 그것의 맛이다. 그것은 아이가 눈을 감아야만 볼 수 있는 어떤 몸에 달려 있다. 그 몸에는 세 개의 팔다리가 더 있고 목과 발목이 있으며, 소년의 몸과 비슷하다. 단지 뒤집혀 있을 뿐. 가지의 구석구석으로 수액이 끊임없이 흐른다. 아이는 잇새에서 그 맛을 느낄 수 있다. 아이가 소녀나무라고 부르는, 이름 없는 하얀 나무의 수액.

자두 백 개 중에 하나만이라도 이런 느낌을 되살려 준다면, 그걸로 충분했다.

체리

체리에는 다른 어떤 과일에서도 볼 수 없는 발효의 풍미가 있었다. 갓 딴 체리는 햇볕이 가미된 효모의 맛이 났고, 그 맛은 유난히 반짝이는 껍질의 윤기와 서로 보완이 됐다.

체리를 먹으면 ―딴 지 한 시간밖에 안 된 것이라 해도― 그 자체의 썩은 맛이 섞여 있다. 체리의 금색이나 붉은색 속에는 늘 갈색의 기미가 어려 있다. 살이 물러져서 해체되어 들어갈 색.

체리가 청량감을 주는 까닭은 순수함 때문―사과처럼―이 아니라, 발효에서 일어나는 기포가 혀를 살짝, 거의 감지할 수 없을 정도로 살짝 간질이기 때문이다.

크기가 작고 과육이 가벼우며 껍질이 얇기 때문에 체리의 씨는 늘 어딘가 느닷없는 느낌이었다. 체리를 먹으면서 씨를 예감하기란 어려웠다. 씨를 뱉어 놓고 보면, 그것을 둘러싸고 있던 과육과 그다지 상관이 없어 보였다. 오히려 내 몸의 침전물, 체리를 먹음으로써 만들어진 불가사의한 침전물처럼 느껴졌다. 체리 한 알을 먹을 때마

110

다 체리의 이빨을 하나씩 뱉어냈다.

얼굴의 나머지 부분하고 확실히 다른 입술과 체리는 그 윤기와 말랑거리는 것까지 똑같다. 껍질은 둘 다 액상의 피부 같다. 모세관의 표면. 우리의 기억이 옳은지, 아니면 죽은 이들이 과장을 하는 건지 확인을 해 보라. 체리를 입 안에 넣고, 아직 씹지는 말고, 잠깐 동안 그것의 밀도, 그것의 부드러움과 탱글탱글함이, 그걸 물고 있는 입술과 얼마나 완벽하게 일치하는지를 느껴 보라.

큐치

짙고, 작고, 타원형이며, 길이가 사람의 눈동자 정도 되는 자두의 일종. 가을이 되면 잘 익어 나뭇잎 사이에서 반짝거리는 큐치.

익으면 거무스름한 보라색이 되지만, 씻을 때 손가락으로 문질러 닦지 않으면 표면에 과분(果粉)이 남는다. 푸르스름한 나무 연기 색깔의 과분. 이 두 가지 색을 보면 우리는 물에 가라앉는 것과 하늘을 날아가는 것이 동시에 생각났다.

노르스름하니 옅은 녹색의 과육은 달콤하면서도 시큼해서 깔쭉깔쭉한 톱니의 느낌이 난다. 자잘한 톱날을 혀로 슬며시 문지르는 것 같은. 큐치는 자두처럼 우리를 유혹하지 않는다.

이 나무는 늘 집 가까이에 심었다. 겨울에 창밖을 내다보면 작은 새들이 먹이를 찾아 매일같이 몰려와서 이 가지 위에 깃을 쳤다. 콩새, 울새, 박새, 참새 떼에다 먹이를 뺏어 먹는 까치 한 마리도 가끔 끼어 있었다. 다시 봄이 오고 꽃들이 막 피어날 무렵이면 그 작은 새들이 큐치 나무에 앉아 노래를 부르곤 했다.

이게 노래의 과일인 이유는 그것만이 아니다. 우리는 큐치를 통에 가득 담아 발효시켜서 만드는 놀이라는 슬리보비츠, 그러니까 일종의 자두 브랜디를 불법으로 담가 마셨다. 그리고 기포가 뽀글뽀글 올라오는 이 술 한 잔을 마시면 예외 없이 사랑의 노래, 고독과 인고의 노래가 절로 흘러나왔다.

5

아일링턴
Islington

아일링턴 자치구는 지난 이십오 년 사이에 근사하게 변했다. 1950
년대와 1960년대에는 런던 도심이나 북서부의 교외에서 아일링턴
이라고 말하면 어딘가 미심쩍은 벽촌의 이미지가 그려졌다. 가난
한, 그래서 불편한 지역들이 지리적으로는 도심에서 그리 멀지 않
음에도, 풍족한 이들의 머릿속에서는 훨씬 멀찍이 밀려나는 건 흥
미로운 노릇이다. 대표적인 예가 뉴욕의 할렘이다. 예전에 비하면
요즘 런던 사람들에게 아일링턴은 훨씬 가까워졌다.

아일링턴이 여전히 멀리 있던 사십 년 전에 휴버트는 그곳에서 테
라스가 있는 작은 집을 한 채 샀다. 좁다란 뒷마당은 운하를 향해 비
탈져 내렸다. 당시엔 그와 그의 아내가 미술학교에서 시간제 강사
로 일을 했고, 여윳돈이랄 게 없었다. 하지만 그 집은 쌌다. 거의 헐
값에 가까웠다.

아일링턴으로 이사를 갔다더라! 당시에 한 친구가 내게 말했다.
그리고 그 소식은, 해가 눈에 띄게 점점 짧아지는 늦가을 오후처럼
느껴졌다. 뭔가 배제된 듯한 느낌이 담겨 있었다.

그리고 얼마 지나지 않아 나는 외국에 나가 살게 됐다. 가끔씩 런던에 들르면 다른 친구네 집에서 휴버트를 만나기도 했지만, 아일링턴에 있는 그의 집을 찾아간 적은 한번도 없었다. 사흘 전까지만해도. 그와 나는 1943년에 런던에서 같은 미술학교를 다녔다. 그는섬유디자인을 공부했고 나는 회화를 전공했지만, 실물 드로잉이나건축의 역사, 인체의 해부처럼 같이 듣는 과목이 몇 개 있었다.

그를 인상 깊게 본 이유는 괴팍스런 고집 때문이었다. 그는 한결같이 타이를 맸다. 그 모습은 꼭 19세기 제본업자 같았다. 되풀이되는 현대의 어리석음으로 인해 슬픈 충격에 빠져 지내는 경향이 있었고, 손톱은 항상 깨끗했다. 나는 낭만파 스타일의 검은색 긴 코트를입었고, 19세기의 마부처럼 보였다. 나는 당시에 구할 수 있는 것 중에서 제일 검은 목탄으로 그림을 그렸는데, 전쟁 중이라 구하기가쉽지 않았다. 1941년과 1942년에 누가 목탄을 구울 시간이 있었겠는가? 그래서 가끔 교사용 비품에서 한 자루씩 슬쩍 했다. 도둑질중에 정당화될 수 있는 게 두 가지가 있는데, 배가 고파서 먹을 것을훔치는 것과 화가가 기본재료를 훔치는 것이다.

우리가 서로를 미심쩍은 눈으로 바라봤다는 데에는 의심의 여지가 없다. 휴버트는 내가 거의 노출증에 가까울 만큼 과시적이고 경솔한 인간이라고 생각했을 테고, 내가 보는 그는 과묵한 엘리트주의자였다.

그러면서도 우리는 서로의 얘기에 귀를 기울이고, 가끔씩 맥주를마시거나 사과를 나눠 먹었다. 대부분의 아이들이 우리를 미친놈으로 본다는 걸 우리는 잘 알고 있었다. 틈만 나면 작업에 매달리니 그럴 만도 했다. 우리의 관심을 딴 데로 돌릴 수 있는 건 사실상 전혀없었다. 휴버트는 악기를 조율하는 바이올리니스트의 세심하고 절제된 손놀림으로 모델을 그렸다. 나는 오븐에 집어넣기 직전에 피자 반죽에다 토마토와 치즈를 되는 대로 얹는 주방보조처럼 그렸다. 우리의 방식은 너무나 달랐다. 하지만 모델들이 휴식을 취하는 쉬는 시간에도 강의실에 남아 계속 그림을 그리는 건 우리 둘뿐이었다. 휴버트는 자신의 그림에 균형감을 줘서 더 낫게 만들곤 했는데 나는 망쳐 버리기 일쑤였다.

사흘 전에 내가 아일링턴에 있는 그의 집 초인종을 누르자 그가 활짝 웃는 얼굴로 현관에 나타났다. 왼팔을 머리 위까지 들어 올린 모습은 환영과 경례, 그리고 부하들에게 진군 명령을 내리는 기마 부대 장교의 동작이 뒤섞인 듯했다. 물론 휴버트만큼 군인과 거리가 먼 사람도 없었다. 그럼에도 불구하고 그는 지휘관이다.

얼굴도 수척한 데다 면도를 어찌나 바짝 했는지 보기에도 쓰라릴 지경이었다. 헐렁한 코듀로이 바지를 입고, 두꺼운 검은색 가죽 벨트는 끝 부분이 바지 주머니께까지 늘어졌다.

마침 잘 왔네. 그가 말했다. 지금 막 물을 끓였거든. 그러고는 내가 무슨 말을 하길 기다리는 눈치였다.

오랜만이야. 내가 말했다.

우리는 짧은 계단의 맨 윗부분에 서 있었다.

어떤 차가 좋겠나? 얼그레이, 다즐링, 아니면 녹차?

녹차.

그게 몸에는 제일 좋지. 그가 말했다. 내가 매일 마시는 것도 그거라네.

응접실엔 바닥 깔개와 쿠션, 잡동사니들, 발걸이, 도자기, 말린 꽃들, 각종 수집품, 조각, 크리스털 물병과 그림이 가득했다. 뭔가 새로운 것, 엽서보다 큰 뭔가가 그 안에 새로 자리를 잡는다는 건 상상하기 어려울 정도로 빼곡했다. 그렇다고 공간을 늘리기 위해 뭘 내버린다는 것도 상상할 수 없었다. 전부 오랜 세월 동안 똑같은 애정과 관심으로 발견되고 선택되어 그 자리에 놓였기 때문이다. 조개껍질 하나, 양초와 시계, 의자 하나까지 거슬리거나 어색해 보이는 건 아무것도 없었다. 그는 내게 벽난로 옆에 있는 섭정 시대의 의자를 권했다.

문가에 걸린 수채 추상화를 누가 그렸는지 물어 봤다.

저건 그웬이 그린 거라네. 휴버트가 말했다. 늘 좋아했던 그림이지.

그의 아내인 그웬은 조각을 가르치는 강사였는데 십이 년 전에 죽었다. 조용하고, 조그맣고, 투박한 생가죽 구두를 신고, 나비를 연구하는 학자 같은 인상이었다. 어디서든 ─전쟁 중에 런던 시내를 달리는 버스에서라도─ 손만 들어 올리면 어디선가 나비가 날아와 앉을 것만 같았다.

휴버트는 은주전자를 들고 문가 탁자에 놓인 더비셔 컵에 물을 따르더니 그 많은 가구 사이를 요령있게 가로질러 내게 가져다 줬다. 대양의 항해도처럼 각 방마다 다닐 수 있는 길의 지도가 있기라도 한 건지 궁금했다. 보니 식당도 어수선하기는 마찬가지였다.

오이 샌드위치를 조금 만들었는데 좀 들어 보겠나? 그가 물었다.

정말 고맙네.

고모님 한 분이 계셨는데, 티타임과 관련해서 두 가지 원칙을 고수하셨지. 하나는 오이 샌드위치와 스펀지케이크가 필수라는 것. 그리고 두번째는 손님들이 여섯 시 전에 가겠다는 뜻을 표하고 그렇게 해야만 한다는 것.

뒤쪽 선반에 있는 시계에서 추가 똑딱이는 소리가 들렸다. 응접실에만 적어도 네 개 이상의 시계가 있었다.

미술학교 시절에 대해 묻고 싶은 게 있어. 내가 말했다. 우리 동기 중에 무대의상을 전공했던 여자애 기억나나? 콜레트랑 자주 어울렸는데.

콜레트! 휴버트가 말을 받았다. 그 애는 어떻게 됐을까? 매주 새 옷을 입고 오곤 했잖아. 생각나? 핀이 그대로 꽂혀 있을 때도 많았지.

그 여자애는 길퍼드 플레이스에 있는 콜레트의 집에서 같이 지냈었어. 이층에 있는 방에서는 코램 벌판이 보였지. 그 애는 키가 작고 약간 들창코에, 눈이 크고 조금 통통했어. 말은 많지 않았어.

코램 벌판. 휴버트가 말했다. 저번 날에 전시회에 갔다가 그곳을 그린 그림을 봤어. 아르투로 디 스테파노라는 젊은 화가가 그렸더군. 아주 무더운 날 수영장 옆에서 물놀이를 하는 아이들. 유년기의 영원함—이렇게 표현할 수 있다면—이 가득하던걸!

그땐 수영장이 없었어. 내가 말했다. 판자를 친 야외 음악당, 아침에 창문을 열면 우리를 내려다보던 커다란 나무들뿐이었지.

나는 콜레트의 집에 한번도 가 본 적이 없는 것 같아. 휴버트가 말했다.

그래도 내가 누구 얘기를 하는지는 알겠지?

액자 끼우는 조와 연애했던 폴린을 말하는 거야?

아니, 아니, 검은 머리, 짧고 검은 머리! 이는 아주 하얗고, 조금 깍쟁이 같고, 코를 이렇게 쳐들고 다녔어.

이름에 '엔(n)'이 두 개 들어갔던 잔 얘기를 하는 건 아니지?

잔은 키가 컸지! 애는 키가 작고 둥그스름하고 조그마했어. 주말에는 집에 갔는데, 뉴베리 같은 세련된 곳이었어. 그게 뉴베리였던

가? 아무튼, 그리고 승마를 좋아했어.

그 여자애 이름은 알아서 뭐하게?

전부터 생각이 날 듯 말 듯하면서 떠오르질 않는 거야.

프리실라였나?

굉장히 흔한 이름이었어. 그래서 더 이상한 노릇이라니까.

아마 결혼을 했을 거야. 당시에는 미술학교 학생들이 대부분 결혼을 했고, 그래서 성도 바뀌었겠지.

내가 알고 싶은 건 이름뿐이야.

어디 사는지 찾아가 보려고?

6월이면 월요일마다 시골에서 딸기를 가져다 온 반에 돌리곤 했는데.

죽었을지도 몰라. 그걸 잊으면 안 돼!

이제 이런 걸 물어 볼 사람도 얼마 없어. 그래서 자네를 찾아온 거야.

그래, 안타깝게도 그게 사실이지. 우리는 이제 그리 많이 남지 않았어. 그 애의 작품은 어땠나?

별로였어. 그래도 교실에 들어서는 순간 스타일 감각이 있는 애라는 걸 알 수 있었지. 말 한 마디 안 해도 빛이 났어.

나는 늘 스타일이란 여러 재능에서 나오는 것이라고 생각해 왔지. 단 하나의 재능은 아무리 뛰어나다고 해도 스타일 감각을 낳지 못해. 내가 약을 먹었던가? 말을 너무 많이 하는군.

자네가 약을 먹는 건 보지 못했어.

그렇게 알고 싶다니 생각이 났으면 좋겠지만, 그럴 수 없을 것 같네. 그녀는 죽었어.

당시엔 아무도 모자를 안 썼는데, 그 애는 썼어! 경마장에 나갈 것처럼 말이야! 머리 뒤로 비스듬히 눌러 썼지.

그는 아무 말도 하지 않았다. 잠시 생각에 잠기게 내버려 뒀다. 침묵이 이어졌다. 휴버트는 늘 침묵에 빠지곤 했다. 삶이 실 한 오라기에 매달려 있는데 바보 같은 이야기가 그걸 싹둑 잘라 버리기라도 할 것처럼. 조용함 속에서 나는 그웬이 죽은 후로도 두 사람이 지켜 온 삶의 기준이 전혀 달라지지 않았음을 느낄 수 있었다. 이 방의 **취향**은 여전히 똑같았다.

위층에 올라가 보세. 마침내 그가 입을 열었다. 세인트폴 대성당을 보여주지. 침실 발코니에서 보이는 세인트폴의 전망이 끝내준다네.

우리는 천천히 계단을 올라갔다. 그는 몸을 꼿꼿이 세웠다. 층계참에서 걸음을 멈춘 그가 말했다. 이 주택가는 1840년대에 조성됐고, 원래는 시에서 일하는 사무관들을 위한 집들이었어. 보시다시피 가난한 자들을 위한 조지 왕조풍의 주택단지라고나 할까. 하지만 성과를 거두지는 못했어. 한 세대도 지나지 않아 전부 하숙집으로 변했고, 층마다 한두 명의 세입자들이 들어와 살았거든. 그게 백년쯤 계속됐을 거야. 사십 년 전에 우리가 이곳에 왔을 때 길 건너에는 전기도 들어오지 않았어. 가스와 석유 램프가 고작이었지.

층계 옆 벽에는 섬유디자인을 위한 스케치와 귀한 패브릭 샘플을 넣은 액자 등이 걸려 있었는데, 몇 개는 페르시아 것처럼 보였다.

우리가 오기 전에 이 집은 매음굴이었어. 북쪽에서 런던으로 화물을 운반하는 트럭 운전사들이 주 고객이었다더군. 욕실에 들어가 보게나. 인어가 그려진 거울이 보이지? 전에 살던 사람들이 그걸 아래층 욕실에 두고 갔는데, 그웬이 버리지 말라고 고집을 부리는 거야. 그웬은 웃으면서 이렇게 말하곤 했지. 가끔 저 거울 속에서 베아트리체가 보여. 베아트리체가 나한테 손을 흔든다니까! 베아트리체는 창녀였는데, 응접실 유리창에 그 이름이 새겨져 있었어.

휴버트가 기울어진 욕실 거울을 바로잡을 때 언뜻 비친 모습에서 젊은 시절의 그가 떠올랐다. 아마 거울이 얼룩지고 때가 껴서 그의 눈에 어린 표정이 오히려 더 반짝여 보였기 때문일 것이다.

이사를 왔을 땐 수중에 돈이 하나도 없었기 때문에 집을 꾸미는 데 정원을 가꾸는 것만큼의 시간이 걸리겠다는 얘기를 했었어. 방을 하나씩 차례차례 꾸며 갔지. 방은 모두 일곱 개라네. 그렇게 한 층씩, 한 해 한 해 새로 단장을 한 거야.

위층으로 올라간 휴버트는 침실을 지나 발코니로 나를 안내했다.

제라늄 조심하게! 그가 말했다. 매일 아침에 물을 주려고 여기에 가져다 뒀어.

향기가 무척 강한걸!

블러디 크레인즈빌이라는 종이야. 그가 말했다. 라틴어 학명으로는 '제라니움 상귀네움'이라고 하지.

잎을 하나 따서 냄새를 맡아 봤다. 그러자 그녀의 머리가 기억났다.

전쟁 중이라 비누도 귀했고, 샴푸는 암시장에서나 구할 수 있었다. 그래서 방금 감은 머리에서도 머리 냄새만 났다. 그녀가 아침에 침대에서 일어나 머리를 감던 게 기억난다. 여름이었고 날이 따뜻해서 창문을 열어 뒀다. 그녀는 법랑 세숫대야에다 법랑 물병의 물을 부어 머리를 감았다. 콜레트의 아파트엔 더운 물이 나오지 않았다. 그런 다음엔 타월만 머리에 두르고 아무것도 입지 않은 채로 돌아와 머리가 마를 때까지 내 옆에 누워 있었다.

세인트폴에 필적할 만한 건 없어! 휴버트가 말했다. 그리고 삼십오 년밖에 걸리지 않았으니 공사 기간도 기록적이잖아! 1666년 런던 대화재를 겪고 구 년 후에 착공해서 1710년에 끝냈으니까. 크리스토퍼 렌은 살아서 자신이 세운 명작의 낙성식을 봤지.

그는 건축의 역사 시간에 외워야 했던 내용을 그대로 읊어 댔다. 우리는 그 성당에 가서 드로잉도 해야 했다. 그곳은 수많은 공습을 견뎌내면서 위대한 애국심의 기념비가 되어 갔다. 처칠은 그 앞에서 연설하는 모습을 화면에 담았다. 나는 그곳의 세부묘사를 하면서 뒤쪽 하늘에 스피트파이어 전투기들을 그려 넣었다.

처음엔 그녀의 선택도, 그렇다고 내가 선택한 것도 아니었다. 어느 날 저녁, 수업을 마치고 콜레트의 집에 갔다. 우리는 수프를 먹었다. 셋이서 얘기를 하다 시간이 늦어졌다. 공습경보가 울렸다. 불을 끄고 코램 벌판의 키 큰 나무들 위쪽 하늘을 훑는 탐조등을 보려고 창문을 열었다. 폭격기들이 그리 가까이 있는 것 같지는 않았다.

자고 가. 콜레트가 먼저 말을 꺼냈다. 밖에 나가는 것보단 낫잖아. 이 침대에서 다 같이 잘 수 있어. 네 명이 자도 충분할 만큼 크거든.

그래서 그렇게 했다. 콜레트가 벽에 붙어서 자고 그녀가 가운데, 그리고 내가 바깥쪽에서 잤다. 옷은 대부분 벗었지만, 다 벗지는 않았다.

일어났을 땐 콜레트가 토스트를 구우면서 차를 따르고 있었고, 그녀와 나는 팔다리가 서로 엉킨 채 부둥켜안고 있었다. 이걸 보고도 우리는 놀라지 않았는데, 우리 둘 다 더 놀라운 것을 인식하고 있었기 때문이었다. 밤새 우리는 서로의 성을 만족시키거나 거부하는 게 아니라, 지금까지도 뭐라 이름 붙이기 어려운 또 다른 욕망을 추구함으로써 그걸 잠재워야 했던 것이다. 어떤 임상학적 표현으로도 그걸 설명할 수 없었다. 어쩌면 그건 1943년 봄의 런던에서만 있어날 수 있었던 일인지도 모른다. 우리는 서로의 품속에서 함께 떠나가는, 어딘가 다른 곳으로 갈 방법을 발견했다. 우리는 썰매나 스케이트보드를 함께 타는 것 같은 자세를 꾸몄다.(스케이트보드라는 게 아직 세상에 나오기 전이긴 했지만) 목적지는 중요하지 않았다. 어디가 됐든 성감대로 떠나는 것이었다. 중요한 건 얼마나 멀리 떠나는가였다. 서로를 한 번 핥을 때마다 거리가 늘어났다. 우리의 살이 닿는 곳마다 새로운 지평이 열렸다.

휴버트의 침실로 다시 들어오다가 이곳이 집의 다른 곳들과는 조금 다르다는 걸 알게 됐다. 한쪽에 더블침대가 있었지만 그웬은 한 번도 여기서 잠을 잔 적이 없었다. 이 방은 임시용이었다. 지난 십년 동안 휴버트가 여기서 지냈더라도. 벽은 나무와 꽃의 이미지— 액자에 끼우지 않은 프린트, 드로잉, 사진, 책에서 찢어낸 그림—로 뒤덮였고, 어찌나 다닥다닥 붙여 놨는지 거의 벽지처럼 보일 정도였다. 압정으로 꽂아 놓은 것도 많을 걸 보면 계속해서 그림들을 재배치하는 모양이었다. 침대 밑의 슬리퍼와 협탁 위에 놓인 온갖 약들을 제외하면 학생의 방 같았다.

내 관심을 눈치 챈 그가 드로잉 한 점을 가리켰는데, 아마도 그의 작품인 듯했다. 이상한 꽃이지, 안 그래? 목청껏 노래를 부르는 자그마한 개똥지빠귀의 가슴 같잖아! 브라질이 원산지야. 태생초라는 건데 라틴어 이름은 '아리스톨로치아 엘레간스'라고 해. 레비-스트로스가 어디선가 꽃들의 라틴어 이름에 대해 얘기한 적이 있어. 라틴어 이름이 꽃에 인격을 부여한다는 거였지. 태생초는 단지 종을 일컬을 뿐이지만 '아리스톨로치아 엘레간스'라고 하면 유일하고 독특한 개성을 지닌 하나의 인간이 되는 거야. 정원에서 가꾸던 이 꽃이 어쩌다 죽게 된다면 라틴어 이름으로 꽃의 죽음을 애도할 수 있어. 하지만 태생초라고만 알고 있었다면 그런 일은 아예 하질 않겠지.

나는 유리문 옆에 서 있었다. 문을 닫을까? 내가 물었다.

그래, 그렇게 해.

잘 때는 늘 유리문을 닫지?

자네가 그렇게 묻다니 우스운걸. 사실은 요즘 그것 때문에 고민이었거든. 전엔 간단했어. 밤새 열어 놨으니까. 지금은 자리에 들기 전에 문을 열어. 집안이 워낙 비좁다 보니 문을 닫으면 금세 갑갑해져서 말이야. 저번 날에는 집을 새로 지었을 때 여기 살았던 공무원들을 생각했어. 우리에 비하면 그들이 삶에서 누린 공간은 매우 작았잖아. 비좁은 사무실, 비좁은 마차 버스, 비좁은 거리, 비좁은 방. 그러다 새벽이 되면 동이 트기 전에 침대에서 일어나 문을 닫아. 그래야 아침에 거리가 북적거리며 깨어날 때에도 조용하니까.

늦게까지 자나?

일찍 일어나. 그것도 아주 일찍. 문을 닫는 건 새날을 시작할 때 일종의 보호막이 필요하기 때문이야. 얼마 전부터 평온함이 없으면 아침을 맞을 수가 없다네. 매일같이 강해지겠다고 결심을 해야 해.

이해하네.

아마 못 할걸, 존. 나는 고독한 사람이야. 이리 오게, 정원을 보여줌세.

그런 정원은 처음이었다. 큰 나무, 작은 나무, 꽃이 만발한 화초가 가득했고, 또 어찌나 촘촘하게 심어 놨는지 처음 온 사람이라면 그 사이를 뚫고 지나간다는 걸 상상도 하지 못했을 것이다. 운하로 이어지는 길이 하나 있었는데, 너무 좁아서 옆으로 서서 걸어야 내려갈 수 있었다. 하지만 그 정원이 타고난 운명은 정글이 아니라 펼쳐

123

서 한 장씩 읽어야 하는 책 같았다. 갯개미취, 영춘화, 접시꽃 등이 눈에 띄었고, 길가에는 외떡잎식물 벼목 화본과의 여러해살이 풀이며, 잎이 혓바닥 모양으로 생긴, 레이디스 레이스라고도 하는 리본 그래스가 서로의 공간을 침범하며 자라나고 있었다. 저마다 햇볕을 받고 바람을 맞으며 자연스런 방향으로 뻗어나가기 위해, 이웃한 잎들의 아래와 위, 그 사이나 옆으로 자리를 잡았다. 빈틈이라곤 보이지 않는 정원 전체가 모두 비슷한 형편이었다.

우리가 이사 왔을 땐 여기에 아무것도 없었어. 휴버트는 말했다. 잔디조차 없었지. 주변에서 오랫동안 여기를 쓰레기 버리는 곳으로 사용했더라고. 매음굴 뒤의 쓰레기 하치장. 낡은 욕조들, 가스 풍로, 부서진 유모차, 썩은 토끼 우리. 이 포도 좀 먹어 보게.

그는 벽돌담을 타고 자라는 포도넝쿨로 다가갔다. 포도송이마다 새들이 먹지 못하도록 비닐봉지를 씌워 놓았다. 봉지 속으로 긴 손을 집어넣어 손가락으로 흐릿한 꿀 색깔의 작은 청포도를 몇 알 따더니 내 손바닥에 올려놨다.

다시 길퍼드 플레이스에 있는 콜레트의 집을 찾았을 땐 말을 하지 않아도 다들 내가 자고 간다는 걸 처음부터 알았다. 콜레트는 건넌방에서 잤다. 나는 옷을 다 벗었고, 그녀는 수를 놓은 헐렁한 잠옷을 입었다. 우리는 그 전과 똑같은 걸 발견했다. 일단 함께 누우면 우리는 떠날 수 있었다. 우리는 뼈에서 뼈로, 대륙에서 대륙으로 여행을 했다. 말을 할 때도 있었다. 하지만 완전한 문장은 아니었으며, 애무의 표현도 아니었다. 신체 부위와 장소의 이름이었다. 티비아(경골)와 팀북투, 라비아(음순)와 라플란드, 귓구멍과 오아시스. 부위의 명칭은 애칭이 되고, 장소의 이름은 암호가 됐다. 꿈을 꾸는 건 아니었다. 단지 우리의 몸을 탐험하는 바스코 다 가마가 된 것뿐이었다. 서로의 잠을 더없이 배려했고, 결코 서로를 잊지 않았다. 깊은 잠에 빠져 든 그녀의 숨은 파도 같았다. 너는 나를 저 바닥까지 데려갔어. 어느 날 아침에 그녀는 이렇게 말했다.

연인 사이가 되진 않았고, 친구라 하기에도 애매했다. 우리 사이엔 공통점이 거의 없었다. 나는 승마에 흥미가 없었고, 그녀는 자유 언론에 관심이 없었다. 학교에서 마주쳐도 할 말이 없었다. 그렇다고 걱정을 하진 않았다. 가볍게 입을 맞추고 ─늘 어깨나 목 뒤였지, 입술에는 한번도 하지 않았다─ 각자 가던 길로 갔는데, 마치 같은 학교에서 근무하는 노부부 같았다. 그러다 밤이 되면, 그리고 다른 일이 없으면, 또 만나서 똑같은 짓을 했다. 밤새 서로를 안고 이렇게 어딘가 다른 곳으로 떠나는 그 짓을. 반복해서.

휴버트는 노란 꽃이 핀 줄기를 한 아름 뭉쳐서 라피아 끈으로 시렁에 묶고 있었다. 그의 손은 여전히 조금 떨렸다.

쌀쌀해지는걸. 그가 말했다. 안으로 들어가세.

안으로 들어온 그는 문을 잠갔다.

여기가 내 작업실이야. 그는 의자 하나가 앞에 놓인 커다란 나무 작업대를 고갯짓으로 가리키며 말했다. 이번 주에는 정원에서 모은 씨앗을 작은 봉투에 담아 이름과 라틴어 학명을 적고 있지. 식물도감에서 라틴어 이름을 찾아봐야 할 때도 있어. 기억력이 예전 같지 않거든. 그래도 자주는 아니라 다행이야.

그렇게 해서 뭐하게? 내가 물었다.

나눠 줘. 매년 가을마다 하는 일이지. 이걸 좀 봐. 흑종초, '니겔라 다마스케나.' 봉투 스물네 개.

판다는 말인가?

그냥 나눠 주는 거라니까.

125

이렇게나 많이? 수백 개는 되겠는걸!

'무성(茂盛)'이라는 조직이 있는데 거기서 양로원, 고아원, 무주택자 수용소, 임시 수용소 같은 곳의 가난한 사람들에게 씨앗을 나눠 주거든. 으레 아무것도 없이 삭막한 그런 곳에 꽃을 피우자는 취지야. 물론 그런다고 크게 달라지는 건 없어. 그건 나도 알아. 하지만 그래도 최소한 어떤 의미는 있겠지. 그리고 내겐 정원의 즐거움을 사람들과 나누는 방법이 되고. 자기만족이야.

처음에는 나의 상습적인 발기에 신경이 쓰였지만, 그녀가 그것에 이름을 붙인 후로는 —런던이라고 부르자!— 그것도 한 자리를 차지했고, 축축한 고사리 같은 그녀의 땀 냄새나 둥그스름한 무릎, 또는 항문의 꼬불꼬불한 검은 털보다 —또는 그만큼도— 급할 게 없었다. 담요 밑의 모든 것들이 우리를 어딘가 다른 곳으로 데려갔다. 그리고 그 다른 곳에서 우리는 삶의 실체를 발견했다. 낮에는 삶이 작아 보일 때가 많았다. 예를 들어 고미술사 시간에 로마 조각의 석고상을 드로잉하고 있을 땐 삶이 너무 작아 보였다. 담요 밑에서 그녀는 자신의 발가락으로 내 발바닥을 간질이며 한숨을 토하듯 '다마스쿠스'라고 속삭였다. 나는 이를 빗 삼아 그녀의 머리를 쓸어 내리며 '두피'라는 말을 내뱉었다. 이런 몸짓이 더 길고 느려져서 우리가 하나의 같은 잠에 빠져 들면, 우리의 두 몸은 서로가 서로에게 준 상상할 수 없는 그 거리를 따져서 길을 떠났다. 아침에는 아무 말도 하지 않았다. 문장을 만들어낼 수가 없었다. 그녀는 가 버리거나 머리를 감았고, 내가 침대 발치에 있는 창문으로 가서 코램 벌판을 내다보고 있으면 바지를 집어서 내게 던지곤 했다.

진짜 고민은 저기 저 서랍 속에 있다네. 휴버트가 말했다.

철제 서랍은 아무 소리도 없이 스르르 열렸다. 더블 임페리얼판 크기(152×112센티미터―역자)의 건축 도면 보관용 서랍장이었다. 서랍 속엔 작은 추상화 스케치들과 장소를 그린 듯한 수채화가 가득했다. 미세할 정도로 작은 장소. 은하수처럼 광활한 장소. 길. 고장. 광장. 장애물. 하나같이 흐르는 듯한 물감과 굽이치는 선으로 그려진 것들이었다. 휴버트가 부드럽게 밀자 서랍은 다시 스르르 닫혔다. 그가 다음 서랍을 열었다. 서랍은 모두 열두 개였다. 이번에는 드로잉이었다. 짙은 연필로 정교하게 그렸고, 구름이나 흐르는 물에서 볼 수 있는 소용돌이처럼 질주하는 움직임이 가득했다.

이걸 어떻게 하지? 그가 물었다.

그웬의 작품들인가?

그가 고개를 끄덕였다.

그냥 이렇게 두면 내가 죽은 후에 사람들이 내버릴 것 아닌가. 그가 말했다. 내가 판단하기에 최고인 것만 골라서 간직한다 해도 나머지는 어쩌겠어? 태우나? 미술학교나 도서관에 기증을 할까? 사람들은 관심 없어. 살아 있을 때 명성을 쌓지 못했으니까. 그저 열정적으로 드로잉을 하고, 그녀 말마따나 '대상을 포착' 하는 것에 열심이었을 뿐이지. 거의 매일 드로잉을 했어. 그녀 손으로 내버린 것도 많아. 이 서랍에 들어 있는 건 그녀가 간직하고 싶어했던 것들이야.

그는 세번째 서랍을 열고, 잠시 주저하다가 조금 떨리는 손으로 구아슈 한 점을 골라서 들어 보였다.

아름답군. 내가 말했다.

어떻게 해야 하지? 결정을 계속 미루고 있어. 그리고 이렇게 대책 없이 있다간 전부 버려질 거야.

그것들을 봉투에 담아. 내가 말했다.

봉투에?

그래. 일단 분류를 해. 기준은 자네 마음대로 정하고. 연도순, 색상별, 자네가 좋아하는 순서대로 하든지, 크기나 분위기에 따라서 나눌 수도 있겠지. 커다란 봉투에 그녀의 이름과 자네가 정한 카테고리를 적어. 시간이 걸릴 거야. 단 한 점도 잘못 넣으면 안 돼. 그리고 봉투마다 드로잉들을 순서대로 넣는 거야. 번호는 그림 뒤에 보일락 말락 하게 적고.

번호는 어떤 순으로 매기지?

그건 나도 몰라. 자네가 알아서 해. 먼저 와야 할 것 같은 드로잉이 있고, 언제나 마지막 드로잉이 있잖아. 순서는 저절로 정해질 거야.

그렇게 봉투에 넣는다고 뭐가 달라질까?

누가 알겠어? 어쨌든 더 나아질 거야.

드로잉 말인가?

그래. 더 나아질 거야.

위층 응접실에 있는 시계에서 벨소리가 울렸다.

이만 가 봐야겠네. 내가 말했다.

그는 현관으로 나를 안내했다. 그리곤 문을 열더니 몸을 돌려 알쏭달쏭한 표정으로 나를 쳐다봤다.

그 여자애 이름이 오드리 아니었나?

오드리! 그래, 맞아. 오드리였어.

재미나고 조그만 여자애였지. 휴버트가 말했다. 두 학기쯤 다니다 학교를 그만뒀던 것 같아. 그래서 바로 생각이 나지 않았던 거야. 우리랑 오래 같이 다니지 않았어. 그리고 맞아, 모자를 썼어.

그는 어렴풋하게 미소를 지었는데, 내가 기뻐하는 걸 알았기 때문이다. 우리는 작별인사를 했다.

오드리와 내가 함께 나눴던 그 이름 없는 욕망은 시작만큼이나 설명할 수 없이 끝났다. 설명할 수 없었던 건 우리 둘 다 설명을 하려들지 않았기 때문이다. 우리가 마지막으로 함께 잠을 잔 날(이름은 잊어버렸어도 그게 6월이었고, 하루 종일 샌들을 신고 다닌 탓에 그녀의 발이 먼지투성이였다는 건 조금도 지체 없이 떠올릴 수 있다), 그녀가 먼저 침대로 들어갔고 나는 창문을 열고 바람이 좀더 들어오도록 등화관제 커튼을 떼어내기 위해 창틱으로 올라갔다. 밖에는 달빛이 밝아서 코램 벌판의 나무들이 또렷이 보였다. 잠시 후면 우리 둘이 그날 밤의 여행을 떠나기에 앞서 서로의 몸을 구석구석 샅샅이 만지고 있을 것이기 때문에, 나는 기대에 부풀어 즐거운 마음으로 나무들을 훑어봤다.

내가 옆에 눕자 그녀는 한 마디 말도 없이 내게 등을 돌렸다. 침대에서 등을 돌리는 데에는 백 가지 방법이 있다. 대부분은 유혹하는 것이고, 일부는 내키지 않는다는 뜻이다. 하지만 오해의 여지없이 거절을 선언하는 방법도 있다. 그녀의 어깨뼈는 갑옷이 되었다.

그냥 자기엔 너무 애가 탔고, 내 생각엔 그녀도 자는 척만 할 뿐이었다. 말다툼을 해 볼 수도 있었고, 목덜미에 입을 맞춰 볼 수도 있었다. 하지만 그건 우리의 스타일이 아니었다. 당혹감은 서서히 가라앉았고, 그러자 오히려 고마워졌다. 나도 등을 돌리고 누워 스프링이 고장난 그 침대에서 일어났던 모든 것에 감사했다. 그 순간 폭탄이 떨어졌다. 바로 근처였다. 벌판 너머께에서 창문이 부서지는 소리가 들렸고, 어딘가 좀더 먼 곳에서 외치는 소리들이 들려왔다. 우리는 아무 말도 하지 않았다. 그녀의 어깨뼈에서 힘이 풀렸다. 그녀의 손이 더듬더듬 내 손을 찾았고, 우리는 고마운 마음으로 그곳에 함께 누워 있었다.

다음 날 아침에 내가 간대도 그녀는 커피 잔에서 눈을 떼지 않았다. 방금 전에 그렇게 해야만 한다고 결심이라도 한 듯이, 거기에 우리 두 사람의 미래가 걸려 있기라도 한 듯이, 커피 잔만 응시하고 있었다.

휴버트는 문가에 서서 왼팔을 머리 위로 올린 채 기마부대에게 해산명령을 내렸다. 그의 얼굴은 허약하면서도 강했다. 날이 어두워지고 있었다.

자네 말대로 봉투를 이용해 보겠네. 그가 내 등에 대고 소리쳤다.

나는 집들이 늘어선 길을 걸어갔다.

자면서 나를 여러 번 부르더라. 오드리가 내 팔짱을 끼며 말했다. 그리고 내가 제일 좋아했던 곳은 오슬로였어.

오슬로! 윗길로 접어들 때 나는 메아리처럼 되뇌었다. 내 어깨에 머리를 기대고 있는 자세에서 그녀가 죽었음을 알 수 있었다.

'흰눈 사이로'랑 운이 맞는다고 네가 그랬었잖아. 그녀가 말했다.

6

퐁다르크 다리
Le Pont d'Arc

2월. 밤에 약간의 서리. 한낮의 온도는 섭씨 이십일 도. 아르데슈 강 동쪽의 보구에 마을 위로 구름 한 점 없는 하늘. 돌멩이를 굴려서 다듬어 가며 그 위로 흐르는 물소리. 소용돌이치며 빠르게 흐르고, 햇볕에 금속성으로 반짝이는 강의 폭은 이십 미터가 채 안 된다. 그것은 마음속의 개 한 마리처럼 산책을 가자고 우리를 졸라댄다. 세 시간 만에 수위가 육 미터나 상승하기도 하는 변덕스럽기로 유명한 강. 저 강 속에 창꼬치는 있지만 상드르 곤들메기는 없다고 한다.

상류 쪽을 보니 새들이 은빛 수면을 뚫고 잠수를 한다. 오늘 아침엔 석회암 절벽 밑에 있는 교회에서 앤을 위해 기도를 했다. 앤은 친구 사이먼의 어머니인데, 마당이 있는 케임브리지의 집에서 죽음을 기다리고 있다. 흔들리지 않으면서도 모호한 약속 같은 아르데슈의 물소리를 보내 줄 수 있으면 좋으련만.

아르데슈의 강물은 바 비바레 고원에 수많은 동굴을 뚫어 놓았고, 그런 동굴들은 태곳적부터 용맹한 자들의 거처가 되어 왔다. 여기로 오는 길에 '수중에 돈은 없지만 시간은 많다'는 리옹 출신의 한 남자를 태워 줬다. 눈치를 보니 실직한 모양이었다. 1월부터 이 일대를 걸어서 여행하며 밤에는 눈에 띄는 동굴 아무 데서나 잔다고 했다. 내일은 강을 따라 삼십 킬로미터를 내려가서 마지막 빙하기가 도래한 후 1994년에야 다시 발견된 쇼베 동굴에 가 볼 예정이다. 그곳에 가면 라스코나 알타미라보다 만오천 년이 빠른, 세상에 알려진 것들 가운데 가장 오래된 동굴 벽화를 볼 수 있다.

마지막 빙하기에서도 비교적 따뜻했던 시기에 이곳의 기온은 오늘날보다 삼에서 오 도쯤 낮았다. 자랄 수 있는 나무는 자작나무와 구주적송, 그리고 노간주나무뿐이었다. 많은 동물들이 지금은 멸종됐다. 매머드, 메가케로스 사슴, 갈기가 없는 동굴사자, 오록스, 그리고 키가 삼 미터나 되는 곰 등과 더불어 순록과 아이벡스, 들소, 코뿔소, 야생마들이 살았다. 수렵과 채집을 하는 유목 인류는 스물이나 스물다섯 명씩 무리를 지어 드문드문 떨어져 살았다. 고생물학자들은 이 인류에게 크로마뇽인이라는 이름을 붙였는데, 거리가 내포된 용어지만 그들과 우리 사이의 거리는 생각보다 좁을지도 모른다. 농경이나 야금술은 없었다. 그래도 음악과 장신구는 있었다. 평균 수명은 이십오 세였다.

사는 동안 누군가 옆에 있어야 하는 것도 같았다. 하지만 인류 최초이자 영원한 질문인 '우리는 어디에 있는가?'에 대한 크로마뇽인의 대답은 우리와 달랐다. 그 유목 인류는 수에서 동물들에게 압도적으로 밀리는 소수자로서의 지위를 예리하게 인식했다. 그들은 만물의 영장으로 태어난 것이 아니라 동물들의 삶 속으로 떨어졌다. 그들은 동물의 주인이 아니었고, 동물들이 오히려 그들이 사는 세계와 우주의 주인이었다. 지평선 저 너머에는 늘 더 많은 동물들이 살았다.

그러면서도 그들은 동물과 확연히 달랐다. 불을 피울 수 있었고, 따라서 어둠 속에서도 빛을 지녔다. 멀리 떨어져서도 사냥을 할 수 있었다. 손을 이용해 많은 것들을 만들었다. 매머드의 뼈로 천막을 세웠다. 말을 했다. 셈을 할 수 있었다. 물을 가지고 다닐 수 있었다. 죽는 것도 달랐다. 그들이 동물 세계에서 제외된 것은 소수였기 때문에 가능했고, 그렇기 때문에 동물들은 그들의 예외를 허용했다.

아르데슈 골짜기가 시작되는 지점에 퐁다르크라는 다리가 있다. 거의 대칭을 이루는 삼십사 미터 높이의 아치는 다름 아닌 강이 조각해낸 작품이다. 남쪽 강둑에는 커다란 석회암 덩어리가 서 있는데, 풍상에 씻긴 그 형체는 다리를 건너려고 성큼성큼 걸어가는 외투 차림의 거인을 연상시킨다. 그 뒤의 바위 표면에는 빗물이 칠해놓은 노랗고 붉은 얼룩—오커와 산화철—이 묻어 있다. 거인이 다리를 건넌다면 그 체구로 볼 때 한걸음에 건너편 절벽으로 넘어갈 텐데, 바로 그 절벽 꼭대기 부근에 쇼베 동굴이 있다.

다리와 거인 모두 크로마뇽인이 살던 시대에 거기 있었다. 동굴 벽화가 그려지고, 아르데슈가 계곡의 발치까지 흐르고, 강으로 물을 마시러 가는 여러 동물들이 지금 내가 걷고 있는 자연스레 생겨난 이 오솔길을 무리 지어 정기적으로 지나갔을 삼만 년 전과 지금의 유일한 차이점. 동굴은 전략적으로, 그리고 마술 같은 위치에 만들어졌다.

크로마뇽인들은 출현의 문화 속에서 수많은 미스터리에 직면한 채 두려움과 경탄을 품고 살았다. 그들의 문화는 이만 년쯤 지속됐다. 우리는 지금까지 이삼 세기 정도 지속되어 온 끝없는 출발과 진보의 문화 속에 살고 있다. 오늘 우리의 문화는 미스터리를 직시하는 게 아니라, 그것의 허를 찌르기 위해 악착같이 노력한다.

침묵. 헬멧에 부착된 전등을 끈다. 어둠. 어둠 속에서 침묵은 그때와 지금 사이에 일어난 모든 것을 압축하며 속속들이 충만해진다.

앞쪽 바위 위에 빨간 네모꼴의 점이 오밀조밀 뭉쳐 있다. 빨간색의 선명함이 놀랍다. 냄새, 또는 해가 지는 6월 저녁의 꽃 색깔만큼이나 즉각적인 현재형이다. 그 점들은 손바닥에 붉은 산화철 염료를 칠해서 바위에 눌러 찍은 것이다. 떨어져 나간 새끼손가락 때문에 한 손의 특징이 유난히 도드라지고, 동굴의 다른 곳에서 똑같은 손의 또 다른 자국이 발견되었다.

다른 바위에 찍힌 비슷한 네모꼴의 점들은 전체적으로 들소의 옆모습과 비슷한 형체를 띠고 있다. 손자국들이 동물의 몸을 메운다.

어둠.

여자와 남자와 아이들(동굴에는 열한 살 정도 되는 아이의 발자국이 남아 있다)이 도착하기 전에, 그리고 그들이 영원히 떠나 버린 후에는 곰들이 여기 살았다. 어쩌면 늑대나 다른 동물들도 살았을지 모르지만 곰이 주인이었고 뜨내기들은 곰과 동굴을 나눠 써야 했다. 벽마다 곰이 발로 긁은 자국이 있다. 발자국을 보면 어미 곰이 새끼를 데리고 어둠 속에서 더듬더듬 나아간 곳을 알 수 있다. 동굴에서 제일 크고, 제일 한복판에 있는 공간은 높이가 십오 미터쯤 되는데, 곰들이 누워서 겨울잠을 잤던 진흙 바닥에는 뒹굴었던 흔적이나 움푹한 자국이 많이 남아 있다. 지금까지 백오십 개의 곰 두개골이 이곳에서 발견되었다. 그 중 하나는 동굴 제일 깊숙한 곳에서도 단상 같은 데 위엄있게 놓여 있었다. 아마도 크로마뇽인이 올려놓았을 것이다.

침묵.

134

침묵 속에서 공간은 폭과 넓이를 점점 키우기 시작한다. 동굴의 길이는 오백 미터이고, 몇몇 군데는 폭이 오십 미터이다. 하지만 이런 단순한 측정치는 그리 마음에 와 닿지 않는데, 우리가 일종의 몸 안에 들어와 있기 때문이다.

서 있거나 늘어지듯 매달린 바위, 주변을 에워싸는 벽, 그것들의 결석과 통로, 지질학적 속성작용(퇴적물에서 퇴적암이 형성되는 과정에 생기는 여러 변화의 총칭—역자)에 의해 만들어진 텅 빈 공간 등은 인간과 동물의 장기나 몸속 공간과 놀랄 만큼 흡사하다. 이 모든 것의 공통점은 흐르는 물에 의해 형태가 만들어진 것처럼 보인다는 것이다.

동굴은 색깔도 해부학적이다. 탄산석은 뼈와 내장의 색이고, 석순은 진홍과 순백색, 주름진 휘장 같은 방해석(方解石)과 결석은 오렌지색 콧물 같다. 표면은 점액으로 축축이 젖은 것처럼 반짝인다.

거대하게 자라난 종유석(한 세기에 일 센티미터 정도씩 자란다)은 어딘가 위장 계통의 장기처럼 보이고, 아래로 뻗어 내리는 한 지점에서는 다리 네 개에 꼬리 하나, 그리고 몸통까지 제대로 갖춘 미니 매머드가 연상된다. 하지만 연관성을 알아차리지 못할까봐, 크로마뇽인 화가는 빨간색의 짧은 선 네 개를 이용해서 그 조그만 매머드를 더 가까이 데려다 놨다.

그림을 그리라고 내줬을 많은 벽들이 그대로 남겨졌다. 이곳에 그려진 사백여 마리의 동물들은 실제 자연에서처럼 서로의 눈에 띄지 않게 멀찍이 떨어져 있다. 라스코나 알타미라 같은 장식적인 그림은 없다. 더 많은 여백, 더 많은 비밀, 그리고 어쩌면 어둠과의 더 많은 공모. 하지만 이 그림들이 만오천 년을 앞서기는 했어도, 대체로 볼 때 이후에 그려진 다른 벽화들만큼이나 능숙하고, 예리하고, 우아하다. 예술은 낳자마자 걸을 수 있는 망아지처럼 태어나는 것 같다. 예술을 탄생시키는 재능에는 그 예술에 대한 필요가 수반된다. 그 두 가지는 함께 나타난다.

옆에 딸린 야트막한 컵 모양의 공간—직경 사 미터—으로 기어들어가 보니 불규칙하게 출렁이는 한쪽 벽에 빨간색으로 곰 세 마리가 그려져 있다. 몇 만 년 뒤에나 전해질 동화처럼 아빠 곰, 엄마 곰, 그리고 아기 곰이. 쪼그리고 앉아 바라본다. 곰 세 마리와 그 뒤로 보이는 조그만 아이벡스 두 마리. 화가는 깜빡이는 횃불의 불빛으로 바위와 대화를 나눴다. 볼록하게 튀어나온 부분은 곰이 앞으로 걸어갈 때 앞발에 엄청난 체중을 실어 휘젓는 듯한 느낌을 제대로 살려냈다. 갈라진 균열은 아이벡스의 등과 딱 들어맞는다. 화가는 자신이 그리는 동물들을 속속들이 정확하게 알고 있었다. 그의 **손은** 어둠 속에서도 그것들을 그려낼 수 있었다. 바위는 화가에게 동물들—세상에 존재하는 다른 모든 것들처럼—이 그 속에 있으므로 손가락에 빨간 물감을 칠해서 그걸 바위의 표면으로, 얇은 막 같은 그 표면으로 불러내어 바위에 몸을 비비고 냄새를 묻히게 할 수 있다고 말해 주었다.

지금은 대기의 습기로 인해 그림이 그려진 표면이 그야말로 양피지처럼 약해졌고, 걸레로 문지르면 쉽게 지워질 것이다. 그러니, 부디 존중의 마음을.

동굴 밖으로 나가자 거침없이 흘러가는 시간의 바람이 다시금 불어온다. 다시금 이름을 취한다. 동굴 안의 모든 것들은 현재에 머무

르며 이름이 없다. 동굴 안에는 두려움이 있지만, 그 두려움은 보호를 받는다는 느낌과 완벽한 균형을 이룬다.

크로마뇽인들은 동굴에서 살지 않았다. 어떤 제의를 치르기 위해 동굴로 들어갔지만, 그 제의에 대해서는 알려진 바가 거의 없다. 그들이 어떤 면에서 주술적이었다는 주장은 신빙성이 있어 보인다. 어느 때건 동굴 안에 있는 사람의 수는 결코 서른을 넘지 않았을 것이다.

그들은 얼마나 자주 이 동굴을 찾았을까? 화가들은 대대로 이곳에서 그림을 그렸을까? 대답이 없다. 그저 위험과 생존, 두려움과 보호가 완벽한 균형을 이루는 특별한 순간을 경험하고, 그것을 추억에 담아 가기 위해 이곳에 왔을 거라는 추측으로 만족해야 할까? 어느 시대건 그 이상을 바라는 건 무리일까?

쇼베 동굴에 그려진 대부분의 동물들은 맹수지만, 그림에는 두려움의 흔적을 전혀 찾아볼 수 없다. 존경심. 그렇다. 우정 어린, 친밀한 존경심. 그리고 그것은 여기 그려진 모든 동물의 이미지 속에서 인간의 존재를 느낄 수 있는 이유이기도 하다. 즐거이 드러난 존재. 이곳의 모든 동물들은 인간 안에서 안온하다. 이상한 조합이지만 이론의 여지가 없다.

제일 깊숙한 동굴에 사자 두 마리가 검은색 목탄으로 그려져 있다. 거의 실물 크기에 가깝다. 사자들은 옆으로 나란히 서 있는데, 수컷이 뒤에 있고 암컷은 그것과 같은 길이로 수평을 이루며 앞으로 나와 있다.

달랑 사자 두 마리뿐으로, 미완성(앞다리와 뒷발이 없는데, 내가 보기엔 처음부터 그리지 않은 것 같다)이면서도 풍채가 당당하다.

자연스런 사자 색깔인 돌의 표면이 아예 사자가 됐다.

그 사자들을 똑같이 그려 본다. 암사자는 수사자 옆에서 몸을 비벼 대는 동시에 그 안에 들어가 있다. 이렇게 두 가지가 병존하는 까닭은 대단히 교묘한 생략을 통해 윤곽선 하나를 두 사자가 공유하게 만들었기 때문이다. 허리와 배, 그리고 가슴의 아래쪽은 선 하나로 두 마리가 모두 표현되고, 두 마리의 사자는 동물다운 우아함으로 그걸 공유한다.

나머지 부분들은 따로 표현된다. 꼬리와 등, 목, 이마와 주둥이는 각각 독립되어, 가까이 다가가다가 멀어지고 한데로 모이다가 서로 다른 지점에서 끝이 난다. 수사자가 암사자보다 한참 길기 때문이다.

암컷과 수컷, 서 있는 이 두 동물은 가장 취약하고 털이 적은 배 부분에서 하나의 선으로 합쳐진다.

나는 흡수성이 뛰어난 일본 종이에 그림을 그린다. 이 종이를 선택한 까닭은, 여기에 검은 먹으로 그림을 그리면 거친 바위 표면에 목탄(이 동굴 안에서 태워 만든)으로 그림을 그리던 어려움과 조금이나마 비슷해질 수 있을 것 같기 때문이다. 양쪽 다 선은 결코 고분고분 말을 듣지 않는다. 어르고 구슬려야 한다.

순록 두 마리가 반대 방향, 동쪽과 서쪽으로 걸음을 내딛고 있다. 윤곽선을 공유하진 않지만 몸이 겹쳐져서, 위에 놓인 순록의 앞다리가 커다란 갈비뼈처럼 밑에 있는 순록의 옆구리를 가로지른다. 분리될 수 없는 두 몸이 하나의 육각형을 이루며, 위쪽 순록의 작은 꼬리가 아래쪽 순록의 뿔과 운을 맞추고, 위쪽 순록의 부싯돌 같은 기다란 옆머리가 아래 순록의 뒷다리 중족골(中足骨)을 향해 휘파람을 분다. 두 마리는 하나의 몸짓을 이루고 원을 그리며 춤을 춘다.

선을 그리는 게 얼추 끝났을 때 화가는 목탄을 버리고 손가락에 먹(수영을 하고 나왔을 때의 머리칼 색)을 듬뿍 묻혀 아래쪽 순록의 배와 목선을 따라 문질러 가며 색을 칠했다. 위의 순록에도 똑같이 했지만 바위 위의 허여스름한 침전물과 섞여 색이 덜 강렬해 보인다.

드로잉을 하는 내 손은 순록들이 추는 춤의 시각적 리듬을 고스란히 따라갔고, 그렇다면 처음에 저 순록들을 그린 손과 함께 춤을 추는 게 되지 않을까 싶었다.

여기서는 선을 다 그리고 바닥에 내버린 부서진 목탄 조각을 아직도 발견할 수 있다.

쇼베 동굴의 특징은 이곳이 봉쇄되어 있었다는 점이다. 이만 년 전에 동굴 입구―널찍하고 빛이 스며드는―의 천장이 무너졌다. 그때부터 1994년까지, 화가들이 마주했던 어둠이, 왜냐하면 어둠은 그들이 닿을 수 있는 가장 깊은 곳에 있었기 때문에, **뒤에서부터** 들어와서 그들이 남긴 모든 것을 묻어 보존했다.

석순과 종유석은 계속 자랐다. 몇몇 곳에서는 방해석이 백내장처럼 세밀한 부분들을 덮어 버리기도 했다. 하지만 표현의 비범한 신선함은 대체로 고스란히 남아 있다. 그리고 이런 즉시성은 선형적인 시간감각을 방해한다.

가다 보니 췌장의 끝 부분처럼 늘어진 조그만 바위에 아마도 나비이지 싶은 두 개의 작은 그림이 그려져 있다.

케임브리지에서 죽음을 기다리고 있는 앤이 떠오른다. 앤의 남편, 그러니까 사이먼의 아버지는 고고학 교수였다. 아주 오래 전엔 그녀도 여름마다 구석기 유적 발굴현장 옆에서 야영을 하는 데 익숙했다.

그래서 연대가 정확하다면 당신이 지금 보고 있는 그림이 빌렌도르프의 여인상과 같은 시대 건가요?

네.

내 기억이 장난을 치는 게 아니라면, 불그스름한 석회암으로 조각된 것이 맞겠군요.

장난을 치지 않네요.

모르핀은 정신을 혼미하게 만들어요. 돌도끼는 많이 찾았대요?

잘 모르겠어요. 한 열두 개쯤.

돌도끼를 좌우대칭으로 만든 때부터 이미 예술은 시작됐어요.

맞아요.

앤이 지금, 바로 지금 이 순간에 침대에서 붉은 나비를 봤으면 좋겠다.

서쪽으로 가는 몇 무리의 동물들. 그 속에, 멀리 있는 거대한 동물들과 닿아 있는, 아주 작게 그려진, 가까운 동물들.

건기에 불을 제대로 놓으면 순식간에 번질 수 있기 때문에 그걸 지켜보고 있으면 공기가 쓸려 가는 느낌을 받을 수 있다.

크로마뇽인들의 그림은 가장자리를 중시하지 않았다. 흘러야 하는 곳에서 흐르고, 가라앉고, 덮어씌우고, 이미 그곳에 있는 이미지를 가라앉히고, 그러면서 싣고 가는 것의 비례를 끊임없이 변화시킨다. 크로마뇽인들은 어떤 상상의 공간에서 살았던 걸까?

유목민에게 과거와 미래라는 개념은 **여기가 아닌 다른 곳**의 경험에 종속된다. 지나가 버린 것, 또는 기다리는 것은 어딘가 다른 곳에 숨겨져 있다.

사냥을 하는 쪽이든 사냥을 당하는 쪽이든 생존의 전제조건은 잘 숨는 것이다. 목숨은 은신처를 찾아내는 데 달렸다. 모든 것이 숨는다. 사라진 것은 숨어 버린 것이다. 빈자리—죽은 이의 부재처럼—는 버림받은 느낌이 아닌 상실의 느낌을 안겨 준다. 죽은 이는 어딘가 다른 곳에 숨어 있다.

허여스름한 바위 위에 목탄으로 그려진 수컷 아이벡스는 휘어진 뿔이 몸만큼이나 길다. 이 선의 이런 검은색을 뭐라고 표현해야 할까? 어둠을 다시금 확인시켜 주는 검음, 태고의 속을 채우려 드는 검음. 수컷은 완만한 오르막을 오르고 있는데, 걸음걸이가 섬세하고, 몸은 둥그스름하고, 얼굴은 평평하다. 선은 하나같이 잘 당겨진 밧줄처럼 팽팽하며, 그림에는 완벽하게 공유된 이중의 에너지가 어려 있다. 그림으로 존재하게 된 동물의 에너지, 그리고 햇불을 밝힌 채 팔과 눈으로 그 동물을 그리는 사람의 에너지.

이 동굴 벽화들은 어둠 속에 존재하도록 바로 그곳에 그려졌는지 모른다. 이것들은 어둠을 **위한** 그림이었다. 이것들은 보이는 모든 것보다 오래 살아남았고, 어쩌면 생존을 약속하도록 어둠 속에 숨겨져 있었다.

그들이 그린 그림들은 지도 같아요. 앤이 말한다.
무슨 지도요?
어둠 속의 동반자들.
누가 어디 있는데요?
여기, 다른 곳에서 온….

7

마드리드
Madrid

친구인 후안을 기다리고 있는데, 아마 늦을 모양이다. 그의 조각상들은 결코 늦는 법이 없다. 그것들은 늘 진작부터 그곳에 나와 수수께끼처럼 만남을 기다리고 있다. 후안은 작은 차고에서 마치 차 밑에 들어간 듯이 등을 대고 누워 기계공처럼 작업을 한다. 시계를 보는 건 밖으로 기어 나와 몸을 일으켜 세웠을 때뿐이다. 우리는 마드리드에 있는 리츠 호텔 라운지에서 만나기로 했다.

커다란 야자수들이 보이고 라운지 옆에는 벨라스케스의 이름을 딴 바가 있다.(그가 술을 많이 마셨는지는 의문이다) 벽과 기둥, 온실의 천장은 담황색인데, 페인트 회사에서 아이보리라고 부르는 그런 색이 아니라 진짜 코끼리 상아색, 그것도 늙은 코끼리의 이빨 색에 더 가깝다. 라운지의 천장은 코끼리 세 마리를 포개 놓은 것만큼 높다.

안으로 들어와 이중 유리문이 닫히고 나면 돈이 일으킨 난청 같은 먹먹함을 느끼게 되는데, 그것은 깊은 바다 속처럼 소리가 부재하는, 텅 빈 침묵이 아니라 격리로 인식된다.

카펫이 깔린 널찍한 계단, 그 위쪽의 스위트룸과 일반 객실―방에는 몇 배로 확대되면서도 썩 괜찮아 보이는 면도용 거울이 걸려 있는데 광학 연구소에서는 이 문제를 해결하기 위해 몇 달간 씨름을 해야 했을 것이다―에서는 고요함이 손에 잡힐 듯하다. 라운지에서는 여러 사람들이 이야기를 하고 있지만 그들의 목소리는 나지막하다. 샴페인이 가득 담긴 잔을 쟁반에 받쳐 들고 오가는 두 웨이터의 장갑 낀 손처럼. 웨이터들은 흰 장갑을 꼈다.

이브닝 리셉션에 참가하는 손님들이 도착하기 시작한다. 오늘의 리셉션은 바야흐로 스페인 투자자들의 손에 달려 있다는, 베네수엘라 신경제의 출범을 기념하는 자리다.

격리는 빈민촌의 나방과 그칠 날 없는 감옥의 소동을 떠올리게 한다.

대부분 삼십대인 리셉션 참가자들은 서핑을 하는 듯한 미소와 절제된 시선, 그리고 예전에 뱃머리에 달고 다녔던 조각상처럼 몸을 앞으로 기울이는 버릇을 가지고 있다. 나직한 고요 속에서 카메라맨과 리포터들은 마이크를 일찌감치 준비해 놓고 참석이 예정된 스타들을 기다리고 있다.

내가 앉은 자리에서 그리 멀지 않은 곳에는 리셉션과 아무런 상관도 없어 보이는 투숙객 세 명이 마치 제 집 거실 마냥 소파 두 개와 푹신한 안락의자에 깊숙이 몸을 파묻고 앉아 있다. 어쩌면 저 사람들은 절대로 집을 떠나는 법이 없는 달팽이처럼 집을 짊어지고 다니는지도 모른다. 오랜 세월을 살아왔고 태고의 이름을 가진 달팽이들.

웨이터와 카메라맨들은 모두 각자의 영역을 존중한다. 두 개의 소파 사이에는 커다란 중국풍 카펫이 깔려 있고, 셋 중에 제일 어린 남자가 이 카펫 둘레를 천천히 거닐며 쿠바 시가를 피우고 있다.

신경제 출범식에 초대된 사람들은 남녀를 막론하고 전부 홍보 전문가들인데, 그들의 몸이 그렇게 앞으로 쏠릴 수밖에 없는 이유는 아마도 머릿속에 가득한 홍보 걱정 때문일 것이다.

고된 하루를 보낸 뒤에 잔에 비친 제 모습을 본다면 그렇게 앞으로 쏠린 자세 때문에 몸이 굳어버릴 것 같은 돌연한 공포에 휩싸일지도 모른다. 그대로 넘어져서 얼굴로 바닥을 들이받을지도 모른다는 공포!(파킨슨병을 앓는 사람들의 얼굴에도 가끔 비슷한 공포가 떠오른다) 하지만 흰 장갑을 낀 웨이터들이 내미는 쟁반에서 샴페인 잔을 집어 들기 위해 몸을 앞으로 기울이는 오늘만큼은 자신감에 차 있다.

쿠바 시가를 피우는 저 남자에게 흡연은 악화 일로인 상황—또는 그런 상황에 대한 자각—의 속도를 늦추려는 한 방법이다.

내 맞은편에서는 젊은 아가씨 한 명이 등받이가 꼿꼿한 의자에 앉아 책을 읽고 있다. 나처럼 약속 시간에 늦은 누군가를 기다리고 있지만, 나보다 훨씬 자주 출입문 쪽을 바라본다. 사랑하는 사람을 기다리는데, 그 사람이 오늘 안 나타날지도 모른다는 생각을 하는 모양이다. 책을 보는 시간이 점점 짧아질수록 크레셴도처럼 차츰 강해지는 그녀의 실망감이 여실히 드러난다. 그러다 갑자기 책을 소리 나게 덮고는 자리에서 일어나 스타를 위해 준비된 조명 사이를 지나간다.

주먹을 가볍게 쥐고 방 열쇠를 흔들며 널찍한 계단을 내려오는 그의 모습이 보인다. 주먹만 보면 열쇠가 아니라 새를 보듬어 쥔 걸로 착각할 수도 있다. 체크 무늬 모자에 트위드 재킷, 폭이 넓은 골프용 반바지와 두꺼운 울 양말, 그리고 투박한 생가죽 구두를 신었다. 그의 성은 타일러다. 이름은 생각나지 않는다. 어쩌면 그 이름이 굉장히 중요했던 걸로 기억하기 때문일지도 모른다. 그의 이름—그게 뭐였든—은 그를 둘러싼 미스터리, 그 중에서도 그가 치른 패배의 미스터리를 일깨웠다. 나는 그를 항상 선생님이라고 불렀다.

계단을 다 내려온 타일러 선생님은 모자를 벗고 라운지로 들어선다. 내가 눈으로 당신을 쫓는데도 고개를 다른 곳으로 돌린다. 그는 고개를 돌리고 질문을 회피하는 데 일가견이 있었다. 애인을 더 이상 기다리지 않고 가 버린 여자가 앉았던 자리에 앉는다. 그러더니 음료수와 샌드위치 메뉴판을 이마에 닿을 듯 바짝 들고 두꺼운 안경 너머로 열심히 들여다본다. 그가 작은 물건—몽당연필이나 지우개—을 바닥에 떨어뜨리면 내가 찾아 줄 때가 많았는데, 그는 몸을 수그리지 않으면 볼 수가 없었기 때문이었다. 한번은 안경테가 부러진 걸 —아주 추운 겨울이었다— 내가 약국에서 반창고를 사다가 고쳐 주기도 했다. 그게 아마 1932년, 아니면 1933년이었을 것이다. 나는 여섯 살이었다. 그는 나를 정면으로 향하지 않도록 의자의 방향을 틀고는 웨이터에게 음식을 주문한다.

세 사람이 모여 있는 곳의 소파에는 여든을 넘긴 듯한 백발의 여자가 뼈가 앙상한 다리를 꼬고, 오므린 발끝에 신발을 대롱거리며 비스듬히 기대앉아 있다. 시가를 태우는 남자의 어머니일지도 모른다. 그녀 역시 꾸준히 악화 일로를 걷는 상황의 속도를 늦추기 위해 담배를 피우고 있다. 그녀의 담배는 기다란 물부리에 꽂혀 있다. 하지만 그보다 나이가 많기 때문에 —또 어쩌면 그의 어머니일지도 모르기 때문에— 그녀는 살아생전 최악의 상황을 보지 않으리라는 확신이 더 강하다.

셀 수 없이 많은 수술을 받아서 얼굴과 목의 피부가 중국 비단 종이 같다. 머리를 쿠션에 기댄 채 담배 연기를 뿜으려고 턱을 치켜든다. 왼팔은 소파의 긴 등받이를 따라 늘어지고, 팔에는 살이 늘어진다. 금팔찌 여섯 개와 진주 목걸이를 하고 있다.

그 진주가 진짜인지 아닌지 분간하는 것은 그녀가 서커스 출신인지 귀족 출신인지를 짐작하는 것만큼 어렵다. 어느 쪽이든 그녀 특유의 뻔뻔함으로 이어졌을 것이고, 그 속에는 지금껏 잃지 않고 최선을 다해 만족시키려 노력하는 그 모든 취향에 대한 자부심과 모멸의 기색이 가득하다.

에이아 섬의 키르케는 몇 세기 후에 르네상스 회화에서 흔히 묘사했던 것보다 오히려 저런 모습에 더 가까웠을지 모른다.

그 삼인조의 세번째는 키르케의 심복이다. 최소한 오늘 저녁만큼은 그렇고, 또 누가 알까, 평생 그래 왔을지. 어쩌면 그녀의 여동생으로, 크레타의 황소와 연애를 해서 미노타우로스를 낳은 파시파에 일지도 모른다. 체구 때문에 소파 옆의 커다란 안락의자에 거의 쑤셔 박히듯 앉아 있는 이 사람의 나이를 짐작하기란 불가능하다. 그녀의 거대함은 시간 그 자체의 거대함처럼 보인다. 그녀는 일곱 손가락에 반지를 끼고 있다. 목의 굵기가 날씬한 여자의 허리만하다. 그녀는 한 번씩 보호자 같은 눈으로 키르케를 바라본다. 그녀의 표정에는 언니에 비해 모멸의 기색이 덜하다. 그건 다른 사람들이 그녀의 삶을 침범하는 경우가 그만큼 덜하기 때문이다. 그녀는 가까이 다가오는 사람들만을 눈여겨보고, 그렇기 때문에 공공장소에 모습을 드러내는 순간 자신의 운명이 되고마는 그 힐끔거리는 호기심에 시달리지 않는다.

그녀는 한때 자신을 괴롭혔던 질문에 대답하는 법을 터득했다. 내가 어디 있느냐고요? 이젠 아예 답을 외웠다. 여기 있죠, 여기 나 자

147

신의 한가운데에. 그리고 이것이 그녀의 뻔뻔함이다.

웨이터가 얼음통에 담긴 화이트 와인과 은쟁반에 담아 파슬리로 장식한 샌드위치를 타일러 선생님에게 가져온다.

등이 파인 드레스 차림의 여배우가 세 남자의 호위를 받으며 라운지로 들어선다. 임신한 몸을 숨김없이 과시한다. 누군가의 질문에 손가락으로 배를 살짝 눌러 옴폭한 자국을 만들며 이렇게 대답한다. 6월 중순이에요! 사람들이 박수를 친다.

웨이터가 주문을 하겠냐고 물어서 나도 뭔가를 시킨다. 잠시 후, 타일러 선생님의 목소리가 들린다. 발음이 전혀 좋아지지 않았다니 유감이다. 영어도 엉망이더니만 스페인어도 그렇구나.

그래도 최선을 다하는 거예요, 선생님.

다른 사람들이 어떻게 말하는지를 통 듣질 않잖아. 저 사람은 말을 참 잘하네, 잘 들어서 어떻게 말하는지를 배워야겠다, 이런 생각은 절대로 안 하지.

항상 듣는데요.

충분히 참고 듣지를 않아.

몇 시간이고 들을 수 있어요.

그런데 발음은 왜 그 모양이니?

단어에 신경 써서 듣지는 않거든요.

그렇다니까.

얘기를 나누는 동안에도 타일러 선생님은 와인을 마시면서 나에게는 단 한번도 눈길을 주지 않는다. 키르케가 그를 관심있게 주시하고 있다. 그러면서 속으로 그가 자기 나이의 절반 정도지만 신사인게 분명하니까 그런 차이쯤은 무시할 거라고 생각하는지도 모른다.

공을 잡으려면 공중에서 낚아채는 게 아니라 날아오는 걸 잘 지켜보다가 거기에 손의 위치를 맞춰야 하는 거야. 타일러 선생님은 그린헛에서 우리에게 이렇게 설명했었다. 그곳에 그린헛이라는 이름이 붙은 이유는 녹색 페인트를 칠한 골함석 지붕 때문이었다. 문은 틀에 딱 들어맞지 않았고, 작은 창문이 세 개 있었다. 난방이 안 되고 물도 나오지 않았다. 타일러 선생님과 내가 매일 차로 물을 길어 왔다. 용변은 어떻게 해결했더라. 기억이 나지 않는다. 밖에 흙구덩이를 파서 만든 변소가 있었을 것이다. 거기서 한 번인가 토했던 기억이 어렴풋이 난다. 벌판 끝에 있던 이 오두막이 우리 학교였다. 하지만 아무도 거길 학교라고 부르지 않았는데, 타일러 선생님 본인이 학교 교사가 아니라 개인 교사라고 굳이 주장했기 때문이었다. 녹색 오두막의 개인 교사.

젊은 정부 각료 한 사람이 도착했다. 또 누가 와 있는지 라운지를 훑어본다. 바로 입장을 할지, 아니면 벨라스케스 바에서 잠시 기다릴지를 걸어가는 동안 결정할 것이다. 그의 경호원들도 라운지와 입구와 호텔 접수대에 있는 사람들을 일일이 살펴본다. 그들이 어떤 얼굴, 또는 누군가를 알아본다는 건 이미 방심했다는 것을 뜻하는데, 총알과 일격은 어디에서 날아올지 알 수 없는 일이기 때문이다.

내가 글쓰기를 처음 배운 건 지금 마드리드 리츠 호텔 라운지에 앉아 파슬리로 장식한 샌드위치를 먹고 있는 타일러 선생님의 녹색 오두막에서였다. 글자를 그리는 법은 유치원에서 이미 배운 후였다. A부터 Z까지 전부. 그 글자들은 사마귀나 모반이나 가짜 점처럼, 내가 좋아했던 릴리 선생님의 날렵하고 예쁘고 둥글둥글한 몸의 일부였다. 하지만 그린헛에 간 첫날 타일러 선생님이 지적했듯이, 글자를 그리는 것과 글을 쓰는 것은 달랐다. 글쓰기에는 철자

법, 직선, 띄어쓰기, 적당한 기울기, 여백, 크기, 가독성, 펜촉을 깔끔하게 다듬는 것, 잉크가 절대로 번지지 않게 하는 것, 그리고 연습장마다 예법의 가치를 증명하는 것 등이 모두 포함된다.

남자아이만 여섯이었는데, 같은 집 아이들은 하나도 없었다. 우드, 헨리, 블래그던, 보위스-라이언, 또 한 명은 잊어버렸다. 모든 수업을 똑같이 작은 탁자에 앉아서 받았다. 타일러 선생님은 우리 등 뒤에서 지켜보지 않으면 작업대 앞에 서 있었다. 거기서 우리는 일 주일에 두 번씩 목공을 배웠다.

대부분의 교육제도는 미스터리인데, 그건 아마도 가르치는 것과 어리석음이 같은 인터페이스를 공유하기 때문인지도 모른다. 그런 헛도 예외는 아니었다. 그곳이 어떻게 시작됐는지, 내가 다니기 얼마 전부터 거기 있었는지, 타일러 선생님은 어디서 왔는지는 지금도 모른다. 그는 아이들을 가르쳐서 흔히 명문이라고 하는 학교에 진학하게 했다. 다른 집 어머니, 아버지들과는 달리 우리 부모님은 수업료를 안 냈던 것 같다. 그는 내 영어 실력을 향상시키고 예의 바른 소년이라는 얘기를 듣게 해주는 대신, 우리 어머니 카페에서 공짜로 식사를 했던 것 같다. 우리는 둘 다 그 프로젝트—나는 그에게서 이 년 반 동안 배웠다—의 무의미함을 인식했고, 그것은 우리의 비밀이 되어 묘한 공범의식을 갖게 했다.

네 인생은 엉망이 될 게다.

왜요, 선생님?

톱질 하나를 똑바로 못 하니까 그렇지.

잡고 있기가 힘들어요, 선생님.

그건 네가 톱날을 무서워하기 때문이야. 엄지손가락을 자르게 될까 봐 겁이 나서 그러니?

아니에요, 선생님.

그렇다면 똑바로 잘라 봐.

목공 외에 우리는 수학, 대수, 라틴어, 드로잉, 왕가의 역사, 지리, 물리, 그리고 원예를 배웠다.

히아신스를 어떻게 쓰지?

'와이(y)' 자를 넣어서요.

그건 당연하지. 하지만 '와이'가 어디에 들어가느냐 말이야. 너는 너무 서두르는 게 흠이야. 질문이 완전히 파악될 때까지 기다리라니까. 충분히 따져 보라고.

겨울만 되면 그린헛의 우리 여섯 명은 추위에 시달렸다. 거기 있는 거라곤 달랑 휴대용 파라핀 난로 하나뿐이었다. 그러다가 그 파라핀 깡통마저 바닥이 날 때도 있었다. 타일러 선생님은 빈털터리보다 차라리 건망증 환자로 보이길 원했기 때문에 깜빡 잊은 시늉을 하곤 했다. 코는 빨갛게 얼고, 손가락과 발가락은 동상에 걸리고, 반바지 주머니엔 코를 푼 손수건이 구겨진 채 들어 있었다. 1월과 2월에 타일러 선생님은 헐겁게 짠 긴 울 목도리를 두르고 다닐 때가 많았는데, 색깔이 아주 기가 막혔다. 흰색과 라일락색에 분홍색 점이 박혀 있었으니까. 그건 코피가 멈췄을 때 손수건에 콧물과 뒤섞여 찍히는 그런 색이었다.

그린헛에서 오후 수업이 다 끝나면 타일러 선생님의 차를 타고 그의 집으로 갔다가 나중에 거기서 버스를 타고 다시 집으로 가곤 했는데, 옆자리에 앉은 나에게 그 목도리의 반을 두르게 했다.

이건 어디서 난 거예요, 선생님?

너는 질문이 너무 많아. 사람들의 관심을 끌려고 그러는 거지.

궁금해서 그래요.

네 궁금증은 도무지 끝이 없구나. 거기서 문제가 생기는 거야. 이 끝을 목에 두르고 조용히 있어. 그리고 장갑을 껴라.

키르케가 자세를 바로 하더니 고개를 가볍게 흔들어서 머리카락을 뒤로 넘긴다.

세뇨르. 그녀가 타일러 선생님에게 묻는다. 여기 샌드위치 맛이 괜찮은가요?

빵이 조금 얇은 것만 빼면 전반적으로 괜찮습니다, 세뇨라.

그녀는 천연덕스럽게 그를 응시한다. 그의 대답에 어린 우아함과 슬픔이 그걸 용납한다.

타일러 선생님의 자동차는 오스틴 7이었다. 지붕은 타르를 칠한 방수천의 일종으로, 꺾쇠가 있어서 접을 수 있었다. 겨울 아침에는 크랭크 손잡이를 돌려야 시동이 걸렸다. 나는 엔진이 걸리면 오른발로 액셀을 밟을 수 있도록 운전석 끝에 엉덩이만 걸치고 앉았다. 가끔은 십 분이 걸릴 때도 있었다. 나는 몸을 덜덜 떨었고, 그의 수염엔 서리가 맺혔다.

타일러 선생님은 커다란 저택 일층에 방 두 개를 세내서 살았다. 그 집에는 장미정원이 있었지만, 그곳에 들어가는 건 허용되지 않았다. 그 집의 주인은 어떤 과부였는데, 털 코트나 꽃무늬 원피스를 입은 모습을 나도 어쩌다 한 번씩 본 적이 있다. 그녀도 타일러 선생님처럼 가톨릭 신자였고, 그에게 작은 방 두 개를 내주게 된 것도 그런 연유에서였다. 주차는 할 수 있었지만, 집 뒤쪽 부엌문 옆으로 쓰레기통이 있는 지정된 자리에만 세워야 했다.

저희는 내일 우에스카(스페인의 아라곤 지방에 있는 도시—역자)로 떠나요. 키르케가 트위드 재킷을 입은 타일러 선생님의 어깨에 손을 얹으며 말한다. 아라곤을 좋아하실 것 같은데요, 세뇨르.

저희와 함께 안 가시겠어요?

시가를 피우던 남자―진짜로 이 금발머리의 아들이라면 텔레고노스가 될―는 파시파에가 의자에서 일어나는 걸 부축해 주고 있다. 그건 만만치 않은 일이고, 그녀를 바로 세우려면 목발 두 개를 전부 가져다가 팔꿈치 아래에 받쳐야 한다. 마침내 자리에서 일어선 그녀가 타일러 선생님 쪽으로 몸을 돌린다.

저희 말을 보시면 좋아하실 것 같은데요. 그녀가 말한다.

이 사람들이 서커스 출신일지 귀족 출신일지 또다시 궁금해진다.

타일러 선생님이 세를 얻어 살던 두 개의 방에서도 그린헛에서처럼 담배 냄새가 났다. 그는 드 레스크 미노르라는 이름의 담배를 피웠다. 창턱엔 나무 상자에 꽃을 심어 키웠다. 벽난로 선반에도 텀블러에 꽃을 꽂아 놓을 때가 많았는데, 꼼꼼하고 둥글둥글한 필체로 일일이 이름을 적은 조그만 종이가 붙어 있었다. 붉은동자꽃, 스위트술탄, 협죽초, 델피니움.

내가 라틴어 이름을 하나라도 기억했다면 그를 기쁘게 했을 테지만, 그 집에서 뭔가를 배운다는 건 불가능했다. 그래서 델피니움은 그냥 계속해서 델피니움이었다. 그린헛에서 타일러 선생님은 성실과 근면을 요구했다. 그의 눈에 **태만**하게 보이는 행동을 하면 아무리 사소한 것이라도 회초리로 손가락 마디를 맞았다. 평소에 그 옹이 진 주목(朱木) 회초리는 참고서와 자 등을 보관하는 선반 옆 고리에 걸려 있었다. 하지만 그의 집에서는 나태한 행동을 해도 무시되었고, 그저 조용히 옆에 있기만 하면 됐다.

그는 가스풍로에서 구운 빵에 꿀―양봉을 하는 친구가 준―을 발라 그림이 그려진 접시에 담아 줬다.

이 접시는 선생님 친구가 그린 거란다. 이게 무슨 꽃인지 알겠니?

처음 보는 거예요, 선생님.

소위 딸기나무라고 하는 것의 꽃이란다.

딸기가 나무에 열리나요?

그는 대꾸를 하지 않았다.

타일러 선생님도 드로잉을 했다. 으레 HB연필을 썼다. 튜더 양식의 집들, 교회, 진입로, 버드나무, 양떼, 델피니움 같은 것들의 스케치였다. 일부는 엽서로 찍어내기도 했다.

그걸 파시나요, 선생님?

친구들에게 주려고 찍은 거야. 이러면 조그만 선물처럼 줄 수 있잖아.

아무도 그를 도와줄 수 없어. 나는 가스난로 앞에 놓인 등나무 의자에 앉아 동상에 걸린 부분을 문지르고 꿀 바른 빵을 먹으며 속으로 생각했다. 나이가 너무 많고, 몸에 털도 너무 많아.

목발 두 개에 의지한 파시파에가 리셉션장을 가로질러 간다. 사람들은 그녀를 위해 길을 터 주고, 어쩌다 숨이 가빠 걸음을 멈추면 원래부터 거기에 있던 무슨 장식물인 양 옆으로 비켜 간다. 그녀의 뻔뻔함이 사람들을 오히려 편하게 만든다.

저 여자는 죽었나요?

누구를 말하는 거니? 타일러 선생님이 물었다.

나는 그의 침대 옆에 놓인 사진을 턱으로 가리켰다.

누군가의 침대 옆 협탁에서 본 것에 대해서는 절대, 결단코 절대, 아무 얘기도 하지 마. 보고 싶다면 자세히 봐도 좋고 —그러면서 액자를 집어 내 손에 쥐어 줬다— 기억하는 것도 네 맘이지만, 말은 하지 마. 왜냐면 거기엔 아무 할 말도 없으니까. 아무것도.

마침내 텔레비전 스타가 도착한다. 사람들은 지나가는 모습이라도 보겠다는 일념으로 호텔 밖에서 거의 한 시간을 기다렸다. 그녀는 조그맣다. 사람들이 생각했던 것보다도 더 자그마하지만, 물결치는 검은 머리에 은색 옷차림을 한 자태는 완벽하다. 사방에서 카메라 플래시가 터진다. 우리 모두는 화면에서 벗어난 이 즉흥적인 순간에 명성 너머의 뭔가를, 우리와 다르지 않은 뭔가를 볼 수 있길 희망한다. 이를테면 그녀도 우리처럼 방귀를 뀐다는 사실 같은 것. 그러면서 동시에 정반대의 상황이 일어나기를 또 바란다. 한 사람이 전부 갖기엔 너무 많은 완벽함을 지녀서, 그 중 몇 가지는 우리에게 던져 줄 수 있기를!

타일러 선생님이 주머니에서 메모지를 꺼내 호텔 라운지의 야자수를 그리기 시작한다.

그의 고독의 무게가 떠오르는 건 바로 그 순간, 그가 드로잉을 하기 시작하는 순간이다. 아마도 나하고 있을 땐 내가 워낙 어렸으니까 그걸 가리거나 감출 필요를 느끼지 않았을 것이다. 사실이야 어떻든, 안경은 그의 눈에 어린 고독을 더 크게 확대시켜 보여줬다. 내게 글을 가르쳐 줬던 그 사람은 돌이킬 수 없는 상실감을 처음으로 깨닫게 만든 사람이기도 했다.

벨라스케스 바에 갔던 파시파에가 목발을 짚으며 다시 돌아온다. 거기서 술을 한 잔 했을까? 의자에 다시 앉는 것도 쉽지 않다. 텔레고노스가 옆에 있지만 아무래도 남자 두 명이 양쪽에서 부축해 주는 게 더 안전하기 때문에 그녀는 타일러 선생님을 바라보고, 그는 지체 없이 다가가 커다란 손으로 그녀의 거대한 팔꿈치를 받쳐 준다.

화가신가요, 세뇨르?

아닙니다. 그냥 취미예요, 세뇨라.

텔레비전 스타는 기타리스트의 반주에 맞춰 노래를 부르기 시작했다. 곡조는 아주 어리면서도, 또 아주 늙은 느낌이다. 그녀는 눈을 감다시피 하고 단조롭게 노래를 부른다. 은색 엉덩이는 거의 움직이지 않고, 입술은 마이크에 닿을락 말락 한다.

　환희에 겨운 젊은 아가씨는
　나무줄기에 이름을 새기고…
　내 마음속 나무에 사랑을 새긴 여인은
　바로 당신이라오….

　타일러 선생님은 이차대전 직후 오십대의 나이로 세상을 떠났다.
　그의 죽음은 가스난로인지 집이 다 타 버린 화재인지, 아니면 문을 닫은 채 차고 안에서 시동을 켜 놓은 자동차 사고인지와 관련이 있었다. 자세한 내용은 잊어버렸는데, 체계적이고 깔끔하고, 퉁명스러우리만치 숫기가 없었으며, 세상에서 제일 중요한 건 양이 아니라 질이라고 믿었던 사람이, 무심하게 또는 부주의하게 죽어 버렸다는 ─또는 생에 종지부를 찍어 버렸다는─ 인상을 풍겼기 때문이다. 시시콜콜한 것들은 잊어버리는 편이 낫다.
　저희는 곧 떠날 거예요. 그의 팔꿈치께에 선 키르케가 나지막하게 말한다. 차가 커서 선생님의 짐을 실을 자리도 넉넉하답니다.
　저는 짐이 거의 없어요, 세뇨라.
　그러면 같이 가셔서 저희 말들을 그리실 건가요? 파시파에가 묻는다.
　드로잉에 음영을 넣을 땐 아무렇게나 죽죽 그으면 안 된다. 알아듣겠니? 선 하나를 그리고 그 옆에다 나란히, 또 나란히, 또 나란히 신중하게 선을 그어야 해. 그런 다음에는 직각으로 음영을 넣는데,

이를테면 선으로 바구니를 짜는 거지. 자, '짠다'는 동사가 나왔는데. 과거형이 뭐지?

'짰다'요, 선생님.

후안이 뒤에서 다가와 손으로 내 눈을 가리고 묻는다. 누구게?

8

슘과 칭
The Szum and the Ching

우리는 도착했네. 자네도 함께라면 좋을 텐데. 이제 더 이상은 가지 않을 생각이야. 우리는 작은 폴란드라고 부르는 곳의 댓돌이 없는 집에 도착했어.

도로 표지판을 볼 때면 종종 동화 속 애기 같다는 생각이 들었다. 이중 굽은 길, 사슴 출몰 지역, 십자로, 평면 교차로, 환상 교차로, 낙석주의, 낭떠러지, 방목 지역, 사고 다발 회전길.

인생의 위험에 비하면 도로 표지판의 경고는 오히려 단순함으로 우리를 안심시켜 주는 것 같았다.

베를린을 지나 동쪽으로 달려가는 동안 하늘에서 벌어지는 변화에 대해서는 뭐라 표현하기가 어렵다. 평원의 평평함과 대조를 이루는 온갖 수직적인 것들이 평소와 다르게 보이기 시작한다. 나무 울타리, 들판에 서 있는 남자, 가끔씩 눈에 띄는 말, 숲의 나무들. 하늘의 거리감도 더 이상 예전 같지 않다. 여기서는 다시 몇 천 킬로미터쯤 가면 평원에서 대초원 지대로 바뀔 거라는 애기를 들려줄 뿐이고, 대초원 지대에서는 수평적인 그 거리가 산중의 수직적인 고도만큼이나 위험하고 힘겹다.

대초원 지대의 나무는 산—이를테면 여기서 남쪽에 있는 카르파티아 산맥—에서 볼 수 있는 몇몇 나무들처럼 자랄수록 거칠고 작아지는데, 그건 겨울의 혹한을 견디기 위해서이다. 대초원 지대에는 개보다도 작은 자작나무들이 있다. 산중의 혹독한 추위는 고도 때문이지만, 대초원 지대에서는 거리, 수평으로 뻗어 나간 대륙의 광활한 거리 때문이다.

오데르 강을 건너고 나면 그 끝에 닿기도 전에 이런 거리, 이 정도의 광활함이 하나의 약속처럼 던져진다. 하늘은 땅에게 새로운 제안을 한다.

나는 오토바이를 타고 바르샤바와 모스크바를 잇는 대로를 따라 동쪽으로 가고 있다. 양쪽 다 통행량이 많다. 몇 년만 지나면 여기는 고속도로가 될 것이다. 길은 수많은 숲의 언저리를 스쳐 가거나 관통한다. 여름의 빛이 녹색을 띠고, 가문비나무 줄기가 높이 자랄수록 깃털 같은 오렌지색으로 변하는 북쪽의 숲들. 새들에게 붉은 가문비나무의 꼭대기는 물고기들에게 산호가 갖는 의미와 같다.

우리네 삶 속으로 스며드는 생의 수는 헤아릴 수 없다.

젊은 여자들이 옷을 차려입고 갓길에 나와 엉덩이를 한쪽으로 있는 대로 뺀 채, 서쪽으로 가는 운전자들을 유혹하고 있다. 낡고 찌그러진 123 메르세데스 한 대가 멈춰 선다. 폴란드에서는 이 차를 '베츠카'라고 부르는데, 가운데가 볼록한 술통이라는 뜻이다. 우크라이나 운전자의 몸도 그와 비슷하다. 여자들은 대부분 루마니아 사람이다. 서비스의 대가는 달러로 지불된다.

좋아요. 여자는 이렇게 말하며 돈을 달라고 손을 내민다.

끝나고. 남자는 지금 돈을 치르려 하지 않는다. 이름이 뭐지?

등이 훤히 파인 드레스 차림의 여자는 어깨를 으쓱하고 만다.

남자는 엄지손가락으로 제 가슴을 쿡쿡 찌른다. 미카일. 나는 미카일이라고 해. 너는?

여자는 고개를 저으며 자동차 거울에 얼굴을 비춰 본다.

이름?

여자는 입을 다무는 게 최선이라고 여겨지는 모든 상황에서 써먹는 영어로 대꾸한다. 아이돈노.

진저리가 난 남자가 차문을 열고, 여자는 내려야 한다. 여자가 내리자마자 남자는 타이어 자국을 내고 먼지를 일으키며 쏜살같이 떠난다.

또 한 명의 젊은 여자가 나무 뒤에서 걸어 나온다. 깃털 장식 중절모를 쓴 노인네의 손을 잡고 있다. 두 여자는 숲의 이 짧은 구역에서 함께 영업을 한다.

레누타! 노인과 함께 있는 여자가 우크라이나 남자와 재미를 볼 뻔하다 만 여자를 부른다. 그 개 같은 자식들이 무슨 짓을 했는지 알아?

어쨌는데?

이 사람 차를 훔쳐 갔어. 숲에 데리고 들어갔다가 다시 나왔더니 사라지고 없는 거야. 새로 뽑은 BMW 525를.

네 탓이래?

독일 사람인데, 심장마비 일으킬까 봐 겁나.

돈은 받았니? 레누타가 묻는다.

다른 여자가 고개를 끄덕인다.

그럼 알아서 하게 내버려 둬!

다른 여자는 인상을 쓰며 어깨를 들썩인다.

그러면 그 사람은 나한테 맡기고 야니한테 가 봐. 레누타가 말한다. 어쩌면 예브겐이 그 차에 대해 뭔가 알지도 몰라.

남자는 고사리 덤불 위에 앉아 있다. 멍하니 부츠를 쳐다보며 한 손을 가슴에 대고 있다. 레누타는 깃털 장식이 있는 모자를 벗겨서 챙을 잡고 부채질을 해준다. 사십 도의 날씨다.

할머니와 어린 손자가 숲에서 나온다. 할머니의 손가락에 보라색 물이 들었다. 아이는 슈퍼마켓 쇼핑백을 들고 있다. 블루베리를 따고 나오는 참이다. 이제 아이는 할머니와 함께 따 모은 그 검은 열매로 가득한 일 리터짜리 병 네 개를 놓고 길가에 앉아 있을 것이다.

친구 중에 동물행동학자가 한 명 있다. 그 친구는 얼마 전에 여기서 동쪽으로 약 이백 킬로미터 떨어진 비아워비에자 숲에서 몇 년간 늑대를 연구했다. 그녀는 늑대들이 자신을 받아들일 때까지, 늑대들의 호기심이 경계심보다 강해질 때까지 오랜 시간 인내심을 가지고, 겁도 없이, 조금씩 늑대들에게 다가갔다. 그녀의 이름은 데스피나다. 하루는 아침 일찍 시버라고 이름 붙인 대장 늑대가 다가오더니 자기를 따라오라는 듯한 행동을 했다. 그녀는 순순히 응했다. 늑대는 데스피나가 잘 따라오는지 확인하려는 듯이 어깨 너머로 한 번씩 돌아보면서 숲 속의 야트막한 덤불을 지나, 제 암컷이 새끼를 낳은 굴로 천천히 그녀를 데리고 갔다. 새끼들은 두 주 전에 태어났고, 그날은 어미가 새끼들을 굴 밖으로 데리고 나와 무리들에게 처음으로 선을 보이는 날이었다. 데스피나 앞에는 새끼들을 보려고 기다리는 다른 늑대 세 마리가 있었다. 시버와 그의 암컷이 새끼들을 불렀다. 우우우어⋯ 우우어⋯ 우우. 새끼들이 주위를 두리번거리며 한 마리씩 나타났다. 태어나서 삼 주가 지나면 같은 무리로 인식되지 않은 대상을 모두 경계하기 시작하기 때문에 그 전에 이런 자리를 마련하는 것이고, 시버는 데스피나에게 그 순간을 보여주고 싶었던 것이다.

저 여자들한테 너무 가까이 가지 마라. 할머니는 블루베리 병을 든 손자에게 주의를 준다. 루마니아 여자들하고 멀리 떨어져 있어야지, 괜히 가까이 있었다가는 자동차에 탄 여자들이 어디 자기 남편한테 차를 세우게 하겠니.

여기 사람들은 모두들 뭔가를 판다. 또는 팔려고 한다. 큰 도시에 가면 예순 줄의 남자들이 저녁 무렵에 '포코예(POKOJE)'라고 쓴 종이를 들고 길가에 나와 서 있다. 자신들이 사는 좁은 집이나 아파트의 손님용 방을 여행자들에게 하룻밤 팔려고 하는 것이다.

블루베리 한 병의 값은 팔십 즈워티다.

BMW를 찾았다. 독일 노인네가 주섬주섬 몇 백 즈워티를 꺼낸다. 깃털 장식이 있는 모자를 다시 쓰고서 타이어를 꼼꼼하게 살핀다. 그 사이에 바꿔 끼우지 않았는지 확인하려는 모양이다.

길은 곧고, 마을 사이의 거리는 멀다. 하늘은 땅에게 새로운 제안을 하고 있다. 백오십 년 전에 칼리시에서 키엘체까지 혼자 여행하는 건 어땠을지 상상해 본다. 두 마을의 이름 사이에는 늘 세번째 이름—타고 가는 말의 이름—이 있었을 것이다. 뒤에 두고 온 마을과 지금 가고 있는 마을 사이에서 불변의 상수 역할을 하는 말의 이름.

남쪽으로 타르노프를 가리키는 표지판이 보인다. 19세기가 끝나갈 무렵에 렘브란트 작품의 현대적 도록을 최초로 편찬했던 아브라함 브레디우스가 저곳의 한 고성에서 캔버스 하나를 발견했다.

"묵고 있던 호텔 앞으로 웅장한 마차 한 대가 지나가는 걸 보고, 벨보이에게서 그 사람이 며칠 전에 엄청난 지참금을 가져올 포토카 백작부인과 약혼한 타르노프스키 백작이라는 걸 들었을 때만 해도, 그가 우리의 거장이 남긴 최고의 작품 중의 한 점을 소유한 행운의 주인공일 줄은 꿈에도 생각지 못했다."

브레디우스는 호텔을 떠나 기차를 타고 멀고 힘든 여행을 한 끝에—그는 몇 마일이 지나도록 차라리 걷는 게 나을 정도로 기차가 속도를 내지 않았다고 불평했다— 백작의 성에 도착했다. 그는 말과 기수를 그린 캔버스 한 점을 보자마자 주저 없이 그게 렘브란트의 작품이며 한 세기 동안 잊혀졌던 명작이라고 확신했다. 그 그림에는 〈폴란드 기수〉라는 제목이 붙여졌다.

그림 속의 인물이 화가와 어떤 관계였으며 화가에게 어떤 의미를 가졌는지 아는 사람은 아무도 없다. 말을 타고 있는 사람은 전형적인 폴란드 의상인 콘투시(옛날 폴란드 상류층이 입던 옷—역자)를 입고 있다. 머리에 쓴 것도 마찬가지다. 아마 암스테르담에 거주하는 폴란드 귀족이 이 그림을 사서 18세기말에 폴란드로 가져간 것도 그 때문일 것이다.

이 그림이 안착하게 된 뉴욕의 프릭 컬렉션에서 이걸 처음 봤을 때, 렘브란트가 사랑했던 아들 티투스의 초상화일지도 모른다는 생각이 들었다. 나에겐 고향을 떠나는 것에 대한 그림처럼 보였고, 그 느낌은 지금도 여전하다.

좀더 학술적인 이론에서는 렘브란트가 살았던 시대에 암스테르담의 비국교도 진영에서 반체제 영웅 같은 존재였던 폴란드 출신의 요나스 슐리흐팅이 이 그림의 영감이 됐을지도 모른다고 주장한다. 슐리흐팅은 16세기 시에나의 신학자였던 레보 소즈니시 종파에 속했는데, 이 종파에서는 그리스도가 신의 아들이라는 걸 부정했다. 그럴 경우 기독교가 더 이상 일신교일 수 없었기 때문이다. 이 그림이 요나스 슐리흐팅에게서 영감을 받은 게 사실이라면, 그는 인간으로서, 오로지 인간으로서 말에 올라타고 자신의 운명을 대면하러 떠나는 그리스도 같은 인물로 그려졌다.

나한테서 벗어날 수 있을 만큼 빨리 달린다고 생각하는 거야? 키엘체의 첫번째 신호등에서 그녀가 내 옆에 차를 세우며 묻는다.

신발을 벗은 채 페달 위에 얹은 그녀의 맨발이 눈에 들어온다.

당신을 두고 떠나는 건 있을 수 없지. 등을 곧게 펴고 두 발을 땅에 내려놓으며 내가 말한다.

그러면 왜 그렇게 빨리 달리는 건데?

나는 대답하지 않는다. 그녀가 이미 답을 알고 있기 때문에.

속도에는 잊어버린 다정함이 있다. 그녀는 차를 몰 때 고개를 전혀 움직이지 않고도 계기판의 바늘을 살필 수 있도록 오른손을 운전대에서 들어 올리는 버릇이 있었다. 그리고 손의 그 작은 움직임은 오케스트라 앞에 선 위대한 지휘자의 손놀림처럼 깔끔하고 정확했다. 나는 그녀의 확신을 사랑했다.

살아 있을 때 나는 그녀를 리즈라고 불렀고, 그녀는 나를 메트라고 불렀다. 그녀는 리즈라는 애칭을 좋아했는데, 여태껏 살면서 그런 속물 같은 애칭을 갖게 되리라곤 생각도 못했기 때문이었다. '리즈'는 깨어진 규칙을 의미했고, 그녀는 규칙이 깨지는 걸 좋아했다.

메트는 생텍쥐페리 소설에 등장하는 비행기 조종사의 이름이다. 아마 『야간비행』일 것이다. 책은 그녀가 훨씬 많이 읽었지만, 세상물정에는 내가 더 밝았고, 그녀가 조종사의 이름을 내 애칭으로 삼은 이유는 아마 그 때문일 것이다. 나를 메트라고 부르겠다는 생각은 차를 타고 칼라브리아 지방을 지날 때 떠올랐다. 차에서 내릴 때면 그녀는 늘 챙이 넓은 모자를 썼다. 햇볕에 그을리는 건 질색이었다. 그녀의 피부는 벨라스케스 시대에 살았던 스페인 왕족처럼 창백했다.

우리를 한데 묶어 준 건 뭐였을까? 피상적으로 볼 때는 호기심이었다. 우리는 나이를 포함한 거의 모든 것이 어떻게 감춰 볼 도리 없이 달랐다. 우리 사이에는 처음으로 하는 게 너무 많았다. 하지만 조금 더 깊이 들어가면 우리를 한데 묶어 준 건 같은 슬픔에 대한 말 없는 이해였다. 자기연민은 없었다. 내게서 그런 기미가 조금이라도 보였다면 그녀는 그걸 뿌리째 뽑아 버렸을 것이다. 그리고 앞에서도 말했지만 나는 그녀의 확신을 사랑했고, 그것과 자기연민은 양립할 수 없었다. 보름달을 보고 미친 듯이 짖어대는 개의 울부짖음 같은 슬픔.

이유는 달랐지만 우리 둘은 희망을 품고 살기 위해선 스타일이 필요불가결하며, 사람이란 희망을 가지고 살거나 아니면 절망 속에서 살아갈 수밖에 없다고 믿었다. 중간이란 없었다.

스타일? 어떤 가벼움. 어떤 행동이나 반응을 배제시키는 부끄러움. 어떤 우아한 제안. 그 모든 것에도 불구하고 어떤 멜로디를 기대할 수 있으며, 때로는 찾을 수도 있으리라는 가정. 하지만 스타일은 희박하다. 그것은 안으로부터 나온다. 그것은 찾아 나선다고 손에 넣을 수 있는 게 아니다. 스타일과 패션이 같은 꿈을 공유할 수는 있어도, 그 둘은 서로 다르게 창조된다. 스타일은 보이지 않는 약속이다. 그것이 인고의 기질과 세월을 대하는 무던한 자세를 요구하고 키우는 이유는 그 때문이다. 스타일은 음악과 매우 흡사하다.

우리는 아무 말 없이 버르토크, 월턴, 브리튼, 쇼스타코비치, 쇼팽, 베토벤 등의 음악을 들으며 저녁시간을 보내곤 했다. 수백 번의 저녁을. 그 당시는 손으로 뒤집어야 하는 삼십삼 회전 레코드의 시대였다. 그리고 레코드를 뒤집어서 다이아몬드 바늘을 천천히 내려놓는 그 순간은 기분 좋고 기대에 찬, 역시 아무 말도 없이 한 사람이 다른 사람의 몸 위에서 사랑을 나누는 순간에나 비교될 수 있는 환상적인 절정의 순간이었다.

그렇다면 왜 울부짖는 걸까? 스타일은 안에서 나오지만, 그러면서도 스타일은 다른 시대로부터 확신을 꾸어 와서 그것을 현재에 빌려 줘야 하며, 그것을 빌린 사람은 그 다른 시대와 서약을 맺어야 하기 때문이다. 열정적인 현재는 스타일에겐 늘 너무 짧다. 귀족적이었던 리즈는 스타일을 과거에서 빌려 왔고, 나는 혁명의 미래로부터 빌려 왔다.

우리 두 사람의 스타일은 놀랍도록 비슷했다. 복장이나 브랜드 얘기를 하는 게 아니다. 비에 흠뻑 젖은 채 숲을 걸을 때, 또는 이른 새벽에 밀라노 중앙역에 도착했을 때의 모습이 떠오른다. 너무나도 비슷했다.

하지만 우리가 서로의 눈을 깊이 들여다봤을 때, 거기에 깃든 위험을 더없이 잘 알고 있으면서도 서로의 눈을 그렇게 응시했을 때, 우리는 둘 다 빌려 온 시간은 괴물 같은 망상이라는 걸 깨닫게 됐다. 이게 슬픔이었다. 그래서 그 개는 울부짖어야 했다.

신호가 녹색으로 바뀐다. 내가 앞서 나가고 그녀가 뒤를 따른다. 키엘체를 벗어났을 때 내가 멈추겠다는 신호를 보낸다. 우리는 금방 지나온 숲보다 더 짙은 또 다른 숲의 가장자리에 멈춘다. 그녀는 자동차 창문을 이미 내렸다. 귀 뒤로 넘긴 관자놀이의 가느다란 머리카락이 섬세하게 엉켰다. 섬세한 까닭은 그 헝클어진 머리를 손가락으로 풀어 주려면 섬세함이 필요할 것이기 때문이다. 그녀는 계기판 옆 보관함 주위에 색색깔의 깃털을 꽂아 놓았다.

메트, 우리가 끊임없이 역사의 통속성을 지워 버리던 날들이 있었잖아, 기억해? 그녀가 말한다. 그러다가도 얼마쯤 지나면 당신은 나를 저버린 채 돌아가곤 했지. 돌아가고, 또 돌아갔어. 당신은 중독이었어.

무엇에?

당신은 ―그녀는 말을 하면서 손가락으로 깃털을 건드린다― 당신은 역사를 만들어 가는 것에 중독됐었고, 역사를 만든다고 믿는 사람들은 이미 권력에 손을 댔다고 믿거나, 또는 권력에 손을 댔다고 상상한다는 걸, 그리고 이 권력이 그들을 혼란에 빠트릴 거라는 사실이 밤이 길다는 것만큼이나 확실하다는 걸 애써 무시했어! 일 년쯤 지나면 그들은 자신들이 뭘 하고 있는지도 모를 거야. 그녀는 손을 허벅지 위에 내려놓는다.

역사는 견뎌내야 하는 거야. 그녀가 말을 잇는다. 자부심을 가지고, 어처구니없지만 그러면서도 —그 이유를 신은 아시겠지— 정복될 수 없는 그 자부심으로 견뎌내야 하는 거야. 이런 인고에 관한 한 유럽에서도 폴란드 사람들이 수세기에 걸쳐 단련된 전문가들이지. 내가 폴란드 사람들을 사랑하는 건 그 때문이야. 전쟁 중에 303 비행중대의 조종사들을 만난 이후로 쭉 이들을 사랑해 왔어. 나는 아무것도 묻지 않은 채 듣기만 했고 그들이 춤을 청해 왔을 때 같이 춤을 췄어.

목재를 잔뜩 실은 짐마차가 숲에서 나온다. 숲의 부드러운 흙길에 바퀴가 푹푹 빠지는 바람에 짐마차를 끄는 말 두 마리는 거품과 땀으로 범벅이 됐다.

이 고장의 영혼은 말들과 관련이 깊어. 그녀가 웃으며 말한다. 그리고 당신은 당신의 그 유명한 역사적인 법칙들하고만 관련이 있고. 말을 어떻게 쓰다듬어 줘야 하는지에 대해서 당신은 트로츠키만큼도 몰랐어! 어쩌면 언젠가는 —누가 알겠어?— 어쩌면 언젠가는 그 잘난 역사의 법칙을 버리고 내 품으로 돌아오겠지.

그녀는 뭐라고 설명할 수 없는 몸짓을 한다. 그저 고개를 돌려서 자신의 머리와 목덜미를 내가 볼 수 있게 한다.

묘비의 비문을 골라야 한다면 뭐라고 쓸 거야? 그녀가 묻는다.

비문을 골라야 한다면 〈폴란드 기수〉를 택하겠어. 내가 말한다.

그림을 비문으로 고를 수는 없어!

그럴 수 없다고?

부츠를 벗겨 주는 사람이 있다는 건 멋진 일이다. 러시아 속담에 '그녀는 그의 부츠를 벗길 줄 안다'는 칭찬이 있다. 오늘 밤 나는 부

츠를 직접 벗는다. 그리고 오토바이용 부츠는 일단 벗어 놓으면 그
것만의 존재감을 갖는다. 이 신발이 독특한 이유는 일정한 부분에
보호용 쇠 징을 박아서도 아니고, 페달을 찰 때 닳거나 해지지 않도
록 발끝에 가죽을 덧대서도 아니고, 밤에 뒤따라오는 자동차 헤드
라이트에 잘 띄라고 종아리에 야광 표시를 붙여서도 아니다. 그 이
유는 그걸 벗을 때 우리가, 그 부츠와 내가 함께 달려온 몇 천 킬로
미터의 길옆으로 내려서는 느낌이 들기 때문이다. 이 부츠는 내 어
린 마음을 완전히 사로잡았던, 한 걸음에 이십일 마일을 간다는 그
신비의 신발일 수도 있다. 나는 어딜 가든 그 부츠를 신고 가고 싶었
는데, 오금이 저리게 길을 무서워했으면서도 이미 그때부터 길을
꿈꿨기 때문이다.

　나는 폴란드 기수를 그린 그 그림을 어린아이처럼 좋아한다. 살면
서 수많은 것을 봤으며 도무지 잠자리에 들려고 하지 않는 노인네의
이야기가 그 그림으로 시작되기 때문이다.
　나는 말을 탄 그 사람을 여자처럼 좋아한다. 그의 배짱, 그의 오만
함, 그의 연약함, 허벅지의 탄탄함. 리즈가 옳다. 여기서는 많은 말
들이 꿈속을 달린다.
　1939년에 폴란드 기병대는 검으로 무장한 채, 침공해 들어오는
독일 기갑부대 탱크에 맞섰다. 17세기에 '날개 달린 기마대'는 동
구 평원에서 사람들이 두려움에 떠는 복수의 천사들이었다. 하지만
말은 군대의 용맹함 이상의 의미를 지닌다. 수세기 동안 폴란드 사
람들은 끝없이 이동을 하거나 이주를 해야 했다. 자연적인 변경이
없는 이 땅에서 길은 끝없이 이어진다.
　몸이나 움직임에서는 아직도 말을 타던 습관의 흔적이 가끔씩 보

인다. 평생 말을 타보기는커녕 만져 본 적도 없을 남자와 여자 들이 바르샤바의 피자집에 앉아 펩시콜라를 마시는 걸 보고 있으면, 오른발을 등자에 얹고 왼발을 훌쩍 들어 올리는 모습이 연상된다.

나는 폴란드 기수의 말을, 자기가 타던 말을 잃은 뒤 또 다른 말을 받은 기수처럼 좋아한다. 선물로 받은 말은 이빨이 조금 길지만— 폴란드 사람들은 이런 말을 슈카파라고 부른다— 말은 충성심이 입증된 동물이다.

마지막으로 나는 그 풍경의 손짓을 사랑한다. 그것이 나를 어디로 이끌건 간에.

그 풍경은 우크라이나 국경에서 이십 킬로미터 떨어진 작은 폴란드라고 불리는 곳의 남동쪽에 위치한, 구레호라는 마을로 나를 데려갔다.

마을의 거리는 흙과 돌길이다. 가게 두 군데, 그리고 숲을 지나는 잡초 무성한 길가에 교회 하나가 있다. 봄이면 야생 아스파라거스가 자라는 성모 마리아 예배당 근처의 마을 한복판에 푸른 물이 찰랑이는 작은 저수지가 있다. 1960년대에 마을의 한 신부가 전기를 만들어 쓰겠다는 생각으로 소형 수력발전 시설의 도면을 그렸고, 마을 사람들이 도면에 따라 땅을 파서 저수지를 만들었다. 신부의 계획은 성공하지 못했지만, 교회에서 '**소련 + 전기 = 공산주의**'라는 공식을 만지작거린다는 사실에 뜨끔한 당국은 이 지역에 전기를 공급하지 않을 수 없었다. 아마도 다른 식으로 신청을 했더라면 그보다 훨씬 오래 걸렸을 것이다. 요즘은 짐마차를 끄는 말이 사나워지면 다시 차분해질 때까지 몇 시간이고 저수지 안에 세워 놓는다.

대부분의 집은 방이 두 개다. 방 사이에 난로(겨울이면 기온이 영하 이십 도까지 떨어지기도 한다)가 있고, 지붕 가운데에 굴뚝이 솟은 하타라는 나무집이다. 작은 창문 네 개는 이중이다. 두 창틀 사이의 공간에 화분으로 예쁘게 장식한 곳들도 많다. 텃밭에는 나무 울타리를 두르고 근대와 양배추, 감자와 부추 등을 기른다. 어떤 하타는 집을 늘리고 다시 지어서 라디에이터를 설치하고, 현관 앞에 나무 기둥으로 주랑을 만들었다. 하지만 땅은 여전히 그 땅이고, 조부모의 집을 새로 고치는 데 들어간 비용은 독일이나 시카고에서 벌어온 돈이었다.

내 친구 미렉의 집은 마을에서 떨어진 큰길 저편에 있다. 미렉은 지난 칠 년 동안 불법이민자 신분으로 파리의 건설판에서 일을 했다. 원래는 산림연구원이다. 나는 그에게서 숲에 대해 많은 것을 배웠다.

보통 땐 걸음도 빠르고 차도 빨리 몬다. 그렇다고 위험을 자초하지는 않는데, 그렇지 않더라도 충분히 위험한 세상이라는 걸 알기 때문이다. 커다란 손이며 어깨를 보면 만만히 대할 수 있는 사람이라는 생각이 들지 않는다. 하지만 눈은 의외로, 그 속에는 관조적인, 거의 망설이는 듯한 의문이 담겨 있다. 여자들과의 연애에 능한 이유를 눈에 담긴 이 의문으로 설명할 수 있을까? 우리는 약속을 해야만 해. 그는 어느 날 내게 말했다. 약속이 없으면 누구에게나 삶은 너무 힘들지만, 그렇다고 자신이 믿지도 않는 약속을 한다면 그건 약속이 아니야! 아마도 그가 말보다 행동을 중시하는 건 이 때문일 것이다. 앞에서 말했듯이 그는 보통 빨리 걷는다.

그날 아침에는 걸음을 늦추고 가끔씩 주저앉아 소나무들 사이의 땅을 살폈다. 자네한테 개미귀신을 보여주고 싶거든. 그가 말했다. 여기 하나쯤 있을 법도 한데 말이야. 개미의 한 종류인가? 아니, 유충이야. 굼벵이. 손톱 크기만 해. 날개가 나오면 비단처럼 은빛을 띠는 게 꼭 잠자리 같아. 그가 살펴보던 소나무들 사이의 땅은 볕이 잘 드는 모래 토양이었다. 개미귀신은 하나도 찾지 못했다.

그는 그루터기로 다가가더니 밑동이 잘려서 끈끈한 부분을 손으로 만졌다. 오프린카 미오도바가 자라기에 안성맞춤이야. 그건 버섯인데, 깊은 숲의 맛이 나. 멧돼지들도 요리법만 알면 그걸 먹을 거야! 일 분 정도 데쳐서 쓴맛을 우려낸 다음 —줄기 부분은 넣지 마, 가늘어 보여도 질기거든— 신선한 크림을 곁들여 먹으면 돼! 그는 이 얘기를 하며 미소를 지었다. 미렉은 판에 박힌 일상과 신물 나는 규칙을 살짝 벗어나는 것이 즐거울 때 주로 미소를 짓고, 미소가 커지면 웃음으로 터져 나온다. 그는 밀렵꾼의 눈과 상상력을 지녔다.

우리는 아무 말 없이 삼십 분 정도를 걸었다. 그가 문득 걸음을 멈추더니 모래 위에 조그만 분화구처럼 생긴 자국을 가리켰다. 크기는 컵 받침만하고, 점점 좁아지는 깔때기 모양을 하고 있었다.

저기 머리랑 집게발 보이지? 모래 속에 숨어서 이 깔때기 속으로 미끄러져 제 입으로 들어올 개미를 기다리고 있는 거야! 저게 개미귀신이야! 이 녀석들은 뒷걸음질을 쳐서 땅에다 원을 만들어. 미렉이 설명했다. 뒷다리가 굴착기처럼 발달했기 때문에 앞으로는 못 걷거든. 파낸 모래는 머리를 재빨리 움직여서 옆으로 걷어내고 다시 두번째 원을 더 좁고 깊게 만드는 거야. 이렇게 계속해서 원을 만들다가 바닥에 닿으면 몸을 숨기는 거지. 이 움직이는 모래 속에 빠진 개미는 몸을 가눌 수가 없어. 며칠 동안 먹이를 먹지 못해서 아주 배가 고픈 개미귀신은 원을 넓게 만들어서 더 많은 모래가 미끄러지게 한다네. 배가 그렇게 고프지 않을 땐 원을 작게 만들고. 모래 위에 메뉴를 써 놓는 거지!

미렉의 미소가 웃음으로 터져 나왔고, 그러고는 이 세상이 바로 그런 모습을 갖게 된 미스터리를 이해한다는 듯이 나무 위의 하늘을 올려다봤다.

미렉의 집 같은 곳은 어디에도 없다. 아마 누구라도 자신이 속속들이 잘 아는 집에 대해서는 그렇게 말할 수 있을지도 모른다. 아무튼 나는 그 집을 잘 안다. 도로에서 이어지는 풀길을 따라가다가 개울 위에 나무판자로 엮어 만든 다리를 건너, 문 왼쪽으로 꼭 체리만 한 크기에 색마저도 짙은 체리 같은 사과(믿을 수 없을 만큼 떫다)가 열린 나무를 지나 주머니에서 열쇠를 찾아 꺼낸다. 현관 앞에는 댓돌이 없다. 오십 센티미터 높이의 콘크리트 단 위로 한번에 올라서야 한다. 나무문에는 자물쇠가 두 개 있는데, 열리지 않는다. 한 자물쇠의 홈 아래쪽으로 손가락을 넣어 들어 올리는 데 성공한다. 문이 열리고, 나는 안으로 들어간다. 집에서 먼지, 나무 연기, 그리고 고사리 냄새가 난다. 집 안을 돌아다녀 본다. 방은 모두 여섯 개다. 방마다 최소한 한 마리 이상의 나비인지 나방인지가 있고, 차분히 날아다니는 게 있는가 하면 창문에 바짝 붙어서 지폐를 세는 계수기처럼 빠르게 펄럭거리며 날갯짓을 해대는 것도 있다.

집이 지어진 지는 한 세기가 넘었다. 식당에 있는 여덟 개의 의자 중에서 앉았을 때 주저앉지 않은 건 세 개뿐이다. 방마다 성모 마리아의 모습이 보인다. 집의 정확한 역사에 대해서는 아무도 확실히 알지 못하는데, 어쩌면 저마다 집이 걸어온 역사의 이런저런 부분들을 잊고 싶은 건지도 모른다. 이 집이 여러 용도로 쓰였다는 데에는 의문의 여지가 없다. 밖으로 드러난 전기회로는 전선과 소켓과 콘센트와 퓨즈와 스위치까지 전부 압정으로 고정되어 있어서, 사십 년쯤 전에 어떤 응급상황에 대처하려고 서둘러 대충 마련한 듯한 인상을 준다. 어쩌면 이 마을에 전기가 처음 들어왔을 때였을까?

고치시오! 다음 주부터 우리가 여기서 작업을 할 거요. 주야불문, 여름과 겨울 할 것 없이. 알아들었소? 우리 중 한 명은 늘 여기에 있을 거요. 그러니 다음 월요일까지 고쳐 놓으시오!

어쩌면 그때는, 이 집이 외지에 사는 노인네의 소유라서 전기가 들어오자 여기 사는 조카 한 명이 이때다 싶어 전기 기술자를 자처했고, 일을 해주는 대가로 오토바이를 구입할 만큼의 돈을 요구했을지도 모른다.

전기 스위치를 켠다. 가져온 베이컨과 사워크림인 시미에타니에를 식탁 위에 놓는다. 그들이 도착하기 전에 수프를 만들어 놓겠다고 약속했다. 한 시간 반이면 더운물도 나올 것이다.

전기가 공급됐을 때와 거의 같은 시기에 창문을 바꿔 달았다. 많기도 하지만 원래 달려 있었음직한 것보다 훨씬 크다. 창문에 대한 이런 집착 뒤에는 어떤 내막이 있었을까?

현대를 향한 일보 전진, 아니면 조카가 노인네의 마음을 또다시 흔들어 놓았던 걸까? 전기를 설치하는 것과는 달리 창문의 크기를 키우는 데는 몇 달이 걸렸을 테고, 이번에는 아마 자그마한 중고차 한 대 값 정도는 챙겼을지 모른다.

그게 아니라면, 위원회에서 내린 결정이었을까?

빛이 충분하면 전기를 덜 쓸 게 아니오. 창틀을 짜는 거야 문제없지. 공장에서 바로 실어 오면 되니까. 한 방씩 차례차례 진행하시오. 그 동안은 다른 방을 쓸 테니! 됐소?

스무 개의 이중창 중에 지금 열리는 것은 세 개뿐이다. 몇 군데는 페인트를 덧칠해서 밖이 보이지 않고, 유리가 깨진 자리에 폴리스티렌을 끼워 놓은 곳도 많다. 커튼은 없다.

부엌(냉장고가 없다) 옆의 막힌 공간에는 문을 달아서 다용도실로 쓰고 있는데, 여기서 맥주 한 병을 찾았다. 즈비에르지니엑이라는 마을에서 만든 맥주인데, 동물원이라는 뜻을 가진 이 마을은 여기서 십이 킬로미터 떨어진 거리에 있다. 나는 안락의자가 있는 거실로 맥주를 들고 나간다.

벽에는 양 갈래의 사슴뿔이 걸려 있고, 반대편에는 엽총을 든 사냥꾼이 개를 데리고 찍은 낡은 사진이 보인다. 사진은 연대를 짐작하기 어렵다. 미렉도 그 남자가 누군지 모른다. 아마 예전에 여기 살았던 사람인 모양이다.

그런데 사슴뿔은 장난을 친 것이다. 사실은 가문비나무의 가지인데 사슴뿔처럼 보이도록 벽에 걸어놓은 것일 뿐이다.

리안은 루마니아 화가다. 그녀가 베를린 자연사박물관에서 그렸다며 드로잉 한 점을 보내왔다. 커다란 나무줄기 양 옆으로 진짜 사슴뿔이 자라난 그림이었다. 언젠가 사슴이 어린 나무 옆에서 죽었는데, 나무가 두개골을 싸고 자라는 바람에 그걸 점점 들어 올렸다는 게 그녀의 설명이었다. 나는 베를린에 가는 친구들에게 박물관에서 찾아보라며 그녀의 드로잉을 보여줬다. 그런데 다들 하는 말이 그런 전시물은 없다는 것이었다. 결국 리안에게 물어 봤다. 당연히 나만 찾을 수 있죠. 그녀가 미소를 지으며 말했다. 언제 함께 박물관에 가요. 지금은 없어졌을지도 모르겠네요.

사진 속의 사냥꾼은 모자를 쓰고 있다. 요즘은 전세계 젊은이들이 쓰는 야구모자가, 그것도 챙을 뒤로 해서 쓰는 게, 반질반질한 챙과

고유의 주장이 담긴 전통 모자를 대체해 버렸다. 폴란드 모자에 담긴 정신은 이런 것들이다. 불멸의 애국심, 자결의 권리, 이바지할 의지, 자연과 그것의 모든 극단적인 상황에 대한 친숙함, 비밀과 거래의 재능, 아주 오랜 역사의 경험.

그 모자는 누구나 사서 쓸 수 있었다. 여권을 발급받는 것보다 천 배는 쉬웠다. 외세에 점령당한 폴란드가 국가로서 존재하지 못했던 19세기에 이 모자를 쓰는 데에는 묘한 권위가 깃들었다. 사진 속의 사냥꾼은 어쩌면 사슴뿔이 돋은 나무의 미스터리를 설명할 수 있었을지도 모른다.

걸어서 몇 분 안 되는 곳에 또 다른 미스터리가 있다. 나지막한 나무들로 둘러싸이고, 길도 나 있지 않은 숲 속에 무덤 하나가 있다. 잘 가꾸어진 무덤에는 조화로 된 꽃다발이 놓여 있다. 히틀러 국방군 병사 한 명이 육십 년 전에 그곳에 묻혔다. 그리고 몇 달마다 새 꽃다발이 놓인다.

그 병사는 1943년 12월 31일에 이 집에서 총을 맞았다. 실제로 총을 맞은 곳은 체리만한 사과가 열리는 나무 옆일지도 모르지만, 총을 쏘겠다는 결정은 여기서 내려졌다. 실행에 옮겨진 충동이 시작된 곳은 바로 이 방이다. 어쩌면 결정은 지나치게 확고한 단어일지도 모른다. 독일 병사는 겨우 열여덟 살이었다. 열여섯에 징집되어 몇 주간 훈련을 받은 후 이 지역 주둔군으로 배치되었다. 그의 이름은 한스였다. 몇 달 후, 그는 비밀리에 만난 산림감독관에게 국방군을 탈영해서 폴란드 빨치산으로 들어가고 싶다고 말했다. 어떤 사람들은 지금 두번째 가게가 있는 곳 옆집에 살았던 마을 처녀와 사랑에 빠졌기 때문이라고 말한다. 할머니가 되어 한스의 이름을 듣게 된 소녀는 그 얘기가 맞다는 건지 아니라는 건지 분간하기 어렵게 고개를 저었다. 한스가 산림감독관에게 마음을 털어놓은 후 몇 주가 흘렀다. 러시아가 아니라 런던에 있는 폴란드 망명정부와의 연대하에 국내에서 은밀히 활동하던 지하저항군 에이케이(A.K.) 소속의 장교 두 명에게서 심문도 여러 차례 받았다. 지도부에서는 그를 의심했다. 마침내 군복과 서류, 그리고 총을 넘긴다면 숲 속의 병원에서 의무병으로 일할 수 있다는 말에 그는 그러마고 했다. 부상을 당해 병원에 있던 사람이 그에게 간단한 폴란드어를 가르쳐 주기 시작했다.

문제의 그날 밤, 한스는 에이케이의 연대장과 마을, 더 구체적으로는 이 집을 찾아왔던 지역부대장의 초대로 그들을 따라 1944년 새해를 축하하러 왔다.

보드카가 몇 순배 돌아간 후에 무슨 일이 일어났는지는 분명하지 않다. 자신의 처지를 망각한 한스가 독일 노래를 흥얼거리기 시작했을까? 소녀에게서 전갈을 받고 아무 말 없이 부엌문으로 몰래 집을 빠져나가려 했던 걸까? 그의 폴란드어 실력은 점점 좋아지고 있었다. 아니면 연대장이 문득 눈앞에 닥친 배신의 전조를 예감했던 걸까?

그는 우리가 그에 대해 아는 것보다 우리에 대해 훨씬 많은 것을 알고 있어. 그가 믿을 수 있는 사람인지조차 모르잖아.

당시에는 한 번의 살인이 다른 죽음을 대신하고, 동시에 수천 건의 살해가 일어나기도 했다. 6월 1일에는 십이 킬로미터 떨어진 마을에서 갓난아기와 노인들을 포함한 주민 전원이 독일 나치스 친위대에 의해 학살당했다. 한 해 전에는 유태인 사십만 명을 바르샤바의 게토에 감금한 후 대량학살 캠프로 실어 보냈다. 1943년 2월에 영국 정부는 '적국 민간인의 사기를 저하시키겠다'는 취지하에, 도시 지역에 소이탄 투하 전략을 우선적으로 실행하겠다는 결정을 내렸다.

살인이 순간적인 염증이나 잠깐 동안의 혼란을 야기할 수는 있지만, 후회가 따르는 경우는 거의 없다. 지금 떫은맛의 사과나무가 자라는 곳에서 목덜미에 총을 맞았을 때, 그게 어떻게 된 영문인지 한스가 완전히 파악했을지는 의문이다. 저항은 없었다. 네 명의 남자가 그의 시체를 숲 속으로 가져가 파묻었다. 그만큼의 예우라도 받은 건 그가 어쩌면 적이 아니었을지도 모른다는 의구심 때문이었다.

하지만 미스터리는 그의 죽음이 아니라 그의 무덤이다. 1950년대에 접어들었을 때 갑자기 그의 무덤 머리에 나무 십자가가 세워졌다. 이름도 없고, 날짜도 적혀 있지 않았다. 몇 년 뒤에는 십자가를 박았던 녹슨 못이 스테인리스스틸 나사로 바뀌었다. 그리고 봉분 위에는 항상 조화로 만든 꽃다발이 놓이고, 이십 미터쯤 떨어진 낮은 나무들 사이에 색종이 조각 같은 낡은 꽃다발들이 버려져 쌓였다.

마을 사람들은 누가 이렇게 하는지 다 알고 있다. 고개를 젓던 할머니는 세상을 떠났다. 그런데도 공동묘지의 웬만한 무덤보다 훨씬 잘 관리된다. 그건 이곳에 쏟는 관심이 비밀이기 때문일까? 그와 동시에, 그걸 기억하는 모두가 인정하는 일이기 때문일까?

마을의 한 노인에게 무덤에 대해 물어 본 적이 있다. 그는 여우처럼 대답을 했다. 한 남자가 거기서 죽었지. 그는 말했다. 그러니 그 자리에 무덤을 만드는 건 당연한 일 아닌가?

역설적이게도, 혼란스러운 순간에 대한 기억은 혼란스럽지 않을 수 있다. 가짜 사슴뿔과 모자 쓴 사냥꾼 사진 사이에 놓인 안락의자에 앉아 있자니 그런 기억이 떠오른다. 그건 내 기억이 아니라 육십 년 전에 이 방에서 일어났던, 한스를 죽이겠다는 충동의 기억이다.

이제 나가서 수프에 넣을 괭이밥을 조금 따 와야겠다.

밖으로 나오면 계(界)―광물, 식물, 동물―의 구분이 흐려지는 것 같다. 나무다리 위에 둥글게 말린 낙엽은 두꺼비처럼 보인다. 해바라기에 앉은 호박벌―다락에 호박벌 둥지가 있다―은 그냥 씨앗으로 오해하기 쉽다. 다리에 앉아 발을 물 위로 늘어뜨린 채 흘러가는 강을 바라본다. 상류의 제재소에서 작업을 하는 중이라 평소에 비해 수위가 조금 낮다. 밤이나 점심시간에 가동이 중단되면 물의 높이가 이십 센티미터쯤 올라간다. 제재소에서는 구식 원형톱으로 소나무를 잘라 합판을 만든다. 늑대 무리가 데스피나를 받아들였던 북쪽 숲에서는 앞으로 십 년 동안 빠르고 손쉬운 이익을 위해 나무 백오십만 그루를 베서 팔 계획이다. 물의 높이가 달라질 수 있을뿐더러 색깔도 변할 수 있다. 오늘 오후엔 물이 맑다. 어떨 때는 말린 버섯을 넣어 불린 물처럼 시퍼렇고 짙은 색을 띠기도 한다. 물밑으로 보이는 모래가 이토록 마음을 사로잡는 이유는 뭘까? 강물은 양쪽 둑에서 자라는 모든 나무의 성장에 영향을 미쳤고, 그 중에는 저 집보다 훨씬 오래된 나무들도 많다. 수면 위로 물이 흐르면서 생기는 자국, 가끔씩 돌멩이나 나뭇가지가 떨어지면서 일으키는 동그란 파문을 보니 밧줄무늬 뜨개질이 떠오른다. 겉뜨기 세 번, 안뜨기 세 번…. 뜨개바늘도 기억난다. 계의 구분이 흐려지는 것과 더불어, 과거와 현재 사이의 경계도 흐려졌다. 여기 이 강의 이름은 **숨**인데, 그곳에서는 **칭**이었다.

칭은 내가 여섯 살까지 살았던 교외의 작은 집 정원 아래로 흘렀다. 히검스 파크라는 그곳은 런던 동쪽에 있는 저소득층 거주지구였는데, 리버풀에서 기차로 이십 분이 걸렸다. 마당에서는 메역취와 참억새가 자랐다. 서양까치밥나무랑 금잔화도 있었는데, 금잔화는 어머니가 제일 좋아했던 꽃이라 당신이 직접 심었다. 스페인에서는 금잔화를 '놀라움'이라는 뜻의 '마라빌라'라고 부르고, 멕시코에서는 죽음의 대사육제를 대표하는 꽃이다. 칭은 슘처럼 폭이 삼 미터 정도였고, 아버지는 나를 위해 가동교(可動橋)를 만들었다. 아버지가 직장에 나가지 않는 토요일 오후면 우리는 밧줄과 도르래를 이용해서 우리 쪽에 세워 놓았던 다리를 반대편 둑에 닿도록 수평으로 내렸다. 그러면 발을 물에 담그지 않고 반대편으로 건너갈 수 있었다. 지금 앉아 있는 이 다리처럼 히검스 파크의 그 다리도 판자를 이어 만들었고 그 틈새로 개울물이 보였지만 폭은 훨씬 좁았다. 다섯 살이었던 내가 팔을 양쪽으로 뻗으면 닿을 정도였다. 다리를 건너도 딱히 갈 곳은 없었다. 반대편 강둑은 울타리로 경계가 나누어진 채소밭이었다. 우리는 그저 반대편에 앉아서 이쪽을 바라보기 위해 다리를 건너갔을 뿐이다.

칭은 아버지의 강이었다. 오랜 세월 동안 강은 아버지 인생에서 가장 소중한 존재였고, 그 소중한 것을 나와 나누고 싶어했다. 강은 결코 치유될 수 없는 기억 속의 상처를 씻어 주었다. 독가스를 날아가게 하고, 슘처럼 젖은 입술로 이름들을 속삭였다. (보병부대의 연대장으로 사 년간 복무했던 아버지는 1918년 전쟁이 끝난 후에도 국립묘지위원회 소속으로 플랑드르 지방에서 이 년을 더 근무했다.) 무수한 죽음 중에 칭이 되돌려 놓을 수 있는 건 하나도 없었지만, 참호 속에서 치른 전쟁을 사 년은커녕 단 한 시간도 상상할 수 없었던 1913년의 스물다섯 살 청년처럼, 아버지는 다리를 건너가 반대편 강둑에 잠시 서 있을 수 있었다.

아버지는 다리를 내리면서 나의 순수함을 빌렸고, 그럼으로써 그렇지 않았으면 —그 토요일 오후가 없었다면— 영영 잃어버렸을 자신의 순수함을 다시 불러냈다.

이 모든 걸, 나는 네 살 반인가 다섯 살의 나이에 다리 위에 엎드려 흘러가는 청의 강물에 손목을 담그고서 핏속으로 알았다. 나의 짙은 피.

그때의 그 토요일 오후는 아버지가 돌아가실 때까지 우리가 함께했던 어떤 의식의 시작이었고, 이제는 나 혼자서 그걸 계속 이어가고 있다.

내가 열 살이 됐을 때부터 아버지가 일흔 살이 될 때까지 우리는 거의 끝없이 언쟁을 벌였다. 서로 자제를 하며 휴전을 할 때도 있었지만 그런 경우는 드물고 짧았다. 아버지는 내가 하는 행동마다 나중에 뭐가 되겠냐며 혀를 찼다. 나는 아버지가 믿는 모든 것을 뒤엎고 싶어했다. 아버지는 나를 구하려 했고 —최전선의 폭탄 구덩이를 낮은 포복으로 기어 그나마 안전한 곳으로 나를 끌고 가서— 청춘의 오만함과 두려움으로 가득했던 나는, 내가 자유라고 부르는 대로 사는 게 가능하다는 걸 보여주려 애썼다.

가끔은 모질고 잔인하게 싸웠고, 둘 다 거침이 없었다. 나보다는 아버지가 더 자주 울었는데, 아버지가 내게 준 상처는 청춘의 반항에 종종 곁들여지는 방어적인 분노를 자극했던 반면에 내가 아버지에게 가한 상처는 묵은 상처까지 헤집어 놓았기 때문이었다. 그럼에도 불구하고, 그 긴 투쟁의 날들 중에도 아무 말 없이 다리를 내리는 것으로 시작하는, 한번도 공공연하게 언급된 적 없는 그 의식은 결코 중단되지 않았다. (나는 지금 이 글을 심이 다 닳은 연필로 쓰고 있어서 글자가 너무 흐릿한 나머지 저녁 빛에 다시 읽을 수가 없다. 아버지가 돌아가신 지 이십오 년이 지난 지금까지도 그건 속삭임으로밖에 말할 수 없는 얘기이기 때문이다.) 그리고 그것은, 그 의식이란 건 과연 무엇이었을까? 그건 아버지가 참호 속에서 전쟁을 치른 사 년 동안의 유령 같은 삶을 다른 누구와도 나눌 수 없었지만 나하고는 공유할 수 있다는 합의, 그리고 내가 이미 그 시간들을 알고 있기 때문에 그렇게 할 수 있다는 이해였다. 아주 엄밀한 의미에서 그것들은 내게 익숙했다.

내 미래가 도마에 오르면 우리는 아무것도 거칠 게 없었고 어떤 말이든 내뱉었지만, 그 싸움의 와중에도 우리는 둘 다 이것과는 비교도 안 될 엄청난 전쟁의 비밀을 공유하고 있음을 단 한순간도 잊지 않았다. 아버지의 존재는 내게 인고를 가르쳐 줬다. 나의 존재는 아버지에게 당신이 혼자가 아니라는 사실을 일깨워 줬다.

토요일 오후는 아주 길었다. 시간은 자비롭게도 멈춘 것만 같았다. 숲 위에 놓인 널찍한 다리에 이렇게 누워 눈을 감으니, 두 강의 소리가 합쳐지면서 자그마한 벌레들의 소리, 멀리서 개 짖는 소리, 높은 가지의 나뭇잎 소리들이 섞여 든다. 그리고 두 강의 흐름 속엔 똑같은 무심함이 담겨 있다.

아버지에겐 물에 들어가서 다리를 손볼 때 신는 장화가 있었다. 내 키보다 높았던 수위가 아버지에겐 허벅지 끝에 닿았다. 어머니는 서양까치밥나무의 열매가 익어서 잼을 만들 때만 강에 나왔다. 그때를 제외하면 술집이나 도박장, 그리고 당구장처럼 그 10×4미터의 공간은 철저하게 남자들만의 영역이었다.

어느 토요일인가, 장화 한 짝을 발견한 나는 그 속에 두 발을 다 집어넣었다. 머리까지 올라오는 장화 속에 완전히 들어간 채로 웃으면서 깡충깡충 강가로 나갔다. 아버지도 웃음을 터뜨렸다. 내 몸이 아버지의 장화 한 짝에 쏙 들어갔다. 그리고 나는 아버지가 또 다른 장화를 신고 어디에 있었는지 알고 있었다. 그리고 우리가 함께 웃었을 때 아버지는 내가 그걸 알고 있다는 걸 알았다.

1917년 3월 18일에 아버지는 당신의 아버지께 편지를 썼다. 부대원 서른 명을 이끌고 이 화염을 뚫고 가야할지 잠시 고민을 했습니다. 그때 참호에서 하사관이 나오더니 그 총성과 포성 속에서 제 귀에 대고 있는 힘껏 소리를 쳤습니다. "방해해서 죄송합니다만, 저희 때문에 그러신다면 저희는 대장님과 함께 지옥이라도 갈 각오가 돼 있습니다." 그래서 결정이 났습니다. 가야죠. 우리는 벌판 같은 곳으로 뛰어 갑니다. 처음에는 운이 좋아요. 적의 기관총이 불을 뿜고, 우리는 참호 속으로 몸을 던집니다. 물이 허리까지 차요. 탄약도 모두 젖어 버렸죠. 그래도 우리는 계속 나아갑니다. 총은 한순간도 멈추지 않습니다.

돌아오는 낙오병들을 만났습니다. 길을 잃은 사람들도 있고, 부상을 당한 사람들도 있고, 죽어 너부러진 병사들도 많았습니다. 과연 끝까지 갈 수 있을지 알 수 없는 상황에서 하사관에게 내가 앞서 나가 상황이 안전한지 살펴볼 테니 부대원들을 데리고 최대한 빠르게 전진하라고 소리를 쳤습니다. 부하와 또 다른 한 명이 저와 함께 갔습니다. 그때 정신이 나가 버린 포병 장교 한 명을 만났습니다. 보병부대와 연락이 닿지 않는 모양이었는데, 자신의 포대가 우리쪽 참호에 포를 쏘는지, 아니면 독일군 참호에 쏘는지도 모르고 있었습니다. 그러고는 제 눈앞에서 권총으로 자신의 머리를 날려 버렸습니다.

제 부대원들은 진흙 같은 참호에 파묻혔고, 구덩이를 파내는 데 한 시간 반이 걸렸습니다. 남은 물은 열 군데나 부상을 당한 병사에게 주었습니다.

흰 스카프를 머리에 두른 여자가 갓 캔 감자를 두 양동이 가득 들고 습 강의 다리를 향해 걸어오고 있다. 갓 캐낸 감자에서는 빛이 난다. 그것들은 달걀처럼 반짝인다. 여자는 땀을 흘리고 있다. 지난번에 왔을 때 봐서 안면이 있는 여자다. 보게나라는 이 여자는 미렉의 집을 돌봐 주고 그 대가로 필요한 꽃과 채소들을 거둬 간다. 이쪽은 강이 흐르기 때문에 길 저편의 마을보다 땅이 기름지다. 그래서 보게나는 자기 집 마당에선 닭을 치고, 미렉의 마당에선 텃밭을 가꾼다. 내가 잠을 잘 방에서도 동이 트기 전에 저 멀리 보게나의 닭이 우는 소리가 들릴 것이다.

얼른 일어나서 감자를 한 대여섯 개쯤 얻을 수 있겠냐고 물어 본다. 수프 때문이다. 보게나는 양동이를 내려놓더니 내 손을 잡아 앞에 가지런히 펼친 다음 더 이상 들 수 없을 때까지 감자를 하나씩 올려놓는다. 내 나이가 그녀의 두 배는 될 텐데, 그녀의 행동은 어쩐지 내 속에 있는 아이를 대하는 것 같다.

고든가(街)의 마당 아래로 흐르던 강이 아버지의 행복이었다면 내 행복은 우리 옆집이었다. 다른 집들처럼 현관이 없는 대신 우리 집 바깥벽에서 이 미터쯤 떨어진 곳에 옆문이 있었다. 이 문은 잠겨 있을 때가 거의 없었다. 현관문들이야 당연히 잠겨 있었다. 원할 때면 언제든지 이 문으로 옆집에 들어갈 수 있었다.

문을 열면 합판을 대고 나무 천장이 둥글게 구부러진 작은 거실이 나오는데, 나중에 증축한 게 분명했고 한때 빨래 건조실로 사용했던 것 같았다. 그때는 방의 모양새와 합판, 그리고 벽에 기댄 긴 의자와 낮은 탁자 외엔 아무것도 없다는 점 때문에 마치 뒤집힌 보트처럼 보였다. 창문—배의 고물 쪽—을 통해 배나무 한 그루가 자라는 뒷마당이 내다보였다. 11월이면 뒤집힌 보트 안의 낮은 탁자가 배로 뒤덮였고, 이 집의 아버지는 배들이 서로 닿지 않도록 신경 써서 고르게 늘어놓았다.

긴 의자에는 쿠션 하나가 있었는데, 그것은 시간이 흐르면서 서서히 내 쿠션이 됐다. 그 선실에서 부엌으로 통하는 문은 열려 있을 때가 많았기 때문에 나는 거기 앉아서 그 집 사람들이 그네들의 말로 얘기하는 소리를 들었다. 가끔은 내 어깨까지 오는 에어데일테리어 종(種)의 그 집 개가 바닥에 누워 있어서 내가 쓰다듬어 주곤 했다. 털이 억세고 담배 비슷한 냄새가 났다. 개의 이름은 잊어버렸다. 그걸 기억할 수 있다면 다른 방의 기억을 떠올려서 다시 들어가 볼 수 있을 텐데. 어떤 날에는 긴 의자 위에 놓인 신문이나 책의 사진들을 넘겨 보기도 했다. 어린이 책들도 있었지만, 그 집에는 아이가 없었다. 키가 크고 머리가 새카맣던 딸은 십대였고, 학교를 졸업할 무렵이었다.

그 집 어머니는 내가 온 걸 봐도 그냥 내버려 뒀다. 가끔은 거실에 있는 태엽 축음기에서 음악이 흘러나오고 실직 상태였던 아버지가 신문을 읽고 있었다. 집에서 슬그머니 빠져나올 때마다 나를 옆집으로 유혹했던 것은 기다림의 즐거움이었다. 결국은 내가 잊혀지지 않으리라는 확신을 가지고 오래, 오래 기다리는 즐거움.

결국 머리 꼭대기에 스카프를 맨 그 집 어머니는 부엌에서 계피 케이크와 핫초콜릿을 가져다 주곤 했다. 그건 오후의 얘기였고, 시간이 아침이라면 직접 만든 요구르트 한 그릇이었다. 1930년대 초의 런던에서 요구르트는 건강식에 집착하는 소수의 사람들을 제외하면 아주 생소한 음식이었다. 내게 입을 맞춘 적은 한번도 없었다. 적당한 거리에서 다정히 바라볼 뿐이었다. 마치 내가 자신들이 아는 어떤 소명을 타고났으며 그걸 이루길 기도해 주는 듯한 태도였다. 어쩌면 그 소명이란 그저 자라서 어른이 되는 것이었는지도 모른다.

영어를 수월하게 구사하는 건 딸인 카멜리아뿐이었다. 카멜리아는 나를 데리고 에핑 포레스트 유원지로 놀러갔다. 그녀는 동물들이 어떻게 죽는지를 보여줬다. 땅에 쓰러져서 다시는 땅을 떠나지 않아. 우리에게는 이런저런 것들을 자를 수 있는 칼이 있었다. 나뭇가지나 덩굴이나 풀 따위. 그녀가 내게 보여준 것은 비밀이었다. 누가 물어 봤다면 어디에 갔었는지 설명했을지도 모른다. 하지만 우리가 본 것은 절대로 말하지 않았다.

나는 올빼미를 그렸고, 둘이 함께 번개에 맞아 쪼개진 참나무 구멍에 그 그림을 숨겼다. 다음 주에 가 봤더니 그림은 사라지고 구멍속엔 깃털만 가득했다. 우리는 깃털을 모았고, 카멜리아는 그걸로 글을 쓸 수 있다고 말했다. 나는 카멜리아가 알파벳 얘기를 한다고 생각했다. 지금 나는 그걸로 글을 쓰는 것일 수도 있다.

카멜리아네 가족은 오스트리아-헝가리제국의 어딘가에서 왔는데, 일차대전이 끝날 무렵까지 슘 강의 이 다리는 그 제국의 영토였다. 구체적으로 어떤 사건 때문이었는지는 끝내 알아내지 못했다. 내가 알아낸 것이라곤 고향을 그리워하는 그들의 향수와 그것을 이겨내기 위한 다양한 방법뿐이었다. 약초를 달인 차, 말린 라벤더 향낭, 리스트의 레코드, 치즈케이크, 말린 버섯, 양말을 신는 독특한 방식. 어떤 사연이었건 ─유태인의 사연은 아니었다─ 아버지가 불명예를 당했다는 것 정도는 느낄 수 있었다. 그가 먼 곳을 응시하며 말을 거의 하지 않은 건 그 때문이었다. 그는 잘못을 바로잡아 줄 전갈을 기다리고 있었다. 물론, 전갈은 끝내 오지 않았다.

야생 괭이밥이 자라는 들을 향해 걸어간다. 보게나가 준 감자는 다리 위에 자그마한 무더기를 지어 쌓아 놨는데, 달걀처럼 빛이 난다. 주머니칼로 괭이밥을 캔다. 어린 민들레만하지만, 잎의 녹색이나 맛은 더 달고 더 시큼하다. 한데 뭉쳐 자라기 때문에 자리를 잡고 앉아 풀 위에 손수건을 펼쳐 놓고 캔 것을 그 위에 얹어 놓는다.

무화과 잎을 그려서 인간의 성기를 가리던 회화의 관행은 우스꽝스럽다. 무화과 잎은 너무 반짝거리고 지나치게 예지적이다. 잎을 만지면 녹색의 살갗 느낌이 나는 야생 괭이밥이 훨씬 적당할 것이다. 이건 정말 녹색 피부 같다. 꼭 그런 느낌이다. 괭이밥을 충분히 캤지만 나는 자리에서 일어나지 않는다.

새는 한 마리도 안 보인다. 어쩌다 한 번씩 주위의 나무와 풀숲 뒤에서 커다랗게 지저귀는 소리가 난다. 마치 잎사귀들이 노래를 부르는 것만 같다! 고든가에서도 비슷한 생각을 했던 게 기억난다. 두 순간은 수십 년의 세월로 나눠지는 게 아니라 같은 계절의 같은 시간에 속한다. 날을 닦고 칼을 접는다.

얼핏 현기증 같은 것이 인다. 말은 더 이상 의미가 없다. 모든 것은 연속체다.

후안, 자네는 내게 주머니칼에 대해, 주머니칼과 유년기에 대해 글을 써 보라고 했지. 나는 주머니칼과 손전등이 잘 어울리는 것 같다는 얘길 했어. 한쪽 주머니엔 칼을, 그리고 다른 쪽엔 손전등을! 끝내 아무것도 쓰질 못했는데 별안간 자네가 세상을 떠나 버렸어.

자네는 나를 냉소적으로 보고 있구먼. 바라는 바일세. 자, 이제 칼 이야기를 들려주지.

어떤 칼이 내 손에 들어왔는데, 그건 요세포프라는 마을에서 만들어진 거야. 그걸 만든 사람의 무덤에도 가 봤다네. 모든 면에서 아주 자부심이 강한 사람이었어. 아마 마구나 안장 같은 걸 만들던 장인 이었을 거야.

그에게는 두 아들과 막내인 딸, 이렇게 세 명의 자식이 있었어. 아무래도 더 이상 자식을 보지 않으리라는 걸 알았기 때문인지, 아니면 강렬한 푸른 눈과 짙은 머리색 때문인지, 하여간 그는 딸을 유난히 사랑했어.

이건 한 해 전에 폭동과 파업을 겪었던 폴란드의 모든 사람들이 사태의 추이를 지켜보던 1906년도의 얘기야. 나중에 역사가들은 그걸 혁명이라 기록하게 되지.

전국에서 일어난 항거는 가난과 기아, 근로 조건, 그리고 무엇보다도 학교에서 가르치거나 공공장소에서 사용하는 것이 금지된 폴란드어에 대한 것이었어. 이 나라를 점령한 러시아와 프러시아와 오스트리아는 언어를 말살하고 싶어했지. 제 나라 말을 쓸 권리를 위해 수많은 사람들이 피 흘리며 죽어 갔네. 특정한 어형 변화를 지키기 위한 죽음. 특정한 어형 변화와 특정한 이름들을 위한 죽음! 딸의 이름은 에바였고, 생일은 5월이었어.

곰곰이 궁리한 끝에 아버지는 딸아이의 선물로 주머니칼을 줘야 겠다고 생각하고는, 자신의 작업장에서 딸을 위해 특별한 칼을 직접 만들기로 했어. 아이가 주머니칼을 빌려 달라며 오빠들을 졸라 댄다는 걸 알고 있었거든.

딸애가 쓸 거니까 칼은 작아야 했지. 접었을 땐 구 센티미터, 펼쳤을 땐 십칠 센티미터를 넘지 않도록 말이야. 손잡이로는 꿀처럼 은은한 회색을 띠면서 투명한 기운이 감도는 양의 뿔을 쓰기로 했어. 알렉산드로프에 있는 로멕의 가게에서 적당한 걸 찾았다네. 그걸

자른 다음, 살짝 휘어져서 꼬리쪽이 올라가는 칼등을 사이에 두고 반으로 가른 뿔을 네 개의 황동 못으로 고정시켰지. 칼날도 역시 휘어지면서 끝으로 갈수록 좁아졌어.

아버지는 주머니칼을 완성했어. 숱이 많은 검은 머리에 꽂을 커다란 머리핀처럼 작고 여성적인 칼이야. 접어서 오른손에 쥐면 칼날은 가느다란 하현달처럼 반짝인다네. 크기는 작아도 송어의 내장을 긁어내거나, 배의 껍질을 벗기거나, 야생 괭이밥을 캐거나, 편지를 개봉하거나, 염소의 발에 박힌 돌멩이를 제거하는 데에는 전혀 손색이 없지. 염소가 얌전히 있기만 한다면 말일세. 하지만 이 칼에는 한 가지 독특한 점이 있어.

아버지는 언제 이런 생각을 했을까. 머릿속으로 처음 칼의 모습을 그렸던 때일까? 아니면 손잡이를 만들고 나서 칼날을 완전히 고정하기 전에야 비로소 생각이 났을까?

이 칼의 특징은 칼날이 칼등만큼이나 두껍고 둥글다는 거야. 베지 **않기** 위해 만들어진 완벽한 칼인 셈이지. 효력을 잃은 칼날을 가졌다고나 할까. 20세기에 접어든 1906년, 중앙과 동구유럽에 이르기까지 군중에게 발포하는 군대와 혁명이 당연시됐던 그 시대에, 아버지는 사랑하는 에바가 손가락을 베지 않도록 이런 칼을 만들어 준 거야.

후안, 이 칼을 열어 보면 햄릿의 물건 같다는 생각이 들 걸세. 욕망의 인식과 더불어 그 욕망이 불러일으킨 두려움이 나란히 흐르는 칼. 우유부단한 칼. 열든 닫든 이 칼날은 늘 후회를 품고 있지.

하지만 그게 전부일까? 희박한 가능성에도 불구하고 한 세기를 살아서 버틴 이 햄릿의 물건은 또 다른 얘기를 들려준다네. 사랑하는 사람이 모든 것을 갖기를 바라는 마음. 전부를 말일세!

텃밭에서 부추 두 뿌리를 뽑기로 한다. 햇볕에 땅이 단단하게 굳어서 쇠스랑이 필요하다. 현관에 도끼와 곡괭이, 그리고 쇠스랑이 있을 것이다. 쇠스랑을 찾아 부추를 뽑은 다음, 겨울 뿌리에 엉겨 붙은 흙덩이를 털어낸다. 부추에서 제비꽃과 동전 냄새가 난다.

집으로 다시 들어온 나는 사냥꾼의 사진과 사슴뿔이 있는 곳의 옆방으로 가서 시계의 태엽을 감아 시간을 맞춘다. 거기엔 이 집에 오기 전까지는 한번도 본 적이 없는 가구가 하나 있다.

아마도 한 세기 가까이 원래 만들었던 의도대로 사용되지 않았을 것이다. 얄궂게 취한 밤이면 여자들은 그걸로 남자들의 애를 태웠을지도 모른다. 아마도 한 번쯤은 어떤 여자가 벌거벗은 채 그 위에 올라탔고, 여자가 높이 올라갈수록 남자들은 넋을 잃고 바라봤을 것이다. 그걸 제외하면 사용은커녕 건드리지도 않은 채 그대로 서 있었다. 자리를 꽤 많이 차지하지만 ―바닥에 닿은 면은 1×3미터이고, 높이는 이 미터가 넘는다― 아무도 이걸 해체할 생각을 하지 않았다. 나사 열두 개만 풀면 되는 간단한 일이었을 텐데도.

이건 일종의 경외심을 불러일으킨다. 여기에 담긴 정교함과 가벼움은 이것이 주도면밀하게 고안되었고 꼼꼼한 도면에 따라 신중하게 만들어졌음을 은연중에 내비친다. 너도밤나무를 가늘고 길게 잘라 광택을 낸 목재로 만들었으며, 전체적인 모양은 'A' 자를 연상시킨다. 다만 삼차원이라는 것만이 다를 뿐인데, 솟구칠 때의 리듬을 감안한다면 사차원이라고 해야 할지도 모른다.

이건 그네, 실내용 그네다. 광택을 낸 널빤지로 만든 앉음판('A' 자 가운데의 평평한 획)은 바닥에서 높이 올라와 있다. 이건 아이가 아닌 여자를 위해 만들어진 그네이며, 어쩌면 아기를 가졌다는 얘기를 듣고 만들었을지도 모른다. 왕좌, 흔들의자, 수유용 의자, 그네, 횃대. 묶어 놓은 줄을 풀고 의자를 가볍게 밀어 본다. 솟구쳤다 다시 돌아왔다 솟구친다…. 시계가 똑딱이는 소리가 난다. 이곳에 처음 왔을 때 미렉과 함께 식당에서 침대가 있는 이 방으로 그네를 옮겼던 게 기억난다. 새로 자리를 잡은 그네를 바라보던 그의 모습도 기억난다. 그는 무슨 유물이라도 되는 것처럼 이걸 바라봤었다.

미렉은 밀렵꾼과 여관 주인(호리호리하면서도 영양상태가 좋은)으로서의 재능을 모두 지녔고, 이런 재능들은 파리에서 당국의 눈에 띄지 않고 일자리를 찾아서 그 일을 하는 데 도움이 됐다. 파리 사람들을 위해 굴뚝 만들기, 벽돌 쌓기, 베란다 만들기, 지붕 고치기, 중앙난방을 설치하거나 복층 아파트를 짓거나 특별히 고른 색으로 침실의 페인트를 새로 바르는 것 같은 일을 했다. 그는 힘이 세고, 연구원다운 조직적인 사고와 예리한 눈을 지녔다. 그것만이 아니다. 그에겐 각각의 일을 준비하는 그만의 방법이 있었다. 세상에 똑같은 일이란 없기 때문이다.

그가 자모시치에 있는 어머니 집에 살며 학교에 다닐 때 삼촌인 자넥도 함께 살았다. 자넥 삼촌은 거의 전신마비였다. 말은 못했지만 모든 것을 파악했다!

모든 것을. 내가 삼촌을 사랑한 건 그 때문이야. 학교가 끝나면 삼촌과 얘기를 하곤 했어. 우리끼리 만든 언어가 있었거든. 폴란드어도 아니고 러시아어도 아니고, 리투아니아어나 프랑스어, 독일어도 아닌, 우리 말고는 아무도 쓰지 못하는 그런 말이었어. 어쩌면 사랑을 하면 누구나 새로운 말을 만들게 되는 건지도 몰라. 그 속에 들어가 몸을 피할 수 있는 은신처처럼 말이야. 나는 삼촌과 함께 결코 잊지 못할 뭔가를 발견했어.

자넥은 누나가 일을 하러 가면 자모시치의 집에서 온종일 혼자 보냈다. 누나는 나가기 전에 그날의 신문을 동생 앞에 펼쳐 놓았다. 그는 신문을 샅샅이 읽었지만 넘길 수는 없었다. 1970년 12월, 그단스크의 폴란드 병사들은 치솟는 물가와 식량 부족에 항의하며 파업을 하던 폴란드 노동자들에게 발포하라는 명령을 받았고, 그날 아침 자넥은 누나에게 라디오를 켜 달라고 부탁했다. 평소 그의 하루는 조용했다.

미렉은 학교에 가서도 내내 이 생각만 했다. 그는 설계 도면을 그리기 시작했고, 마침내 침대에 꼼짝 못하고 누운 삼촌이 코로 스위치를 조작할 수 있는 라디오를 만들어냈다.

세상에 똑같은 일이란 없다.

파리에서 미렉은 일을 하면서 눈에 띄지 않는 법을 터득했다. 차에서 사다리를 내오거나 길에 내려놓은 통에 자갈을 붓다가도 운이 나쁘면 심문을 받고 즉시 추방될 수 있기 때문이었다. 그는 물건들을 살 수 있는 곳을 찾아냈고, 돈은 그 자리에서 현금으로 지불해야 한다는 것을 알게 됐다. 초보 수준의 프랑스어로 의사를 전달하고, 말대꾸를 하지 않으며, 귀 기울여 듣고, 기다리고, 약속한 대로 돈이 지불됐는지 확인하는 데 익숙해졌다. 벌어서 챙겨 둔 돈으로 언젠가 고향에 집을 짓겠다는 꿈을 꿨다. 파리에서 오 년을 보낸 후, 그는 바르샤바에 방 두 개짜리 아파트를 샀다. 그에게는 또 다른 꿈들이 생겼다. 그는 또 한 명의, 조금 더 늙은, 폴란드 기수가 됐다. 그 세월을 그는 두 개의 옷가방과 수십 곡의 폴란드 노래로 살았고, 그 중에는 삼촌이 라디오로 즐겨 들었던 노래도 포함되어 있었다.

그네를 다시 한번 밀어 본다. 높이 솟구쳤다가 다시 돌아온 그네는 내 머리까지 올라간다.

파리에서 여자들은 미렉과 사랑에 빠졌다. 삶의 수많은 질곡을 겪은 후에 혼자 생계를 꾸려 가거나 경력을 쌓기 위해 외국에 정착한 폴란드 여자들이었다. 학교 때부터 알던 사이여서 그와 두번째로 사랑에 빠진 여자들도 있었다. 그는 여자들을 데리고 마른 강으로 밤낚시를 갔다. 그들에게 보르쉬 수프를 끓여 주기도 했다. 그들은 일요일이면 온종일 침대에서 보냈다. 위성 텔레비전으로 폴란드 방송을 봤다. 그와 함께 있으면 위험이 사라지는 것 같았다.

여자들은 저마다 독일에, 스위스에, 미국 휴스턴에 눌러 살자며 그를 설득하려고 갖은 노력을 다했다. 바르샤바를 제외하면 세상에서 폴란드 사람이 가장 많이 사는 도시는 시카고다. 이 여자들은 홀로 용감하게 버텨 왔고, 돌아보려는 마음을 뿌리쳐야 한다는 걸 알고 있었다. 오로지 앞만 보고 살아야 했다. 그래도 아이스크림을 먹는 건 여전히 좋았다. 그리고 다들 너무나도 미렉을 옆에 두고 싶어 했다. 하지만 아무도 그와 함께 폴란드로 돌아가, 거기서 학교를 다니고 사랑에 빠지고 때가 되면 그곳을 떠나며 이별을 고할 아이들을 낳아 키우는 것에 대해서는 생각할 수 없었다. 저마다 표현은 달랐어도 하고자 하는 이야기는 같았다. 미렉, 당신은 나의 꿈이야. 하지만 당신은 여자를 이해 못 해!

그렇게 해서 이 년 전에 미렉은 마치 무슨 유물이라도 되는 것처럼 그네를 바라봤다.

문 두드리는 소리. 멈춰선 차는 없다. 유리창이 깨져 폴리스티렌을 대신 끼워 넣은 복도를 지나 내려앉은 문을 연다. 보게나가 달걀이 담긴 그릇을 들고 서 있다. 괭이밥 수프에 넣으시라고요. 그녀가 말한다. 보게나는 자모시치로 일상적인 일들을 처리하러 가거나,

어쩌다 루블린에 가는 걸 제외하면 마을을 떠나 본 적이 없다. 자신이 평생 알고 있던 집 문가에 서 있는 나를 바라보는 그녀의 시선에서도 그건 분명하게 드러난다. 현관 앞에 댓돌이 없는 집. 고맙다고 하자 그녀는 돌아서서 오랫동안 변하지 않은 걸음걸이로 걸어간다.

감자의 껍질을 벗겨서 썰고, 베이컨을 작게 자르고, 부추를 씻는다. 부추의 겉껍질은 비단 소매처럼 벗겨지고, 드러나는 속살은 반짝거린다. 뿌리 쪽에는 항상 그렇듯이 속으로 흙이 스며들었기 때문에 끝을 조금 잘라내서 책장처럼 낱낱이 펼친 다음 거슬리는 흙을 씻어낸다. 부추를 원형으로 송송 썰면 칼에서 톱니바퀴 소리가 난다. 내가 기억하는 가장 오래된 소리 중의 하나다.

나흘 전에 미렉은 단카와 결혼했다. 이제 한 시간 후면 그들이 여기에 도착한다.

단카는 갈리시아 지방의 노비 타르크에서 태어났다. 사회주의 체제일 때 이 작은 마을에는 노동자가 삼천 명이 넘는 신발 공장이 있었다. 전국에서 가장 큰 신발 공장이 이 마을에 들어선 까닭은 인근 카르파티아 산맥에서 나는 소가죽을 다뤄 온 이곳의 오랜 전통 때문이었다. 지금 공장은 문을 닫았고 마을은 가난하다. 밀라노나 파리와는 달리 노비 타르크에 배를 곯는 사람은 아무도 없지만, 논의할 일거리도 없기 때문에 마을 위에는 침묵의 장막이 드리워져 있다. 그리고 예닐곱 대쯤 되는 마을의 택시들은 중앙광장 옆에서 어쩌다 있는 손님, 대개 외국인인 손님을 태우기 위해 무던하게 기다린다. 단카는 다섯 남매의 막내다. 아버지는 공장에서 일을 했다. 고모는 소 두 마리를 친다.

그녀는 열아홉 살이던 구 년 전에 노비 타르크를 떠나 파리로 갔고, 결국 가정부로 일을 하게 됐다. 임금은 청소부와 같았지만 실제로 하는 일은 주인의 두 아이를 키우는 것이었고, 주인들이 차를 넣어 두는 차고 위의 작은 방에 세를 들었다. 그녀는 그곳에서 잠을 잤고, 아이들은 ─웬만큼 컸을 때─ 잠들기 전에 그녀가 해주는 얘기를 들으려고 그곳을 몰래 찾곤 했다. 이 년 만에 단카의 프랑스어는 유창해졌다.

미렉은 단카가 쉬는 날인 금요일 밤에 파리에 있는 폴란드 친구의 생일 파티에 갔다가 그녀를 만났다.

나는 부추와 베이컨과 감자를 프라이팬에 넣고 볶으면서 그들의 사랑 얘기를 꾸며내고 있다.

두 사람은 처음 만난 그 저녁에 서로를 주목했다. 그는 그녀보다 열다섯 살이 많았다. 그녀는 그의 얘기를 유심히 들었다. 그는 멀리 있는 무슨 대학에서 공부한 기수처럼 얘기를 했지만, 그녀는 위축되지 않았다. 그는 그녀의 어깨와 목과 입을 눈여겨봤다. 그들에겐 어떤 고집, 하늘을 날아가는 거위의 고집이라는 공통점이 있었다. 그러다 그가 그녀의 어깨에 팔을 둘렀고, 그녀는 말없이 응했다. 그녀는 말을 거의 하지 않았다. 그녀는 상대가 자신의 생각을 읽어 주는 편을 더 좋아했다. 자리가 파할 무렵에 그가 차로 바래다주겠다고 했다. 가는 길에 그녀는 자신이 돌보는 아이들 이야기를 들려주었으며, 그는 바르샤바에 있는 아파트 얘기를 했다. 그는 자동차 스테레오에 바르샤바 그룹인 부드카 수플레라(프롬프터 박스)의 시디를 넣었다.

차가 집 앞에 멈췄지만 그녀는 내리지 않았고, 차는 방향을 돌려 미렉의 방이 있는 파리의 반대편으로 갔다.

붉은 양귀비 벌써 피었네

사랑받는 몸은 벌써 아프네

우리의 이마에

비엘리치카의 차가운 소금을 얹어 주오

다음에 만났을 때 두 사람은 서로의 사진을 보여주었고, 그는 그녀를 위해 음식을 만들었다.

어떻게 이렇게 요리를 잘해요?

이십 년 동안 혼자 살면서 익힌 거야.

그녀는 그에게 자신의 방에서 함께 잔다면 그렇게 일찍 일어나지 않아도 될 테니 더 좋을 거라고 말했다.

주인이 뭐라고 하지 않을까? 그가 물었다.

방세를 내고 사는 거니까 원하면 하루 종일 내 침대에서 자도 돼요. 그녀가 말했다.

나는 프라이팬에 있는 걸 소금물이 끓고 있는 냄비에 전부 붓는다.

이 주가 지났을 때 단카는 될 수 있으면 아이는 둘 이상 갖고 싶다고 말한다.

둘?

하나 낳고 바로 또 하나를 낳아야죠. 그래야 당신이 너무 늦지 않잖아요!

내가 너무 늙었다고!

지금 그렇다는 게 아니라 십 년 후에, 아이들에게 낚시를 가르쳐 주고 처음으로 트르지 코로니 산에 데리고 올라갈 그때 말이에요.

그 산에 올라가 봤어?

어렸을 때 오빠랑. 무플런 양도 봤어요. 아야! 남자들은 고리를 푸는 게 영 손에 익지 않나 봐. 내가 할게요.

주머니칼로 팽이밥의 잎을 썬다. 곱게, 하지만 너무 곱지는 않게. 이건 초록색 색종이처럼 보여야 한다.

그녀가 임신 한 달 반이라는 사실을 알게 됐을 때 두 사람은 아이를 낳은 후에 결혼을 하기로 결정했다.

몇 주가 지나면 아들인지 딸인지 알게 될 거야. 그가 말했다.

노비 타르크에서의 결혼식! 그녀가 말했다. 그녀는 파리에서의 결혼을 꿈꾸지 않았다!

파리에서는 웨딩드레스만 살 생각이다.

웨딩드레스를 고르는 것은 다른 옷을 고르는 것과 같지 않다. 신부는 드레스를 입었을 때 아무도 가 본 적이 없는 곳에서 온 것처럼 보여야 한다. 그곳은 신부의 이름이 붙은 곳이기 때문이다. 결혼을 할 여자는 이방인으로 변모하는 순간에 신부가 된다. 이방인이 되어야 결혼을 하는 남자가 마치 처음인 것처럼 그녀를 바라볼 수 있고, 성혼서약을 할 때 결혼을 하는 남자로 인해 그녀도 깜짝 놀랄 수 있다. 식을 올리기 전에 신부들이 모습을 드러내지 않는 이유가 뭘까? 그건 신부가 지평선 저 너머에서 오는 것처럼 보이는 변모의 과정을 쉽게 만들어 주기 위한 관습이다. 면사포에는 그만큼의 거리가 담겨 있다. 평생을 같은 마을에서 살았던 여자라도 신부가 되어 마을 교회에 입장할 때에는 지켜보는 모든 사람들 앞에서 순간적으로 낯선 사람이 되는데, 그건 그녀가 변장을 해서가 아니라 이제 막 도착해서 환영을 받는 새 사람이 되었기 때문이다.

한참을 행복한 고민에 빠져 있던 끝에 단카는 도착할 때 입을 드레스를 골랐다. 목을 둥글게 파고, 레이스 장식으로 어깨를 드러내고, 상체는 수천 겹의 은실로 감싸고, 흰 장미꽃 열두 송이로 장식한 비단 주름치마였다. 그녀의 넉 달치 월급에 맞먹는 값이었다. 고민하지 마. 미렉이 말했다. 침대만큼 넓은 주름장식에 레이스와 비단으로 만든 파리의 드레스라면 바르샤바에서 파는 건 일도 아니야!

그러면 이걸 올렉한테 물려줄 수 있을까요? 그녀가 물었다. 두 사람은 뱃속의 아이가 아들이라는 걸 알았다.

그들의 계획은 바르샤바의 아파트로 들어갔다가 나중에 조금 더 큰 곳으로 옮긴다는 것이었다. 미렉은 욕실과 기포 욕조, 사우나 시설 등을 설치하는 사업을 시작할 예정이었다. 더 이상은 건설판에서 노새처럼 일하고 싶지 않았다. 그는 욕실 전문가가 됐다. 그리고 좀더 큰 아파트를 찾아서 옮기게 되면, 단카는 두 사람의 아기와 함께 다른 집 아기들을 돌보는 탁아소를 열 예정이었다.

끓는 물에 달걀을 넣는다. 야트막한 싱크대부터 부엌 화로 옆에 쌓인 통나무 위까지 행주를 널어 말리기 위한 빨랫줄이 걸려 있다. 집이 몇 달이나 비어 있었던 터라, 거기서 말라 가는 건 하나도 없다. 걸려 있는 것이라곤 우묵한 부분을 다시 만들어 붙여서 목구멍과 입술이 생겨 버린 국자 하나뿐이다. 그건 수프를 뜨고, 커스터드를 붓고, 김이 솔솔 나는 잼을 항아리에 따르는, 기발한 다용도 식기로 변모했다. 여자들이 없는 이 집에 대해 내가 모르는 사정을 들춰 보면, 남자들도 잼을 만들었던 게 틀림없다.

태어났을 때 올렉의 몸무게는 4.2킬로그램이었다. 아이는 파리 19지구에 있는 한 병원에서 태어났다. 집주인은 그만큼 믿음직한 사람을 찾을 때까지 그녀가 떠나지 않도록 서류와 취업 허가서를 마련해 주었다. 그녀를 대체할 만한 사람은 없어! 집주인 남자가 말했다. 누구든 대체할 수 있어요. 집주인 여자가 말했다.

차고 위의 방으로 돌아왔을 때에도 단카의 얼굴 가득한 충만함은 전혀 줄어들지 않았다. 이제 그녀는 자신의 소리를 듣는 대신, 밤이고 낮이고 아들의 소리에 귀를 기울였다. 일 주일 만에 일을 다시 시작했고, 어딜 가든 올렉을 데리고 다녔다. 집주인의 다섯 살짜리 딸은 자기도 아기를 갖고 싶다고 말했다. 이런 아기. 꼬마는 단카가 올렉에게 젖을 물리는 것을 지켜보았다. 그러고는 아이 키우는 고민을 함께 나누려는 듯이 제 머리를 단카의 어깨에 기댔다.

파리의 폴란드 친구들이 모이면 서로 올렉을 안으려 했다. 남자들의 손은 대개 붓거나 멍이 들고 시멘트에 거칠어졌으며, 여자들의 손은 끝없는 다림질과 설거지에 지나치게 시달린 나머지 거의 분홍색으로 보일 때가 많았다. 다들 커다란 손이랑 회청색의 눈동자가 똑같다며 아이가 미렉을 닮았다고 입을 모았다. 그리고 이것 좀 봐! 어머 이것 봐! 귀도 똑같네. 어쩌면 아버지인 게 자랑스러웠던 미렉이 아들을 닮으려 했는지도 모른다.

다음 생에 다른 대륙에서 태어난다고 해도 틀림없이 폴란드라는 걸 알아볼 수 있는 그런 모임이 있을 거야. 그런 모임에 가게 된다면 말이야. 설사 내가 폴란드라는 곳이 어디 있는지 모른다 하더라도!

작은 방. 사람들은 벽에 등을 기대고 의자와 걸상과 삐걱거리는 침대에 걸터앉았다. 비좁은 방 한가운데 놓인 간이 침대에서 아기가 자고 있다. 사람들은 대화를 나누고, 뜨개질을 하고, 장황한 이야기를 늘어놓고, 소시지를 썰고, 값을 의논하면서도, 관심을 기울여야 하는 불이라도 지펴 놓은 것처럼 시선은 연신 아기에게로 향한다. 그러다 누군가 아기를 좀더 자세히 보려고 자리에서 일어난다. 불은 카메라의 뷰파인더에서 클로즈업으로만 볼 수 있는 홈비디오가 됐다. 아기가 자고 있지 않으면 들어 올려서 가슴에 안는다. 남자들의 행동도 여자들 못지않게 자신감에 넘치고, 굳은살이 박인 커다란 손은 포대기로 감싼 아기의 몸을 완전히 가린다. 이탈리아의 마리아는 당당하고 아기 예수는 경배받는다. 이곳의 축하는 조금 다르다. 불법 이민노동자들은 벽에 등을 기대고 앉아 꿈같은 승리에 놀라워한다. 물론 아기가 태어난 것은 놀랍기는커녕 기다려 왔던 일이다. 그런데도 그때마다 번번이 생명은 생명이고, 승리는 손에 넣는 순간까지 결코 확신할 수 없다. 아직 술을 다 마시지 않은 사람들은 괜히 술을 한 모금 들이키는데, 눈가가 촉촉하다. 그리고 너나 할 것 없이 멀리서 온 승리의 소식에 놀라워한다.

올렉은 조그만 손으로 단카의 가슴을 누르며 젖을 먹고 또 먹어서 몸무게를 늘려 갔다. 그건 아기의 부모들도 마찬가지였다. 어쩌다 보니 영양식은 세 사람의 약속이 되었다.

어느 날 미렉이 말했다. 당신하고 나는 체중조절을 해야 해!

왜요?

그래야 웨딩드레스가 맞을 테니까!

그녀도 그 말이 맞다는 걸 알았기 때문에 얼굴을 붉혔다.

삼 개월만 시간을 줘요. 그녀가 말했다.

다 익은 채소를 믹서에 돌린다. 이건 손으로 돌려야 한다. 식당 선반의 수프 그릇 뒤에서 믹서를 찾아냈다. 접시를 아래에 받친 후 왼손으로 기계의 발을 식탁에 단단히 고정시키고 오른손으로 손잡이를 돌린다. 손이 작았을 때 어머니가 이렇게 하라고 가르쳐 주셨는데 생각보다 훨씬 힘들었다. 크면 괜찮을 거야. 어머니는 말했다.

결혼식에서는 보통 하객들이 널찍널찍하게 퍼져 있기 때문에 실제보다 더 많아 보인다. 장례식에서는 반대다. 그렇지만 노비 타르크에는 실제로 백 명의 하객이 참석했다.

단카는 침착하고 차분했다. 욕실에서 나오자마자 드레스를 입고 바로 교회에 들어선 것처럼 보였다. 그녀에게서는 신선한 기운이 발산됐는데, 몸에 익으려면 며칠이 걸릴 충만한 신선함이었다. 머리는 기다란 나뭇잎들을 넣어서 땋은 다음, 작고 단단하게 타래를 지어 전체적으로 잔디 위에 놓인 종달새 둥지 같은 왕관 모양을 만들었다. 교회로 들어서는 그녀는 머리부터 발끝까지 ―몇 시간 후면 바뀌겠지만― 온통 푸른 초원이었다.

미렉은 무척 밝은 색에 인도식으로 칼라가 곧게 선 양복을 입었는데, 햇볕을 쬐러 밖으로 나온 카지노 직원 같은 분위기를 풍겼다.

두 사람이 식장을 걸어 내려올 때, 시대와 장소를 막론하고 얼마나 많은 혼례가 똑같은 순간, 우물에서 물을 길어 올리는 이 순간을 거쳐 갔을까 궁금해졌다. (실직 상태인 노비 타르크 마을을 지나는 두 강의 이름은 검은 두나이차와 흰 두나이차다.) 신부는 우물에서 물을 길어 물주전자에 담아 어깨에 진다. 신랑은 그걸 눈치 챘을지도 모르지만 어떤 경우에도 보면 안 된다. 물주전자가 결혼사진에 찍히는 경우는 없다. 그건 뒤에서만 보이고, 그것도 오백분의 일 초만 눈에 띄기 때문이다. 우리는 순간적으로 단카의 어깨에 놓인 물주전자를 봤던 것 같다.

혼례의 집도를 맡은 사제는 젊었다. 마을의 인구는 사만 명이고, 사제는 열 명이다. 피치 못할 사정이 있지 않은 한 사순절이나 강림절 기간에는 결혼을 하지 않고 11월도 피하는데, 이 달에 결혼하는 부부에겐 불운이 따른다는 얘기가 있어서다. 결혼식이 으레 토요일인 건 그래야 피로연을 얼마든지 오래도록 할 수 있기 때문이다. 짐작컨대 젊은 사제는 일 년에 서른 번에서 서른다섯 번쯤 혼례를 집도할 것이다.

사제의 목소리는 또랑또랑하다. 눈매가 예리하고, 똑같이 반복되는 일이지만 아직은 무심해지지 않았다. 자신이 주례를 맡은 모든 결혼이 계산과 욕망과 두려움, 매수와 사랑이라는 결혼 계약의 본질들이 뒤얽힌 거미줄 속에서 합의에 이른 것임을 그는 알고 있다. 그러면서도 그는 매번 그 거미줄 속에서 순수함을 찾아내려 했다. 숲으로 들어가는 사냥꾼처럼 그는 순수함의 뒤를 밟아 그것을 굴 밖으로 꾀어내서 그 자리에 모인 모든 사람들, 그 중에서도 결혼하는 두 당사자가 그것을 인식하게 만들려고 했다.

쉽지 않은 일이었다. 드물게 남녀가 열렬히 사랑해서 다른 것엔 거의 관심이 없는 경우라 해도 반드시 쉽다고는 할 수 없었는데, 그럴 때는 열정적인 두 사람의 욕망이, 신이 저버린 게 분명한 이 세상의 잔인함에 맞서려는 공모인 경우가 많았고, 그런 모습을 바라보는 것은 사제 입장에선 위험을 무릅써야 하는 일이었다. 그가 쫓는 순수함의 조각들은 늘 존재했지만, 그의 노력을 힘들게 만드는 것은 몸을 드러낸 순수함이 번번이 다시 숨어 버린다는 사실이다. 데스피나와 늑대의 경우처럼 순수함에 가만히 접근하기란 힘들다. 쇼팽은 몇 곡의 마주르카에서, 사포는 몇몇 시에서 성공을 거뒀다.

그리고 지난 토요일, 노비 타르크의 젊은 사제는 임무를 완수했다. 한순간 그는 찬란히 빛났다. 아마 그가 찾아낸 순수함, 굴 속으로 도망쳐 들어가지 않은 그 순수함은 열 달 된 올렉에게 깃들어 있었을지도 모른다. 엄마와 아버지처럼 흰옷을 입은 올렉은 잠도 자지 않은 채 교회 뒤쪽에 앉아 연단을 향해 미소를 짓는 단카의 언니 품에 얌전히 안겨 있었다.

삶은 달걀 위에 차가운 수돗물을 틀어 놓고 껍질이 잘 벗겨지도록 두 손바닥 사이에서 가볍게 굴린다.

주위에 모여 있던 사람들이 물러나고, 신랑과 신부는 라디오 안테나와 문고리에서 흰 깃발이 펄럭이는 첫번째 차에 올라탔다. 뒷자리의 미렉 옆에서 무릎에 올렉을 앉힌 단카는 시원한 바람이 들어오도록 창문을 조금 열었다. 뒤따르는 차들은 어서 음악과 춤을 즐기고 싶은 마음에 경적을 울려댔다. 미렉의 친구들은 대부분 결혼생활을 이십 년쯤 한 사람들이기 때문에 부부생활의 어려움과 침묵에 익숙했다. 조금 있으면 음악이 처음의 약속을 일깨워 줄 것이다.

피로연은 신발 공장의 구내식당이었던 곳에서 열렸다. 몇몇 하객들은 걸어서 가기로 했다. 불과 이 킬로미터 남짓한 거리인 데다 날도 좋고 서두를 까닭이 없었기 때문이었다. 걸어가는 행렬 중에 검은 눈동자의 마른 여인 한 명이 섞여 있었다. 열매라는 뜻의 야고다라는 이름을 가진 그 여인은 십 년 전 젊었을 때 부르던 노래를 흥얼거렸다. 같이 걷던 사람이 나뭇가지를 뚝 꺾어서 지휘봉 삼아 흔들며 야고다와 함께 노래를 불렀다.

국경 초소에서 볼 수 있는 붉고 하얀 막대 같은 검문대 앞에서 차

들이 멈춰 섰다. 보초병 세 명의 동작은 알코올중독 노인네들의 꼭
두각시 인형 같은 움직임을 연상시켰다. 또 다른 세 명은 실직한 청
년들이었고, 시비 거는 법을 터득해 가고 있었다. 강탈과 농담이 처
음에는 그리 다르지 않다.

미렉은 차에서 내려 보드카 여든 병이 담긴 트렁크를 열고 두 병
을 건넸다. 한 병 더! 여부가 있나. 양쪽 모두 빙긋 웃었다. 그리고
그 웃음 뒤에는 어느 누구라도 빨아들일 수 있는 심연에 대한 인식
이 자리 잡고 있었다.

다진 꽹이밥을 뿌렸더니 수프가 녹색으로 변한다.

신혼부부와 처음 한 무리의 하객들이 도착했을 땐 악사 두 명이 연
주를 하고 있었다. 헛간만한 크기의 공간에 탁자 열두 개를 한쪽만
둥글게 이어서 말굽 모양으로 배열하고, 다른 쪽 끝에 사인조 —피아
노, 드럼, 기타, 그리고 가수— 악단이 자리를 잡았다. 그 사이에 타
작마당만하게 춤을 출 자리가 마련됐다. 어깨를 드러내고 바지를 입
은 가수는 소문자 'i'처럼 가냘프고 작았다. 성량이 지평선처럼 넓
기로 정평이 난 가수였다. 들어오다 그녀를 본 몇몇 하객들이 입을
벌리지 않은 채 혀끝을 살짝 내미는 모습은, 밤새도록 멈추지 않기를
바라는 관악기의 리드를 남몰래 시험해 보는 것 같았다. 노비 타르크
에서 그녀는 클라리넷이라는 이름으로 통했다. 그녀는 하객들이 모
두 도착해야 비로소 떠는 목소리로 노래를 부를 것이다. 그 동안에
그녀는 타트라 산맥 출신의 드럼 주자와 춤을 췄다. 그는 거구의 사
내였는데, 춤을 통해 차츰 둘의 체구가 달라졌다. 클라리넷은 대문
자 'I'만큼 커졌고, 거대한 드럼 주자는 날씬해졌다. 이들의 이런 행

동은 그날 저녁에 일어난 변모의 첫번째 신호탄이었다.

샴페인이 마련되어 있었다. 옆으로 누인 안장 주머니 같은 폴리에틸렌 통에는 수도꼭지 마개가 달려 있어서 이걸 사십오 도로 틀면 와인이 콸콸 쏟아졌다. 동물원 마을에서 만든 맥주는 웨이터에게 주문을 해야 커다란 잔에 담겨 나왔다. 테이블마다 마개를 딴 보드카 네 병이 놓여 있고, 밤이 새도록 병이 빌 때마다 새것으로 교체되었다. 병에는 짙은 녹색의 바이슨 그라스 줄기가 하나씩 들어 있었는데, 이건 버베인이라는 허브와 비슷한 풍미를 지녔다. 미렉은 결혼식에 쓸 보드카를 일 주일 동안이나 물색했다.

이런저런 얘기를 하다가도 우리의 시선은 단카에게 옮겨 갔다. 그녀가 돋보여서라기보다 드레스의 하얀색과 그것이 차지하는 부피 때문이었다. 떠오르는 달. 어쩌면 상체를 감싼 수천 겹의 은실과도 관련이 있었을지 모른다. 하지만 테이블 앞에 앉은 그녀의 손, 그리고 하얀 팔뚝과도 관련이 있었다. 그 손은 최근에 연인과 어머니라는 두 가지 역할의 동작을 익혔다. 다정함이 깃들어 있다는 것은 둘 다 마찬가지였지만, 그러면서도 철저하게 정반대였다. 어머니의 손짓은 안심시키고 차분하게 만들지만, 연인의 손짓은 자극하고 흥분시킨다. 테이블보 위에 얌전히 놓인 손은 방금 전 오후에 빵 반죽을 했던 것처럼 보였다! 그러나 그녀의 손가락은 사냥감을 놔 버렸다. 단카의 손가락은 달빛 같은 은실보다 더 반짝였고, 그것이 그녀를 반짝이게 했다.

아이들은 자신들이 지니지 않은 순수함을 가장하며 춤을 추기 시작했다. 음악에 맞춰 춤을 추는 사람은 그 누구도 순수하지 않다. 아이들을 쳐다보던 중년의 하객들은 욕망과 일정한 거리를 둬야 했던 자신의 젊은 시절을 떠올렸다. 그런데 지금은 손에 넣을 수 없을 때

207

조차 욕망의 대상이 너무 가까웠다. 그 거리를 변화시키려면 —그리고 이것이 음악의 리듬에 담긴 끝없는 도발이었는데— 그 거리를 변화시키려면 자리에서 일어나 춤을 추는 수밖에 없었다. 그래서 몇 쌍이 일어나 춤을 췄다.

식사가 시작되고, 식탁에서 오가는 얘기들은 폴란드 왕국에 잠시 들르기 위해 고향으로 돌아온 여행자들의 얘기였다. 보드카 한두 잔을 마셨더니 바깥의 숲 언저리에 수백 명의 기수들이 타고 온 말이 묶여 있을 것만 같았다.

그들은 일자리에 대해, 사랑의 허상에 대해, 시카고에 사는 사촌들과 교황 카롤 보이티야의 건강에 대해, 물가와 나무 전염병, 나이 드는 것, 그리고 자신들이 죽어도 잊지 않을 노래에 대해 이야기하고 있었다. 화제가 놀이로 바뀔 기미가 보이면 언제나 그렇게, 그 놀이를 했다.

요리는 희소식처럼 차례차례 나왔다. 한 가지 요리가 나온 다음에는 술을 마시고 춤을 추고 이렇게 많은 희소식이 들려올 희박한 확률을 따져 보며 잠시 숨을 돌렸다. 그곳에 모인 사람들은 끔찍한 소식이 한꺼번에 들이닥친다는 것을 다들 알고 있었다.

클라리넷이 노래를 불렀다. 이 세상의 노래는 대부분 슬프다. 전부 돌이킬 수 없이 끝나 버린 얘기들이다. 그렇기는 해도 노래를 부르는 것보다 현시적이며 반항적인 것은 없다.

머리카락은
모든 것을 가리는 최후의 장막
공허 앞에 드리운
간발의 거리

머리카락은
동트기 전의 작별인사
흰색 앞에 펼쳐진
끝없는 암흑

내 안에서 찾아요
내 안에서 당신을 위한
나의 밝음을

노래가 끝났을 때 제일 먼저 입을 연 사람들은 침묵을 제일 못 견디는 사람들이었다.

수프의 간을 보고 소금을 조금 더 친 다음 달걀 껍질을 벗긴다. 껍질은 갈색 광대의 코처럼 벗겨진다.

미렉과 단카가 단 둘이 춤을 출 시간이 됐다. 올렉은 간이 침대에서 잠이 들었다. 아이는 사진을 통해서만 이 결혼식을 기억할 것이다. 알 수 없는 일이다. 아이의 부모는 단 둘이서만 타작마당으로 걸어 나갔다. 모두가 지켜봤다. 단카의 어깨 끈에 달린 비단 장미는 어깨에서 미끄러질 태세였고, 주름치마에 달린 장미 장식은 그녀가 몸을 돌릴 때마다 펄럭거리는 바람에 끝없이 휘날렸다. 모두가 지켜봤다. 신혼부부의 모습은 많은 기억을 되살려냈고, 사람들의 머릿속에 똑같은 질문이 떠오를 때도 많았다. 시간이 변화시킨 것은 허상이었을까? 음악은 그 나름의 대답을 들려줬다. 왁자지껄한 목소리들에서는 또 다른 대답이 들려왔다.

신부는 더 이상 푸른 초원의 모습이 아니었다. 목은 풍만한 가슴에서 곧게 솟았고, 활짝 펼친 날개는 바닥을 쓸었다. 그녀는 흰 기러기였다. 그녀의 하얀색은 점점 커졌다. 마침내 춤이 끝나고 땀에 젖은 살을 번득이며 만찬을 계속하기 위해 자리로 돌아왔을 때, 많은 하객들은 자신들도 춤을 추고 왁자지껄한 소리가 아닌 음악의 대답을 공유할 수 있도록 음악이 다시 시작되길 조바심치며 기다렸다.

나는 자리에서 일어나 헛간을 가로질러 갔다. 악사들 앞을 지날 때 타악기의 리듬이 전해져 왔다. 밖으로 나가 숲 언저리의 나무들 사이를 걸어갔다. 말들은 묶여 있지 않았다. 색소폰을 든 사내가 다가왔다.

안녕하시오, 동지. 그가 말했다.

그 말을 듣자 그가 누군지 알 수 있었다. 펠릭스 베르티에였다.

그는 내가 사는 마을의 브라스밴드 단원이었다. 따로 소속된 곳 없이 일을 받아 페인트칠을 해주는 게 직업이었다. 그는 모든 사람을 동지라고 불렀다. 교구 목사건, 시장이건, 파시스트에게 투표한 빵 장수건, 장의사와 학교에 가는 아이까지도 그렇게 불렀다. 그 인사에는 조롱이 아닌 미소를 곁들였는데, 마치 상대방을 들어 올려서 그 호칭이 딱 들어맞는 다른 시공간으로 옮겨 놓는 것 같은 미소였다.

해마다 5월의 예수 승천 목요일이 되면 브라스밴드는 마을 외곽 부락을 찾아가 연주를 한다. 순번을 정해서 찾아가기 때문에 각 부락을 오륙 년에 한 번씩 찾게 되고, 주민들은 연주가 끝났을 때 먹을 다과를 준비한다. 잎사귀가 완전히 돋지 않았을 때라 음악은 벌판 너머 멀리까지 퍼진다. 연주곡들은 익숙한 전통음악이다.

연주가 끝나면 펠릭스는 놀 두 잔을 벌컥벌컥 마시고는 악단의 모자를 삐딱하게 기울여 멋을 부리고 헛간과 측간들 사이, 또는 작은 예배당 주변을 돌아다니면서 듀크 엘링턴처럼 연주를 하곤 했다. 몽유병자처럼 천천히 걸어 다녔는데, 사람들이 길을 비켜 주는 건지 아니면 음악이 열어젖히는 길을 스스로 찾아가는 건지는 분간하기 어려웠다. 펠릭스야말로 다른 시공간을 걷고 있는 것처럼 보였다. 그의 눈이 미소를 담고 있었던 건 그 때문이었다. 그가 자기 나름의 방식으로 그 자리에 있는 이들을 위해 연주를 한다는 데에는 의심할 여지가 없었다. 밴드의 다른 사람들은 그를 애써 멀리했다. 단장은 화가 나서 눈을 하늘로 치켜뜨곤 했지만, 예수 승천일임을 감안해서 꾹 참았다.

펠릭스, 오늘 밤에 내 친구의 결혼식에서 연주를 해줄 수 있겠나? 내가 물었다.

동지, 내가 왜 왔다고 생각하시오? 그는 이미 색소폰을 들고 연주할 자세를 잡고 있었다.

십오 년 전 어느 토요일 밤, 연주를 하며 집으로 가던 펠릭스는 이웃 마을의 대로에서 차에 치어 목숨을 잃었다.

세월이 흐르면서 그가 페인트칠을 했던 집과 도배를 했던 방은 새로 단장을 해야 했고, 그러려면 우선 그가 했던 작업을 벗겨내야 했다. 그러자 도배를 하거나 페인트를 칠하기 전에 그가 커다란 붓으로 벽에다 이런 글을 흘겨 써 놓았음이 곳곳에서 발견됐다. **이윤은 똥이다. 가난한 자가 천국에 간다. 정의 만세!**

자정이 지났을 때 펠릭스의 알토색소폰 소리가 들렸다.

몇 시간 전에 젊은 사제가 그랬듯이 음악은 순수함을 모색하고 있었다. 물론 같은 것은 아니다. 음악이 찾는 것은 욕망의 순수함, 갈망과 약속의 중간에 놓인 어떤 것이었다. 삶의 가혹함을 견뎌낼 수 있다는 ―또는 어떤 식으로는 이겨낼 수 있다는― 위안의 약속.

당신을 쏘려는
총알은 내 몸을
지나야 하리.

클라리넷의 목소리는 우주 공간에 가 닿았고, 음악은 상처의 피를 멎게 해주는 순수함을 성취했다.

헛간에 있던 모든 사람들은 상처 없는 삶은 살아갈 만한 가치가 없다는 사실을 되새겼다.

욕망은 덧없다. 몇 시간이든 한 생이든, 둘 다 덧없다. 욕망이 덧없는 이유는 영속적인 것에 대한 반항에서 생겨나기 때문이다. 그것은 죽을 때까지 싸우며 시간에 도전한다. 그리고 춤이 바로 그 도전이다.

그곳에는 단 한 명의 신부와 단 한 명의 신랑만이 있었지만, 결혼식은 수백 건이었다. 기억 속의 결혼식, 실제 결혼식, 후회로 되새기는 결혼식과 상상 속의 결혼식.

새벽이 되자 결혼 피로연의 소리가 달라졌다. 더 젊어졌다. 나이든 하객들은 더 늙어 보였다. 나도 마찬가지였다. 아이들 몇 명은 벽에 붙은 긴 의자 위에서 잠이 들었다. 올렉은 침대 안에서 손가락을 펼친 채 미동도 없었다. 빈 보드카 병이 담긴 상자는 점점 무거워졌다. 후줄근해진 악사들이 밤의 통치자가 됐다. 웨이터는 주방으로 가는 길에 잠시 걸음을 멈추고 춤을 췄다.

사방에 흰색이 더 늘어났다. 남자들은 겉옷을 벗고 타이를 풀었다. 신발을 벗고 맨발인 여자들도 있었다. 티 없이 깨끗한 셔츠와 진주색 양복 차림의 미렉은 여전히 말쑥했다. 단카는 설탕을 입힌 웨딩케이크 앞에 서 있었다. 단 위에 올려놓은 케이크의 높이가 단카의 키만했다. 그러고는 파리에서 아침마다 주인집 침실의 블라인드를 걷고 협탁에 커피를 내려놓을 때처럼 권위있는 동작으로 웨딩케이크의 첫 조각을 잘랐다. 그리고 하객들이 모두 케이크 한 조각씩을 먹자 흰 모든 것이 더 밝게 빛났다.

바로 그때 손을 앞으로 뻗은 남자 열두 명이 단카에게 다가와서 미렉을 데려갔다. 그들은 타트라 산맥에 사는 건장한 구랄리(폴란드 오지의 소수민족—역자) 부락 남자들이었다. 누가 알까, 단카가 실직 상태인 노비 타르크 마을에서 결혼식을 올리겠다고 주장한 이유가 어쩌면 그 사람들 때문일지. 그들은 함께 노래를 부르기 시작했다. 악사들은 한마음으로 조용해졌다. 그들은 저음의 목소리로 화음을 넣어 노래했다.

쓰디쓴 일들은 잊어버려요
지금은 서로를 포옹할 시간.

그들은 노래를 부르면서 미렉과 단카를 들어 올려 팔뚝 가마에 앉혔다. 두 사람은 어깨 높이의 선반에 비스듬히 올라앉은 자세가 됐다.

지금은 서로를…

이 부분을 부르면서 팔을 튕겨 두 사람을 하늘 높이 던져 올렸다. 우리는 그 모습을 보려고 목을 길게 늘였다. 두 사람 사이의 거리는 가까웠다. 손을 뻗으면 상대의 성(性)에 닿을 수 있었다. 그녀의 치마가 구름처럼 부풀어 미렉의 발을 덮었다. 머리 위로 솟구친 미렉의 한쪽 손은 볼륨을 줄이려는 듯했다. 두 사람은 아래서 기다리던 구랄리 남자들의 팔 위로 거의 동시에 함께 떨어졌고, 그들은 두 사람을 사뿐히 받았다가 다시 튕겨 올렸다. 두 사람이 하늘에 떠 있는 시간은 매번 조금씩 길어졌다.

몇 시간 후인 아침 열한시에 신혼부부와 서른 명의 하객이 중앙광장에서 만났다. 대부분 노비 타르크에서 유명한 아이스크림콘을 먹고 있었다. 그런 다음 '바다의 눈'이라고 불리는 호수를 보러 떠났다. 모르스키에 오코 호수.

실제로 일어나는 것이 꾸며낸 것보다 더 놀랍다.

1980년대초에 노비 타르크의 신발 공장에서 일을 한 두 친구가 있었다. 한 사람의 성은 가난하다는 뜻의 비에다이고, 또 한 친구의 성은 부자라는 뜻의 보가치였다. 하루는 노동조합 회의를 마친 후 —자유노조인 솔리다르노시치가 막 출범했을 때였다— 조모 순찰대의 검문을 받게 됐다. 조모는 폭동진압 경찰이었다. 이름이 뭐야. 비에다가 이름을 밝히자 건방지다며 머리를 두들겨 팼다. 보가치의 차례였다. 이름? 저는 이름이 없습니다. 이름이 없으시다, 어? 그 역시 건방지다며 머리가 깨지도록 두드려 맞았다. 이름을 대! 부자입니다. 어쭈, 너희 지금 짜고서 이러는 거지, 틀림없어. 경찰이 말했다. 가난뱅이와 부자! 그러고는 진실을 말할 때까지 감옥에 처넣었다.

214

숲을 지나 호수까지 가는 길은 세 시간이 걸렸다. 여름이라 같은 길을 거니는 사람들이 남녀노소 할 것 없이 많았다. 호수에 도착한 우리는 가장자리의 큰 돌 위에 앉아 너무나도 잔잔한 수면 너머로 산봉우리를 바라봤다. 우리가 바라보는 방향에는 인위적인 것이 하나도 없었다. 주위에 있는 천여 명의 사람들도 너무나 조용했다. 무슨 공연이라도 지켜보는 듯했다. 우리는 샌드위치를 먹었다. 단카는 올렉에게 젖을 물렸다. 미렉은 송어를 움켜잡을 수 있겠다 싶은 곳을 가리켰다. 밀렵꾼다운 목소리로 그가 말했다. 저기 저 바위 아래야. 모두들 이걸 보러 와서 행복한 듯했다. 하지만 구체적으로 뭘 봤던 걸까? 쥐라기에 형성된 산맥과 호수에 비친 산의 모습이었을까? 아니면 가장자리를 핥는 물조차 흔들리지 않는 수면의 잔잔함이었을까?

부엌에서 시미에타니에를 그릇에 부으며 과연 뭐였을까 생각해 본다. 시미에타니에의 시큼함은 우유보다는 섹스의 맛이다. 내 생각엔 우리가 모르스키에 오코 호수에 갔던 건 시간이 우리 없이 이룬 것들을 보기 위해서였던 것 같다.

다음 날, 흰 두나이차 강둑의 풀밭에서 모닥불을 피우고, 몇 세기가 흘러도 끄떡없는 진흙 그릇을 굽듯이 흙 속에 감자를 묻어서 구웠다. 우리는 뜨거운 감자에 비엘리치카 광산의 소금과 단카의 어머니네 텃밭에서 뽑아 온 양고추냉이를 곁들여 먹었다.

밤이 내리고 있다. 무슨 사정이 생겼는지 늦어지는 모양이다. 미렉의 휴대폰으로 전화를 해 볼 수 있지만, 하지 않는다. 댓돌이 없는 이 집처럼 나도 기다리는 게 좋다. 나는 그네와 안락의자가 있는 방으로 간다.

한쪽 구석 탁자에 놓인 램프가 희미하게 피시식 소리를 내며 꺼진다. 전구가 나간 것 같지만 갈아 끼울 수는 없을 것이다. 탁자 위에는 누렇게 변한 신문들이 쌓여 있는데, 날짜가 1970년대인 것도 보인다. 그리고 미렉이 산림연구원 일을 시작했을 때 사용했던 것 같은 나침반과 못이 담긴 커피 깡통도 있다. 탁자에는 서랍이 달려 있다. 나는 혹시 램프에 갈아 끼울 전구를 찾을 수 있을지 모른다는 부질없는 바람을 품고 서랍을 열어 본다. 책들, 폴란드 소설책들뿐이다. 그 아래로, 맨 밑바닥에는 표지에 여자 사진이 실린 얇은 팸플릿이 있다. 나는 물론 그녀를 안다. 불투명한 벽 너머에 있는 것을 꿰뚫어 보는 듯한 시선, 놀란 아픔과 굽히지 않는 결연함이 담긴 표정. 살짝 절뚝거리는 걸음걸이가 눈에 보이고, 폴란드어, 독일어, 러시아어로 말하는 그녀의 목소리, 독재 경찰에 체포될 위험에 처했기 때문에 바르샤바를 떠나야 했던 열여덟 살의 목소리, 덕망 높은 예언자 같은 말을 할 때조차 끝내 잃지 않았던 그 앳된 목소리가 귀에 들린다.

로자 룩셈부르크. 내가 그녀를 처음 만난 건 내 나이 열여섯 살때, 그녀가 세상을 떠난 지 이십 년도 더 지났을 때였다. 그녀는 보게나가 아버지의 연금 때문에 당국에 항의하러(헛수고였지만) 갔던 이 근방의 자모시치에서 태어났다.

『중앙집권제와 민주주의』라는 제목의 팸플릿이 어떤 연유로 이 서랍 속에 들어왔을까? 더 의아한 건 불어로 씌어진 팸플릿이라는 사실이다. 하지만 그녀와 그녀의 글, 그녀의 상상력은 은밀함과 은밀한 이동에 익숙했다. 먼 고장의 서랍 속에 감춰지는 건 충분히 예상했던 일이었다.

1904년에 작성된 팸플릿은 마지막 구절에서 이렇게 주장한다. 역사상 최초로 러시아 노동자들의 집단 운동이 진정한 민중의 의지를 실현할 도구가 될 기회를 맞았다. 그러나 보라! 러시아 혁명론자들은 자아에 눈이 멀어 이성을 잃었으며, 그러면서도 고귀한 중앙위원회의 전능한 역사적 영도력을 또다시 운운하고 있다. 그들은 상황을 거꾸로 뒤집어 놓고도 오늘날 혁명적 지도력을 발휘할 유일하게 타당한 주체가 노동계급뿐이라는 걸, 실수를 저지르며 그 과정에서 역사의 변증법을 터득해 갈 권리를 원하는 그 노동계급의 자아뿐이라는 걸 깨닫지 못한다. 이 점을 분명히 하자. 혁명적 노동운동이 저지른 실수는 소위 중앙위원회라는 곳이 지닌 무오류의 확실성보다 훨씬 소중하고 비옥하다는 것을.

밖은 완전히 어둡고, 멀리서 쏙독새 울음소리가 들린다. 염소 가죽일 수도 있는 얇은 가죽에다 굽은 납작하지 않고 발목이 길며 끈을 묶는 검은색 신발을 신은 로자는 ─독일 동지들 중엔 그녀의 신발 취향이 독특하다고 생각한 사람들도 있었다─ 그네에 앉아 더도 덜도 아닌 이십 센티미터라는 최소한의 거리를 오가면서 괘종시계의 추처럼 규칙적으로 움직인다.

죽음에 처한 상황을 떠올리고, 또다시 떠올리기 위해. 1918년 12월의 마지막 며칠을 남겨 두고 그녀는 칼 리프크네히트와 독일 공산당을 결성했다. 그들은 이 주 후에 베를린에서 체포되어 에덴 호텔로 끌려가 심문을 받고 구타를 당한 후, 기갑부대 장교들에 의해 모아비트 감옥으로 이송된다며 짐짝처럼 자동차에 실렸다. 그러나 실제로 두 사람은 베를린 동물원에서 살해됐다. 그녀는 머리가 깨진 채 란트베르 운하에 버려졌다.

나는 그네를, 그리고 그녀의 무성한 머리숱을 바라본다.

베를린 동물원은 식물원에서 멀지 않다. 죽기 칠 개월 전, 로자는 브로츠와프 감옥에서 소피 리프크네히트에게 편지를 썼다.

소니치카, 편지를 받고 너무나 기뻐 바로 답장을 씁니다. 이제 식물원에 가는 기쁨과 위안을 알게 됐군요! 좀더 자주 다녀야 해요. 느낌을 너무나 생생하게 적어 줘서 당신의 기쁨이 고스란히 전해 옵니다. 네, 나무에 꽃이 피면 루비처럼 붉은 색이 되는 소나무의 미상 꽃차례를 저도 알아요. 그 붉은 꽃차례가 솔방울이 맺히는 암꽃이고, 솔방울이 무거워지면 가지가 바닥으로 휘어지죠. 그 옆엔 눈에 덜 띄는 연노랑색의 수꽃이 있는데, 거기서 황금색의 꽃가루가 날려요. 안타깝지만 제 창문에서는 멀리 있는 나무의 이파리들만 보이고 반대편 벽 너머의 나무 꼭대기만 간신히 볼 수 있어요. 그나마 보이는 형태와 색으로 나무의 종류를 짐작해내려 하는데, 전체적으로 실수는 거의 안 한다고 믿어요.

이제 그네는 조금의 흔들림도 없이 잠잠하고 앉음판은 한번도 움직이거나 누가 앉은 적이 없는 것 같은 각도로 걸려 있다.

내일은 집 뒤의 배나무를 휘감고 오르는 미나리 덩굴을 그릴 생각이다. 그 배는 익으면 불그스름해지고, 과육에서는 어딘가 노간주나무 열매 맛이, 그리고 껍질에서는 비에 젖은 석판 맛이 난다.

로자는 새를 사랑했다. 그 중에서도 거리와 지붕 위를 떼지어 날아다니는 도시의 찌르레기들을 사랑했다. 로자 본인은 홍방울새였다. 독일어로는 '헨플링'이라고 하는데, 다정함과 예리함을 연상시키는 이름이다. 나는 두어 시간 전에 축축해진 솜이불을 빨랫줄에 널러 나갔다가 미나리 덩굴을 봤다. 꽃이 유난히 크고, 검정에 가까울 정도의 푸른색에 보랏빛이 살짝 감돌았다. 검은색 잉크에 침과 소금을 섞어서 그릴 생각인데, 그러면 잉크에 붉은 기가 돈다. 그림이 흡족하게 완성되면 방금 서랍 속 소설책들 밑에 다시 넣은 팸플 릿 사이에 끼워 둘까 한다.

한 줄기 빛이 길 저편의 텃밭을 밝힌다. 처음에는 기다란 콩줄기 만큼 높더니 차츰 근대 높이로 내려가면서 스르르 자취를 감춘다. 어둠은 더 까맣다. 그러다가 더 밝아진 빛줄기가 다시 나타난다. 자 동차의 헤드라이트다. 그들이 도착했다.

세 사람이 집에 들어서자 금세 집이 커졌다. 지붕이 날개를 펼쳤 다. 혼자 살 때 집은 오그라들고, 아무도 살지 않을 때는 더 심하다. 단카는 올렉을 품에 안았고, 삐걱거리는 주랑에서 문지방을 넘어 식당으로 들어설 때 둘은 똑같은 미소를 지었는데, 아무도 설명할 수는 없었겠지만 마치 두 얼굴이 하나의 감정을 담아내는 듯했다.

미렉과 나는 차에서 짐을 내리기 시작했다. 차에는 마분지 상자, 쇼핑백, 접이식 유모차, 간이 침대, 옷가방, 보온병, 살구 상자, 그 리고 마지막으로 옷걸이에 걸려 비닐백 속에 얌전히 담긴 웨딩드레 스가 있었다. 지붕에는 관과 카약의 중간쯤 되어 보이는 스키 함이 부착되어 있었다. 파리에서 누가 길에 내버린 걸 미렉이 가져다 손 을 본 것이다.

떼어내세. 미렉이 말했다. 하지만 그 속에 있는 짐을 풀지는 않을 거야. 바르샤바 물건만 가득 차 있거든.

그들은 댓돌이 없는 집에서 긴 주말을 보낸 다음, 루블린을 거쳐 계획했던 대로 새로운 결혼생활을 시작하기 위해 바르샤바로 갈 예 정이었다.

단카는 아들을 안고 집안을 돌아다녔다. 그녀는 뭘 봐도 놀라는 것 같지 않았다. 서두를 것도 없었다. 창문을 열려고 했지만 실패했다. 마침내 사냥꾼의 사진이 걸려 있는 방으로 돌아온 그녀는 이렇게 말했다. 크네요.

올렉은 내리고 싶어했다. 바닥에 내려선 올렉은 엄마의 손을 잡고 걸음마를 하며 불안정한 한 걸음 한 걸음이 모두 도착점인 양 만족에 겨운 웃음을 까르르 토해냈다. 나방 한 마리가 날아다녔다. 올렉은 발을 헛디뎠고, 엄마가 잡고 있지 않았다면 넘어졌을 것이다. 천천히. 단카가 조용히 말했다. 천천히 한 걸음, 천천히 두 걸음…

아이가 바닥에 주저앉자 그녀는 손으로 나방을 잡아 아이에게 보여주고는 현관 밖으로 날려 보냈다. 치마(ćma, 폴란드어로 나방이라는 뜻―역자)! 그녀가 말했다. 치마!

결혼식 이후로 단카에겐 또 다른 시간감각이 생겼다. 며칠 전까지만 해도 까마득히 먼 미래였던 시점에서 현재를 돌아보는 걸 이제 상상할 수 있었다. 그녀는 올렉이 아버지가 되고, 미렉과 자신에게는 손자가 생긴 것을 상상할 수 있었다. 그녀는 미래의 시점에서 자신을 돌아보며 질문을 하고 있었다. 누구에게 했는지는 알 수 없었다.

잊지 않았지? 기억하고 있지? 미렉과 내가 결혼한 지 닷새가 됐어. 노비 타르크에서부터 차를 몰고 처음 보는 집에 도착했어. 미렉은 이 집이, 내가 태어나기 전에 살았던 전생에 속한 것처럼 얘기를 했고, 우리가 도착했을 땐 날이 어두웠는데 존이 수프를 만들어 놨어. 미렉은 버들 바구니에 타조알이 담겨 있던 방에 우리가 쓸 커다란 침대를 꾸미고 있었는데, 미렉과 내가 단 둘이서 오붓한 시간을 보내는 건 열흘 만에 처음이었어. 얼마나 많은 것들이 앞에 놓여 있는가를 깨닫자 행복했어, 두 배로 행복했어. 한 여자가 내 웨딩드레스를 입었는데 벗었을 땐 둘이었어. 나는 적갈색의 곱슬머리였어,

기억해? 그리고 미렉을 사랑하며 살겠다고 생각했지. 그는 사랑받아 마땅한 사람이니까. 그거야말로 그때 내가 가장 깊이 알고 있던 것 중에 하나였고, 올렉은 건강하고 아주 튼튼했고, 나는 자랑스러웠어. 어느 날 아침에는 옷을 입히다가 올렉이 잘못 휘두른 팔에 눈을 맞아 멍이 들었지만, 열 달밖에 안 된 아이가 그렇게 건강하다는 게 자랑스러웠어. 그리고 생전 처음 보는 이 집을 걸어 다니면서 속으로 이렇게 말했지. 상관없어, 얼마나 오랜 시간이 걸리고 얼마나 많은 일을 해야 한다고 해도 괜찮아. 마침내 집이 다 완성될 때까지 방을 하나씩 차례차례 꾸미느라 ─집에 완성이라는 게 있을까─ 몇 년을 이 방에서 저 방으로 전전해야 한다고 해도 상관없어. 나는 처음부터 여기서 영원히 살고 싶었어. 기억나? 그날 저녁에 그런 확신이 든 게 무엇 때문인지는 모르겠어. 어쩌면 당신이 다 괜찮을 거라고 말했기 때문인지도 몰라. 어쩌면 그 말이 내게 자신감을 줬을지도 몰라.

옷을 갈아입혀야겠네. 그녀가 소리 내어 말하며 올렉을 안아 올렸다.

나는 상을 차릴게요. 내가 말했다.

식탁은 아주 길었다. 그건 위원회의 회의를 위한 테이블이지 식사를 위한 식탁이 아니었다. 삼분의 이는 집을 떠나면서 무심코 남겨뒀던 것들, 또는 도착하면서 되는 대로 내려놓은 것들로 어지러웠다. 옷가지와 연장들, 밧줄 뭉치, 세숫대야, 종이가방, 모자. 부엌에 가까운 쪽이 좀 덜 어지러웠고, 먼지에 덮여 있었다. 식탁을 닦은 후 마늘빵과 날청어, 미렉이 가져온 버섯 피클을 올려놓았다. 부엌에서 김이 솟는 냄비와 국자, 그리고 달걀도 가져왔다. 국자로 수프를 떠서 그릇에 담고, 반으로 가른 달걀을 두 쪽씩 넣었다.

폴란드에서는 괭이밥 수프를 '시차비오바'라고 한다. 그건 세상에서 제일 간단한 수프 중 하나이고, 어쩌면 바로 그런 까닭에 영양가가 높다는 점과 더불어 꿈을 자극하는 효과가 있는지도 모른다. 예를 들어, 추울 때 이 수프를 먹으면 몸이 따뜻해지면서 동시에 상쾌해진다. 시큼한 맛의 괭이밥 때문에 채소의 맛이 가볍고 강렬해진다. 보통 수프에서 볼 수 있는 것보다 훨씬 큰 달걀은 둥그스름하면서 단단한 맛을 지닌다. 맨 마지막에 넣는 사워크림은 두 가지 맛이 서로 스며들게 한다. 17세기에 브로츠와프에서 조금 떨어진 서쪽에 살면서 울 장갑을 팔았던 신발 장수 야콥 뵈메는 세상이 일곱 단계를 거쳐 끊임없이 생성된다는 주장을 펼쳤다. 첫번째는 시큼함이고 두번째가 달콤함이며, 세번째는 씁쓸함, 네번째는 따뜻함, 그리고 그에 따르면 따뜻함 뒤에 사랑이 오고, 그 다음에 소리와 언어가 뒤를 잇는다. 나는 따뜻함과 사랑 사이에 주파 시차비오바를 놓고 싶다. 이걸 먹으면 장소를 삼키는 듯한 기분이 든다. 달걀은 이곳의 흙 맛이고, 괭이밥은 이곳의 풀, 사워크림은 이곳의 구름 맛이다.

우리는 잠시 동안 아무 말 없이 식사를 했다. 단카는 수프를 떠서 후후 불어 식힌 다음 올렉에게 먹여 본다. 올렉이 맛있어 한다. 한입 먹을 때마다 아이는 까르르 웃으며 너무나 좋아했고, 단카는 입가에 묻은 수프를 닦아 줬다. 그때 미렉이 말했다. 내 오랜 꿈이 뭔지 알아? 파리에서부터 가졌던 거야. 가끔 건축현장을 오가다 교통체증에 걸렸을 때나 천장에 페인트칠을 하면서 생각하곤 했지. 내 꿈이 뭐냐면 작은 식당을 운영하는 거야. 자모시치의 아케이드 밑에서. 클 필요도 없어. 테이블 열두 개만 놓고, 전통요리에다 내가 직접 개발한 요리 몇 가지를 만들어 파는 거야. 닭이랑 토끼를 키우기 위해 조금 크게 만든 여기 이 텃밭에서 기른 채소와 과일로 말이야. 교통체증에 걸렸을 때 메뉴도 다 만들어 놨어! 미쳤지!

단카는 숟가락을 내려놓고 기러기 같던 신부의 모습으로 돌아가, 거역할 수 없을 태도로 그를 바라봤다. 그 꿈을 지금 실천에 옮기지 않으면 —그녀는 천천히 얘기했고, 짙은 녹색의 눈동자가 위로 올라갔다— 절대 못할 거예요!

미렉은 아무 말도 하지 않았다. 수프를 다 먹은 후에도 다른 얘기들을 나눴다. 아무 말도 오가지 않을 때에는 옆방에 있는 시계 소리가 들렸다.

올렉이 식사용 아기 의자에서 나오고 싶어해서 단카는 아기를 무릎에 앉히고 살구를 먹였다. 미렉은 식탁에서 의자를 떼어낸 다음 문을 열어 놓은 채 그네가 있는 방으로 들어갔다. 그러고는 올렉의 의자를 끈에 묶어서 너도밤나무 앉음판보다 높게 매달았다. 시험을 해 본 다음 매듭을 좀더 단단히 묶고 아기를 데리러 왔다.

의자에 앉은 올렉은 그 작은 손으로 줄을 움켜잡았고, 미렉은 커다란 손으로 의자를 부드럽게 밀었다. 아이는 그네를 탔다. 아이는 점점 더 높이 올라갔고, 그럴수록 더 좋아했다.

식탁에서 일어난 단카가 그곳에 서서 아들이 높이 솟았다가 다시 내려오는 걸 지켜보는 모습에서 두세 달 후면 그녀가 다시 임신을 할 거라는 속삭임이 들려오는 것 같았다.

의자가 내려오면 미렉은 아주 잠깐 동안 손에 잡았다가 약간 더 높이 들어 올린 다음 다시 밀어 줬다. 집은 이제까지 미렉이 한번도 보지 못했던 전혀 다른 모습으로 변했다.

소변을 보러 밖으로 나왔더니 쪽독새가 울고 있다. 쪽독, 쪽독, 쪽독. 멈추지 않고 그렇게 오래 우는 건 밤새들뿐이다. 새는 전보다 훨씬 가까이 있었고, 어쩌면 다리 옆 나무에 있는 것 같았다. 이제껏 소리만 들었을 뿐 쪽독새를 한번도 보지 못했던 터라 그곳으로 걸어갔다. 이 새의 소리를 처음 들었던 건 카멜리아와 함께 갔던 에핑 포레스트에서였다. 저 새는 밤새도록 벌레를 잡아먹어. 그녀가 말했다. 입을 어찌나 크게 벌리는지 꼭 기차가 지나가는 터널 같아! 발가락 한쪽은 끝이 톱날 같은데, 왜 그런지는 아무도 몰라.

밤이건 낮이건 카멜리아와 함께 나가면 늘 새로운 이름을 배웠다. 이 털북숭이는 뭐야? 흰줄나비 유충이야. 이 이끼는? 실크 우드. 이 매듭은? 감아 매기. 그럼 이건? 그건 네가 너무 잘 알잖아. 네 배꼽!

이름을 붙일 수 없는 것들도 많았다. 뒤집힌 배 같았던 그 방에서 나는 니스칠을 한 벽의 나뭇결이 이름 없는 것들의 지도 같다고 생각했고, 언젠가 쓸모가 있을지도 모른다는 믿음으로 그걸 외우려 했다. 이름 없는 것들의 왕국이라고 해서 형체가 없지는 않았다. 나는 그 속에서 내 길을 찾아야 했다. 단단한 가구와 예리한 물건들이 있고 칠흑처럼 깜깜한 방에 들어간 것처럼. 그리고 어쨌든, 내가 아는 대부분의 것들, 내가 가진 대부분의 예감은 이름이 없거나, 그 이름은 내가 아직 읽지 않은 세상의 모든 책만큼이나 길었다.

쪽독, 쪽독, 쪽독….

쪽독새가 있는 나무 밑에 움직이지 않고 가만히 서 있었더니 쪽독새가 다시 울기 시작한다. 그리고 이렇게 나무 밑에 서 있으니까 몇 가지 예감이 기억난다.

어디나 아픔은 있다. 그리고 어디나, 아픔보다 더 끈질기고 예리한, 소망이 담긴 기다림이 있다.

쪽독새가 입을 다물자 개울 저 아래쪽에서 또 한 마리가 화답한다.

셈을 하는 것은 세어지는 것 이외의 뭔가에 은밀히 다가가기 위한 방법이다.

숨과 칭의 소리는 같다.

자유는 친절하지 않다.

아무것도 완전하지 않고, 아무것도 완료되지 않는다.

아무도 이런 말을 하지 않았지만 나는 고든가에서 이걸 배웠다.

머리 위에 앉았던 쏙독새는 짝이 있는 곳으로 날아가고, 대기에 스며든 달빛 아래 새 꼬리의 흰 띠가 어렴풋이 보인다.

미소는 행복으로 우리를 초대하지만, 어떤 종류의 행복인지는 말해 주지 않는다.

인간의 특징들 중에서 제일 소중한 것은 부서지기 쉬움이다. 이게 없는 경우는 없다.

나는 쏙독새가 날아간 방향의 하늘을 가리킨다. 그리고 이건? 내가 묻는다.

그건 안드로메다 자리야. 카멜리아가 대답한다. 몇 번이나 말해 줬잖아.

천천히 집으로 걸어갔다. 공포에 휩쓸리지만 않으면 어둠은 서두름을 늦춰 주는 경향이 있다. 어둠 속에는 시간이 더 많다. 창문에는 불이 하나도 켜 있지 않다.

콘크리트 단 위에 올라서서 삐걱거리는 현관을 더듬더듬 걸어갔다. 전등 스위치는 켜지 않았다.

방문이 살짝 열려 있었다. 창문으로 스며든 희미한 빛은 회색 그물처럼 침대 위로 드리웠다. 세 사람은 잠이 들었다. 올렉은 아버지 가슴에 기댄 채 손을 입에 댔고, 단카는 미렉의 등을 감싸고 있었다.

225

어둠 속에서 나방이 내 손을 스쳐갔다. 치마! 인간의 몸만이 벌거벗을 수 있고, 밤새도록 살을 맞댄 채 함께 잠들고 싶어하며 그래야 하는 것도 인간뿐이다. 치마.

　일 주일이면 올렉은 다부진 의지로 여기서 걸음마를 배우고, 단카는 미렉에게 댓돌을 놔 달라고 부탁할 것이다.

8 1/2

왜 제 책을 하나도 안 읽으셨어요?

나는 또 다른 인생을 보여주는 책들을 좋아했어. 내가 읽은 책들은 다 그런 거야. 전부 진짜 인생을 다루지만, 접어 뒀던 부분을 다시 찾아 읽어도 그건 나에게 일어났던 인생은 아니었지. 책을 읽을 때면 모든 시간 감각을 상실했어. 여자들은 항상 다른 삶을 궁금해 하는데, 대부분의 남자들은 지나치게 야심이 큰 나머지 이걸 이해 못해. 다른 삶, 전에 살았던 삶, 살 수도 있었던 삶. 그리고 난 너의 책이, 또 다른 삶을 사는 게 아니라 상상만 하고 싶은 삶, 말없이 나 혼자 상상해 보고 싶은 그런 삶에 대한 것이길 바랐어. 그러니까 읽지 않은 편이 더 나았지. 서점의 유리문을 통해 네 책들을 볼 수 있었단다. 내겐 그걸로 충분했어.

요즘은 헛소리를 쓰는 것도 마다하지 않아요.

네가 찾아낸 것만을 쓰렴.

제가 뭘 찾아낸 건지 전 끝끝내 모를 거예요.

그래, 끝내 모를 거야. 다만 네가 거짓말을 하는지, 아니면 진실을 말하려고 노력하는지, 그것만큼은 알아야 해. 더 이상은 그걸 혼동하는 실수를 용납할 여지가 없으니까.

감사의 글

"우리는 이미 그 사람의 소유가 된 것만을 줄 수 있다." —호르헤 루이스 보르헤스. 이 책과 관련해서 다음 분들에게 깊은 감사를 드린다. 알렉산드라, 안드레, 앤, 아르투로, 베벌리, 빌, 보게나, 콜룸, 댄, 가레스, 조프, 지아니, 한스, 이오나, 이레나, 장, 지트카, 존, 카티아, 레티샤, 리안, 리비, 릴로, 리사, 루시아, 매기, 마누엘, 마리아, 마리사, 마이클, 마이크, 넬라, 폴, 피에르-오스카, 필라, 피오트르, 라몽, 로버트, 산드라, 사이먼, 스테판, 토니오, 빅토리아, 위텍, 울프람, 그리고 이브스.

책에 실린 보르헤스의 시구는 펭귄북스의 허가를 받아, 알렉산더 콜먼이 편집한 호르헤 루이스 보르헤스의 『시선집(Selected Poems)』(앨런 레인, 펭귄 프레스, 1999)에서 인용했다.

p.75: "Debo justificar lo que me hiere ..."의 석 줄은 「공범(El cómplice)」(시선집 p.448) Copyright © Maria Kodama, 1999. Translation Copyright © Hoyt Rogers, 1999.

존 버거(John Berger, 1926–2017)는 미술비평가, 사진이론가, 소설가, 다큐멘터리 작가, 사회비평가로 널리 알려져 있다. 처음 미술평론으로 시작해 점차 관심과 활동 영역을 넓혀 예술과 인문, 사회 전반에 걸쳐 깊고 명쾌한 관점을 제시했다. 중년 이후 프랑스 동부의 알프스 산록에 위치한 시골 농촌 마을로 옮겨 가 살면서 생을 마감할 때까지 농사일과 글쓰기를 함께했다. 주요 저서로『다른 방식으로 보기』『제7의 인간』『행운아』『그리고 사진처럼 덧없는 우리들의 얼굴, 내 가슴』 『벤투의 스케치북』『우리가 아는 모든 언어』 등이 있고, 소설로『우리 시대의 화가』 『G』, 삼부작 '그들의 노동에'『끈질긴 땅』『한때 유로파에서』『라일락과 깃발』, 『결혼식 가는 길』『킹』『A가 X에게』 등이 있다.

역자 강수정(姜秀貞)은 연세대학교를 졸업하고 출판사와 잡지사에 근무했다. 현재 전문번역가로 활동 중이다. 옮긴 책으로는『모비 딕』『길버트 그레이프』 『마음을 치료하는 법』 등이 있으며, 영화 에세이『한 줄도 좋다, 가족 영화』를 썼다.

여기, 우리가 만나는 곳
존 버거 소설 / 강수정 옮김

초판 1쇄 발행 | 2006년 3월 20일
초판 6쇄 발행 | 2022년 12월 5일
발행인 | 李起雄 발행처 | 悅話堂
경기도 파주시 광인사길 25 파주출판도시
전화 031-955-7000 팩스 031-955-7010
www.youlhwadang.co.kr yhdp@youlhwadang.co.kr
등록번호 | 제10-74호 등록일자 | 1971년 7월 2일
편집 | 이수정 신귀영 디자인 | 공미경
인쇄 제책 | (주)상지사피앤비

ISBN 978-89-301-0183-7 03840